I0670789

Pat McCraw
Duocarns – Nice Game

Pat McCraw

DUOCARNS

Nice Game

Roman

Pat McCraw
DUOCARNS – Nice Game

ISBN: 978-3-9437-6449-9

Covergestaltung: Sialyxz
Porträts: Norbert Nagy

Lektorat: Susanne Pavlovic
Korrektorat: Brigitte Mel

Alle Rechte bei:
2014 Elicit Dreams Verlag
Lieselotte Heinrich
Schieferweg 19
56727 Mayen

verlag@elicitdreams.de

Mehr über die Duocarns auf
http://www.duocarns.com

Das Jahr 2119:

David, Tervenarius, Patallia und Smu sind auf der Erde geblieben, obwohl diese durch Überschwemmungen, Seuchen und Verstrahlung zu einem Moloch mutiert ist.

Sie halten an der Menschheit fest, während Solutosan und Ulquiorra mit Hilfe des Energetikons durch die Galaxien wandern. Die beiden Energetiker transportieren die Duocarns zwischen den Welten und bleiben so weiterhin in das Schicksal der Freunde involviert.

Freunde sterben, jedoch treten neue Personen in das Leben der Duocarns, um es für eine Weile zu begleiten. So auch der Computer-Spezialist Nice, der im nachfolgenden Roman eine wichtige Rolle spielt.

Das vorliegende Buch zeichnet sich durch zwei parallel laufende Story-Lines aus: die spannende, endzeitliche Geschichte um Nice und die phantastischen Erlebnisse von Tervenarius auf seinem Heimatplaneten Sublimar. Er sieht sich verpflichtet den Auranern zu helfen, dessen Squalis von einem parasitären Pilz gepeinigt sind. Da kann nur er, der Herr der Pilze helfen. Oder nicht?

Eine genaue **Personenliste** befindet sich am Ende des Buches.

David

©duocarns.com

Die blassgoldenen Strahlen der auranischen Sonne drangen durch das Fenster des Gemachs, krochen über den bunt gefliesten Steinboden und schoben sich zu ihrem Bett, um sie im goldenen Licht zu baden. Verschlafen hob David den Arm, um sein Gesicht zu schützen. Nein, er wollte den Tag noch nicht beginnen. Dafür war ihre erste Hochzeitsnacht einfach zu schön gewesen. Behaglich hielt er die Augen geschlossen und genoss den wohligen Zustand seines Körpers. Sein Unterleib fühlte sich schwer und entspannt an und einmal mehr freute er sich über die schnelle Regenerationsfähigkeit, zu der die Unsterblichkeit ihm verholfen hatte. Was für eine Nacht! Ein Rausch aus Zärtlichkeiten, Küssen, geflüsterten Geheimnissen, die sich mit hemmungslosem, verschlingendem und heftigem Sex abwechselten, bis Tervenarius und er völlig verausgabt, ineinander verschlungen eingeschlafen waren.

Wie war das damals zu seiner Zeit als Mensch gewesen? Eine solche Nacht hätte ihm einen grauenvollen Muskelkater beschert und er würde zwei Tage lang dankend abwinkt haben, wenn man ihm einen Stuhl anbot. Dieser Gedanke brachte ihn zum Grinsen. Derartige Schmerzen und Peinlichkeiten gehörten nun seit fast einhundert Jahren der Vergangenheit an.

»Na, dir scheint es ja gutzugehen«, brummte Tervenarius amüsiert. David öffnete die Augen und blickte zu seinem Schatz hoch, dessen Schulter er wie immer als Kopfkissen benutzte, und der ihn mit trägen Löwenaugen musterte.

»Oh ja.« David rollte sich ganz auf Tervenarius, schob die Arme auf seine breite Brust und legte den Kopf darauf. So konnte er das von der Sonne beschienene Gesicht seines Geliebten genau betrachten. In diesem Licht wirkte Tervs Haarflut wie silbern-weiße Schlangen, die sich über das Kissen ergossen.

»Ich bin wunschlos glücklich, Terv. Die Hochzeit war das schönste Fest, das ich jemals erlebt habe. Das Leben ist wunderbar.«

Tervenarius schloss die Augen, nickte und streichelte sanft Davids Haar, kraulte seinen Nacken, was David sogleich wieder in einen Dämmerzustand versetzte. Er spürte dem angenehmen Gefühl nach, das ihm einen wohligen Schauer den Rücken hinablaufen ließ, fühlte Tervs kräftigen und weichhäutigen Leib unter sich, warm und vertraut. Dabei lauschte er den Geräuschen aus der Residenz, den leisen Stimmen ihrer Freunde, dem Rauschen des Meeres durch das halb geöffnete Fenster.

Er hatte bewusst den wundervollen und intakten Planeten Sublimar für ihre Hochzeit gewählt. Es gab Zeiten, da war er froh darüber, nicht mehr in das zerstörte und verseuchte Antlitz der Erde sehen zu müssen. Terv und er wohnten gut beschützt in ihrem Haus in den Bergen oberhalb von Vancouver. Das unabhängige Energie-Haus lag versteckt und besaß eine eigene Quelle. Allglobalmeds, die Firma von Terv und Patallia, sowie Davids Unternehmen Tentasylum, befanden sich in einem bewachten Komplex im Firmenareal von Vancouver, der ihnen Schutz vor den alltäglichen Plünderungen bot. Alle Handelstätigkeiten mussten unter strengen Sicherheitsvorkehrungen abgewickelt werden, denn die Not veranlasste die Menschen sich zu nehmen, was sie brauchten, notfalls auch mit Gewalt. Die Tatsache, dass die durch den Klimawandel verursachten Überflutungen die Weltbevölkerung von fünfundzwanzig auf zehn Milliarden dezimiert hatte, änderte wenig. Der Meeresspiegel war um fünf Meter gestiegen und Länder wie die Philippinen oder die Bahamas gab es nicht mehr. Sie waren einfach weggeschwemmt. Völkerwanderungen, Kriege um das verbliebende Wasser, Seuchen und Krankheiten waren die Folge. Aber war der Tag auf Sublimar nicht viel zu schön, um an all das menschliche Elend zu denken?

Als hätte Terv seine Gedanken gelesen, fragte er »Möchtest du denn überhaupt noch auf die Erde zurück?«

Nein, von Wollen konnte nicht die Rede sein. Aber er war einfach nicht der Typ, der vor Schwierigkeiten davonlief. Überdies wusste David, dass Terv an seiner Arbeit hing. Er hatte beschlossen, den Menschen zu helfen, und die von ihm entwickelten Fungizide und Schmerzmittel bekämpften und linderten die Folgen der neuen Seuchen.

»Eigentlich seltsam, dass du aus einem Pilz ein Fungizid gewonnen hast. Der Pilz kämpft quasi gegen seine eigene Spezies«, dachte David laut.

»Das stimmt.« Terv ergriff ihn mit einem Arm, schob sich höher und zog ihn mit. Halb liegend, halb sitzend strich er David das wirre Haar aus der Stirn. »Patallia und ich haben es geschafft, einen neuen Pilz zu züchten, der das kann. Durch die immensen Produktionskosten verdienen wir allerdings nicht viel daran. Aber ich finde das akzeptabel.« Er blickte David prüfend an. »Das war auch nicht meine Frage. Wie stark belastet dich die Situation auf der Erde?«

David schüttelte nachdenklich den Kopf. »Ich bin kein Weichei, Terv. Wir halten dort aus, solange es geht. Wie lange wissen wir bereits, dass die Menschheit ins Verderben rudert?« Er beantwortete sich die Frage selbst: »Schon immer. Und trotzdem haben wir beschlossen zu bleiben. Ich werde jedenfalls mit meinen Projekten weitermachen.«

Wie erwartet nickte Tervenarius. Er wusste, wie stolz David auf seine Arbeit war, die sich mit der Entwicklung von Überlebens-Zelten und Strahlenschutzbauten befasste. Ihnen beiden war klar, dass die Menschheit aus ihrer Dezimierung nichts gelernt hatte. Nach wie vor regierten Geld, Machtstreben und Habgier die Welt.

»Aber irgendwann werden wir gehen müssen, David. Und dann kannst du entscheiden, auf welchem Planeten du leben willst. Ob auf Sublimar oder Duonalia.«

»Es gibt noch eine Möglichkeit. Wir könnten auf Renovamion wohnen«, schlug David vor.

Diese Worte brachten Terv zum Lachen. »Ich glaube nicht, dass wir dafür geschaffen sind, wie in der Steinzeit zu leben. Die Renovaren sind ein reines Bauernvolk. Oder möchtest du dorthin und diese Schildschafe züchten?«

Belustigt dachte David an die skurrilen Geschöpfe mit den kurzen, krummen Beinen und den flachen Körpern, die ständig mit riesigen Kulleraugen aus ihrer Wolle schauten und dabei pfiffen. »Mal sehen, Terv. Vielleicht für eine Weile. Die Milch hat mir geschmeckt.«

Genussvoll streckte sich David auf Tervs Leib aus, kuschelte seinen Kopf in dessen Halsbeuge und atmete tief ein. Er hatte schon vor längerer Zeit Tervs Schnupper-Verhalten übernommen. David konnte inzwischen genau die Stimmungen seines Geliebten erkennen, denn die Pilzsporen, mit denen er seine Haut aromatisierte, verrieten ihn. An diesem Morgen roch Tervenarius zart nach Vanille, gepaart mit einem fruchtigen Duft, den David nicht bestimmen konnte, und einem Hauch Moschus, der ihren lustvollen Sex der vergangenen Stunden verkörperte. Während er einatmete, veränderte sich der Geruch und bekam ein säuerliches Aroma. Hunger. Sein Schatz benötigte ein Frühstück.

»Ich rieche deinen Frühstückshunger. Lass uns aufstehen und nachschauen, was wir in der Residenz zu essen finden«, lachte David.

Anfangs hatte er es bedauert, sich nicht telepathisch mit Terv verständigen zu können. Inzwischen beherrschten sie eine Art Geruchssprache, die nur für sie beide verständlich war. Übermütig küsste David seinen Schatz auf die Nase und sprang aus dem Bett.

Weich, warm, feucht. Darias Körper unter ihm bewegte sich schneller. Ihr kontrahierendes Fleisch saugte an seinem Glied. Gierig und heiß. Nice kam mit einem unterdrückten Stöhnen.

Schwer atmend betrachtete er Darias verschwitztes Gesicht, musterte die geschlossenen Augen. Seit dem Attentat blickte sie ihn beim Sex nicht mehr an, hielt lediglich mit einer Hand seinen Oberarm umklammert. Ihr linker Arm lag unbeweglich, wie gelähmt. Sie fasste ihn nicht an, dort, wo die Implantate das Fleisch ersetzten. Sie hatte es nie offen ausgesprochen, aber er wusste, dass sie sich vor seiner rechten Gesichtshälfte, der Schulter und dem künstlichen Arm ekelte.

Schnell drückte er ihr einen Kuss auf die vollen Lippen, rollte sich von ihr herunter und war mit der gleichen Drehung aus dem Bett. Sein Oberkörper schmerzte, aber er wollte ihr das nicht zeigen, erwähnte diese Qual nicht einmal mehr. Sofort schnappte er seinen langärmeligen Kaftan vom Boden und zog ihn über den Kopf.

»Du kannst die Augen aufmachen«, bemerkte er leicht spöttisch. Eigentlich hätte er noch gern hinzugesetzt »der Krüppel hat sich wieder angezogen«, aber er wusste, dass derlei Sätze sinnlos waren. Solche Vorwürfe ließen sie unbeeindruckt.

Daria öffnete die schweren Lider und blickte ihn an. Jahre zuvor hätte er darin in so einem Moment die langsam weichende Lust gesehen, Liebe und Zärtlichkeit. Heute musterte sie ihn mit eisig blauem Blick. So als wäre sie ebenfalls von der „Kälte"-Seuche infiziert, dachte Nice ohne Bedauern. Bedrückte ihn ihr Verhalten? Nein. Er hatte sich inzwischen an ihre abweisende und herrische Art gewöhnt. Die Zeit, in der er sich wegen ihrer schwindenden Zuneigung gegrämt hatte, war vorbei.

»Willst du einen Shake?«, fragte er auf dem Weg in die Küche. Eigentlich war ihm gleichgültig, ob sie ihn gehört hatte oder nicht.

»Nein, lass mal.«

Da der Raum keine Fenster besaß, schaltete sich sofort das blendend-weiße Licht ein. Lediglich ihr Wohnzimmer leistete sich den Schwachpunkt ein Glasfenster zu haben, durch das man auf einen minimalistischen Garten blicken konnte.

Seufzend öffnete Nice den Kühlschrank und spähte hinein: Wasserflaschen, teure Nahrungsshakes auf Basis von Blut und Milch, einige synthetische Vitamin-Smoothies, Darias Invitro-Fleisch und seine Insco-Riegel auf Insektenbasis. In einer Ecke, gut verpackt, zwei echte Eier, die Daria bei ihrem letzten Firmentreffen geschenkt bekommen hatte.

Ohne nachzudenken, holte er eine Wasserflasche und einen der weichen Riegel heraus, riss die Verpackung auf und biss hinein. Er mochte diese Nahrung aus Insekten, die nussig und süß schmeckte. Noch ein Schluck Wasser hinterher, um – er hielt inne - um Darias Geschmack zu vertreiben. Konnte es wirklich sein, dass ihre Beziehung derartig abgekühlt war? Es war offensichtlich nur Bequemlichkeit, die sie weiterhin aneinander band.

Er bewegte den Arm, kreiste kurz mit der Schulter, um den pochenden, brennenden Schmerz zu lindern. Sein Körper hatte die Ersatzteile nach der schwerwiegenden Verletzung nicht angenommen. Und das, obwohl sie aus seiner eigenen DNA gezüchtet worden waren. Warum das so war, wusste niemand. Er hatte die Implantate einfach nicht gemocht und sie abgestoßen. Er erinnerte sich mit Grausen an den weißen, blutleeren Zombie-Arm. Danach hatte er sich mit kybernetischen Metallteilen samt künstlicher Haut zufriedengeben müssen, die wohl funktionierten, aber an seinem Körper rieben. Nein, sie schabten nicht nur an seinem Fleisch, sondern auch an seiner Seele, bis sie wund gescheuert und er launisch, mürrisch und ungenießbar geworden war wie ein giftiger Pilz. Eigentlich war ihm ein Rätsel, wieso Daria überhaupt noch mit ihm zusammen war.

Nice warf die Verpackung des Riegels in den Küchen-Recycler und ging ins Ankleidezimmer. Es war Zeit, ins Labor zu fahren und sich in die Arbeit zu stürzen. David war offensichtlich weiterhin auf Reisen, aber auch wenn er alleine arbeitete, würde ihn das ablenken. Nice hob den rechten Arm, schob den Ärmel des Kaftans beiseite und aktivierte mit einem kurzen Gedanken den Screen, der sich aus dem Unterarm in die Luft hob und dort flimmernd stehenblieb. Er blickte auf das Datum, das der Computer ihm anzeigte. Der 16. Februar 2119. David wollte am Siebzehnten zurück sein. Ein wenig freute er sich sogar auf die Rückkehr des Freundes und Kollegen, denn David schien ihm der einzige Mensch zu sein, der ihn verstand und es mit ihm aushielt.

Die Residenz auf Sublimar besaß einen kleinen Zubereitungsraum für Speisen. Energiepumpen drückten unermüdlich Meerwasser durch die in Wänden und Böden verborgenen Wassertunnels. Sie kühlten so den in die Kalksteinwand eingelassenen Vorratsschrank. Die Squalis benutzten diese Wasseradern und fanden so Zugang zu allen Räumen. Überall plätscherten und schäumten Brunnen.

Tervenarius hatte bereits bei seinem ersten Besuch in der Residenz neugierig die Energiequellen der Wasserpumpen begutachtet. Diese befanden sich in Form von Sonnenenergie speichernden Blöcken auf dem Dach des Gebäudes.

Während er in den Kühlschrank spähte, dachte Terv darüber nach, wie er außerirdische Technologie auf die Erde bringen konnte, um die dortigen Probleme zu lösen. Diese Energie-Blöcke hätten das Leid der Menschen gelindert. Er hatte die Idee jedoch nie umgesetzt, da er deren Folgen nicht überblicken konnte.

»Du kannst den Kühlschrank wieder zumachen.« Davids Stimme klang amüsiert. Jetzt erst bemerkte Terv, dass er eine ganze Weile auf das Sortiment von Fischen, Krügen mit Squali-Milch und Kefir gestarrt hatte.

»Was ist denn los?« David lehnte am Fenster und blickte auf die verschachtelte Struktur der Residenz, die wirkte, als hätte man viele verschieden große, weiße Bauklötze wahllos zusammengefügt.

»Nichts. Ich denke wie schon so oft darüber nach, wie es wäre, humanoide und außerirdische Technologie zu verbinden.« Er nahm seinen Becher Kefir von David entgegen. »Komm, lass uns ins Wohnzimmer gehen. Dort ist es gemütlicher.«

Der hell getünchte Raum mit dem bunten Steinfußboden war leer, die Spuren des Hochzeitsfestes beseitigt. Terv setzte sich auf einen der geflochtenen Sessel, vorsichtig, denn David hatte seinen Becher zu voll gemacht, und er wollte nichts verschütten.

David, der ihm gegenübersaß, blickte ihn aus seinen kristallklaren, durchdringenden Augen interessiert an. »Du erwägst es aber nicht, oder?«

»Nein. Ich glaube, das würde problematisch. Wir müssen mit dem klarkommen, was die Erde letztendlich zu bieten hat. Ich weiß, dass du leidest, David. Du siehst deine Spezies zugrunde gehen. Wir können noch eine Weile dagegen arbeiten, jedoch wird es letzten Endes irgendwann keine Menschen mehr dort geben. Es ist ein Trauerspiel. Du kannst ...«

Terv brach ab und beobachtete den energetischen Ring, der sich mitten im Raum erhob. Unvermittelt trat Ulquiorra aus diesem hervor, schwankend, das dunkle Gesicht bestürzt und traurig.

Mit einem Satz war Terv bei ihm, um ihn aufzufangen. David war sofort an der anderen Seite und ergriff Ulquiorras Arm. »Was ist los?«, fragten David und er aus einem Mund.

»Smu. Er ist tot.« Ulquiorras Blick irrte im Zimmer umher, so als würde er Smu dort suchen. »Ihr müsst zurück. Patallia ist außer sich.«

Smu war tot. Der Freund, der noch am Tag zuvor grinsend vor ihm gestanden hatte. Der sich am angebotenen Sushi gütlich getan und der bei Davids Anblick in dem erotischen Kleid ebenso erregt reagiert hatte wie Terv selbst.

Erschüttert ließ Tervenarius sich in den erstbesten Sessel sinken. Der nächste Tote. Und wieder und wieder würde er erleben, dass seine Freunde starben. Das waren die Momente, in denen er seine Unsterblichkeit verfluchte und laut schreien wollte, wie ungerecht das doch alles war. Er sah zu David, der den riesigen Energetiker zu einem Sessel geleitete und dann das bestürzte Gesicht zu ihm hob. Und nun? Ihm gingen gleichzeitig tausende Erinnerungen und Gedanken durch den Kopf: Wie hatte er Smu kennengelernt? Der Mann hatte vor ihnen gestanden, nackt, kunterbunt, gepierct, mit verbundenem Schwanz. Smu war ein echtes Unikat, ein langjähriger Freund. So oft hatte dieser ihn mit seiner ur-komischen Art zum Lachen gebracht. Und nun war er fort. Auch für ihn wäre das Tor zur Unsterblichkeit offen gewesen, so wie für David, aber Smu hatte das abgelehnt. Und Patallia? Der Duocarn würde nun zusammengebrochen sein. An gemeinsame Arbeit war nicht mehr zu denken, oder? Er musste auf die Erde zurück. Damit hatte Ulquiorra recht.

»Wie ist er denn gestorben?«, fragte David in diesem Moment.

»Er ist eingeschlafen und nicht wieder aufgewacht.« Ulquiorra starrte vor sich hin. »Patallia ist wie versteinert. Er spricht nicht mehr, hat sich mit ihm im Zimmer eingeschlossen. Jedoch scheint der Leichnam inzwischen zu verwesen.«

»Aber . ., aber, er war doch gestern noch hier!«, stammelte David. »Wie kann das sein?«

»Du vergisst die Zeitunterschiede zwischen den Planeten. Auf der Erde vergeht die Zeit schneller«, erwiderte Terv tonlos, bevor Ulquiorra etwas sagen konnte. Der nickte betrübt.

»Ich gehe unsere Sachen holen.« David war bereits an der Tür. Bleib bei Ulquiorra, sagte Davids Blick. Dann war er verschwunden.

Tervenarius sah zu dem Energetiker in dem weißen Gewand, der den Kopf hob. Sie starrten sich an, die Gesichter wie in Stein gemeißelt, und Terv wusste, dass Ulquiorra das Gleiche dachte wie er: Das ist der Preis der Unsterblichkeit, den wir immer wieder zahlen müssen. Werden wir das verkraften können, ohne dass unsere Seelen Schaden nehmen?

Als Tervenarius das Haus betrat, drang ihm augenblicklich der süßliche Geruch nach verwesendem Fleisch in die feine Nase. Trotzdem ließ er zunächst kurz den Blick über Davids Aquarien gleiten, um zu kontrollieren, ob die automatische Versorgungsanlage während ihrer Abwesenheit ihren Dienst getan hatte. Seit er David kannte, besaß dieser Steinfische, Piranhas und Kugelfische an denen er sehr hing. Wie zur Begrüßung standen die Tiere an den Scheiben und glotzten ihn an. Der helle, energetische Ring hatte sie höchstwahrscheinlich aufgeschreckt, der in diesem Moment erneut das Wohnzimmer erleuchtete. David trat mit kleinem Gepäck aus ihm hervor.

»Danke, Ulquiorra.« Der Energetiker blieb am Fuß des wild kreisenden Ringes stehen und blickte seinen Liebsten traurig an. »Wir kümmern uns um alles. Mach dir keine Sorgen. Sollten wir Hilfe brauchen, rufen wir dich.«

Mit einem kurzen Nicken trat Ulquiorra zurück und der goldene Reif fiel in sich zusammen, als hätte es ihn nie gegeben.

David setzte seinen Rucksack ab und drehte sich zu Tervenarius um. Er trug nun wieder menschliche Kleidung, eine Bluejeans und einen hellblauen Pulli, der die Farbe seiner Augen betonte. Terv blickte in sein besorgtes Gesicht.

»Was riecht denn hier so?« Auch Davids Blick traf zunächst die Aquarien. »Das sind aber nicht die Fische, oder?«

»Nein, Schatz. Mit denen ist alles in Ordnung. Es wird so sein, wie Ulquiorra gesagt hat. Patallia kann Smu nicht loslassen. Ich werde mit ihm reden.«

Mit ein paar Schritten war David bei ihm, drückte sich an ihn und streichelte liebevoll sein Gesicht. »Du wirst die richtigen Worte finden. Da bin ich mir sicher.« Er hielt inne. »Wir müssen einem Bestatter Bescheid sagen.«

»Nein.« Terv schüttelte den Kopf. »Das wird Pat nicht wollen. Da die kanadische Regierung nach dem Computercrash sowieso keine Unterlagen mehr über ihre Einwohner hat, können wir ihn getrost selbst zur Ruhe betten. Ich würde vorschlagen, dass wir ihn hier auf dem Grundstück beerdigen. Am Teich. Den mochte er ganz besonders.« Er blickte in Davids blasses Gesicht. »Ich ziehe mich um und grabe dort ein Loch, bevor ich mit Patallia spreche. Denn stimmt er mir zu, muss alles schnell gehen. Wir müssen den Leichnam so bald wie möglich loswerden.« Und Pat kann ja dann am Gartenteich weitertrauern, dachte er. Ihn wunderte in diesem Moment sein eigener, kalter Gedanke. Die Situation ließ jedoch keine Sentimentalitäten zu. Patallia stand eine Trauerzeit bevor. Es hatte auch wenig Sinn, zu diesem Zeitpunkt auf eine Fortführung ihrer Arbeit zu drängen. Patallia war ein wertvoller Partner, aber sein Wohl hatte Vorrang vor allem.

Terv nahm den auf eine tröstende Zärtlichkeit wartenden David in die Arme und küsste sanft seine weiße, glatte Stirn.

Fast hätte Tervenarius vergessen, die Robot-Wachhunde zu deaktivieren, auf deren Anschaffung David gedrängt hatte, um das hoch eingezäunte Areal ihres Grundstücks zusätzlich zu schützen. Kaum hatte er die Terrassentür geöffnet, standen ihm plötzlich sechs zähnefletschende, schwarze Riesentiere gegenüber. Schnell schloss er die Türe wieder und machte einen Satz zu der Steuerung der Hunde, die David in einem Kasten neben der Tür eingebaut hatte. Im Grunde hasste er diese unzähligen Sicherheitsmaßnahmen. Das selbstversorgende Haus war eine Festung. David hatte an alles gedacht, und es gab kein Schlupfloch, das ein Eindringling hätte überwinden können.

Die Erde beherbergte nur noch bettelarme und reiche Menschen. Und die Not machte die Armen erfinderisch. Marodierende Banden waren an der Tagesordnung und dementsprechend war eine Behausung wie die ihre ein geeignetes Ziel. Sie hatten trotzdem nicht in eines der stark geschützten Areale ziehen wollen, das die Begüterten der Gegend bewohnten. David und er brauchten Luft und Licht. Es war schlimm genug zur Arbeit in dieses Areal zu fahren und zu sehen, wie der Rest der Menschen unter ärmlichsten Bedingungen in Ghettos hauste. Diese Bedürftigen kamen nicht in den Genuss sauberer Lebensmittel oder reinen Trinkwassers, geschweige denn der fortgeschrittenen medizinischen Technik und Errungenschaften. Die verbliebene, kanadische Regierung, besaß kaum Entscheidungsgewalt. Die Weltherrschaft war längst von Großkonzernen an sich gerissen worden, die sämtliche Energie- und Wasserreserven unter ihre Kontrolle gebracht hatten. Mit der Verteilung dieser Güter legten sie der Menschheit die Daumenschrauben an.

Terv deaktivierte die Hunde, stapfte aus dem Haus und markierte mit ein paar Spatenstichen eine mannsgroße Fläche im Gras. Dort schaufelte er verbissen. Er hatte sich für die Außenarbeiten einen Overall, Handschuhe und einen

Hut angezogen, der vor den intensiven Sonnenstrahlen schützte, die den gelb und braun verbrannten Garten in gleißendes Licht tauchten. Lediglich rund um den kleinen Teich, der von ihrer hauseigenen Wasserquelle gespeist wurde, wucherten Gras, Blumen und Moos. Wasser. Neben den fehlenden Rohstoffen das größte Problem der Menschheit. Er hasste Firmen wie Westle, die auf Kosten der eigenen Spezies zu Imperien herangewachsen waren. Und diese hatten doch tatsächlich die Unverschämtheit besessen, an den Geschäftsführer von Allglobalmeds, Steward Ross, heranzutreten, um nachzufragen, ob ihr Konzern zum Verkauf stand.

Kräftiger als nötig warf Terv eine Schaufel voller Erde aus dem bereits hüfthohen Erdloch. Der Aushub landete klatschend im Teich, was nicht geplant war. Natürlich waren trotz ihrer sozialen Medikamenten-Verkaufspreise wirtschaftlich arbeitende Firmen wie ihre Allglobalmeds für die Großkonzerne interessant. Sie versuchten, alles und jeden zu schlucken.

Endlich war das Erdloch groß genug. Terv stützte die Unterarme auf die Rasenkante. Trauer und Wut ließen ihn mit einem Satz aus dem brusthohen Loch schnellen. Er war nach wie vor stark, aber benötigte diese Kraft normalerweise nicht mehr. Seine Zeiten als Krieger waren längst vorbei. Er absolvierte sein tägliches Fitness-Training eigentlich nur noch aus Gewohnheit, weil David daran teilnahm und Terv ihm gerne zusah. Er mochte das Muskelspiel von Davids perfektem, unsterblichem Leib. Das machte ihn an. Dieser Gedanke brachte ihn zum Lächeln. Er wusste, dass sein Mann niemals den ihm eigenen Reiz verlieren würde. David erschien ihm als eine wunderschöne Pflanze, die ständig neue Blüten in Form von Empfindungen, Ideen und Worten trieb. Und er war gespannt zu sehen, wie diese sich entfalteten. Er war der Gärtner, der dieses außergewöhnliche Gewächs besaß, es hegte und pflegte. Seine Fürsorge und Verständnis stellten Davids Dünger und Nahrung dar. Tervs Liebe die benötigte Sonne.

Lächelnd brachte Terv Spaten und Schaufel in den Geräteschuppen zurück, der sich sofort hermetisch schloss.

Ein Blick auf das Grab erinnerte ihn an seine vor ihm liegende Aufgabe. Patallia hatte seinen Partner, seine Stütze verloren. Es gab keinen Trost für ihn. Trotzdem musste er nun mit dem Freund sprechen.

»*Patallia.*« Terv benutze Telepathie, denn er wollte nicht durch das ganze Haus schreien. »*Ich muss mit dir sprechen. Bitte öffne die Tür.*« Er fühlte, dass Pat ihn gehört hatte, und wartete geduldig.

Sie kannten sich so lange. Ihre tiefe Freundschaft hatte ihn auf so vielen Abenteuern mit dem Mediziner verbunden. Und Patallia wusste, dass er sich nun den Tatsachen stellen musste. Der Verwesungs-Gestank aus dem Raum drang süßlich und stechend in Tervs empfindliche Nase.

Schlurfende Schritte hinter der Tür. Dann stand der gezeichnete Freund vor ihm. Noch nie hatte Terv ihn in einem solchen Zustand gesehen. Das Gesicht von tiefen Kummerfalten durchzogen, den Rücken gebeugt vor Gram, klammerte er sich an die Türklinke, als hätte er Schmerzen. Patallia hatte höchstwahrscheinlich lange nichts gegessen oder getrunken. Als Unsterblicher konnte er sich mit Nahrungsentzug nicht umbringen, dieser verursachte jedoch elende, körperliche Pein. Was sollte er nun sagen?

Wortlos nahm Tervenarius seinen zitternden Freund in die Arme.

»*Ich habe mich so lange auf seinen Tod vorbereitet, Terv. Jeden Tag dachte ich, dass ich gewappnet wäre, wenn es passiert, aber dann ... Er ist einfach nicht wieder aufgewacht. Hat friedlich geschlafen. Noch am Abend hatte er einen Witz über das Sushi auf der Hochzeit gemacht. Nun sagt er nichts mehr, Terv? Warum?*«

Diese Worte trieben Tervenarius die Tränen in die Augen. Er drückte den Freund an sich, vergaß dabei, wie kräftig er war. Erst nach einer Weile bemerkte er, dass er Patallia weh tat, und lockerte den Griff.

»*Das ist der Preis, den wir bezahlen müssen, Pat. Du musst stark sein. Bitte stell dir immer vor, was er sagen würde, sähe er dich so. Er würde das nicht wollen.*« Er hielt Patallia am ausgestreckten Arm von sich und blickte ihn an. »*Smu hatte ein ausgefülltes Leben. Er war glücklich. Und er ist selig gestorben. Vielleicht seht ihr euch ja wieder, wenn das Schicksal es gut mit euch meint. Du darfst jetzt nicht verzweifeln. Denk an die schönen Stunden mit ihm. Du kannst dich doch an sie erinnern, oder?*«

Patallia nickte. »*Ja, ich habe mir alles, was er gesagt und getan hat, genau gemerkt. Es ist in meinem Gehirn gespeichert wie einen Film für die Ewigkeit.*«

Das war gut.

»*Gönn dir jeden Tag eine Erinnerung. Ich habe ihm an dem Teich, den er so mochte, ein Grab ausgehoben. Dort kannst du mit ihm sprechen und dich erinnern. Lass uns nun bitte seinen Leichnam dorthin bringen.*«

Nein, er äußerte kein Wort des Vorwurfs. Während er mit Patallia zum Bett ging, um den wachsbleichen Smu zu betrachten, dankte er David insgeheim für seinen Entschluss, ihm in die Ewigkeit gefolgt zu sein. Welch ein Leid blieb ihm erspart.

»*Komm, Pat, lass ihn uns nach unten bringen. Ich trage ihn, wenn du willst.*«

Patallia schüttelte den Kopf, während er liebevoll das Bettlaken an den Seiten löste und es um seinen Partner schlang. Er wickelte Smu darin ein und hob das weiße Menschenpaket auf seine Arme. Das fiel dem geschwächten Patallia schwer, aber Terv ließ ihn in Ruhe. Er folgte Pat die Treppen hinunter in den Garten, dankbar, dass David sich nicht ihrem traurigen Gang anschloss. Er wusste, dass sein Mann instinktiv den richtigen Zeitpunkt für sein Erscheinen wählen würde.

Wie um Smu Lebewohl zu sagen, versank in diesem Moment die Sonne glutrot hinter den kanadischen Gebirgszügen, die ihr einsames Anwesen umringten wie starre, graue Wächter.

Mit einem Satz war Terv in das Grab gesprungen und nahm Smu vorsichtig von Patallia entgegen. Er platzierte ihn liebevoll und strich ihm über den eingehüllten Kopf. *»Machs gut, mein Freund«*, sagte er telepathisch. Smu war der Telepathie nicht mächtig gewesen, aber nun machte es keinen Unterschied. *»Reise nun erst einmal in Ruhe. Drehe eine Runde im Universum. Danach kommst du zu uns zurück. Wir werden dich, gleichgültig in welcher Form, willkommen heißen.«* Er zögerte. *»Es könnte allerdings nicht schaden, wenn du wieder als attraktiver Mann zurück kämst. Auf Wiedersehen.«* Smu war ein lustiger Kerl gewesen, und Terv wusste, dass ihm dieser Scherz gefallen hätte.

Er hob den Kopf und sah David neben Patallia stehen, den Arm um den Mediziner gelegt, um ihn zu stützen. An ihrer linken Seite stand nun ein kleiner Beistelltisch, an dem zwei Schaufeln lehnten, und auf den David eine Karaffe mit Wasser und einige Gläser gestellt hatte. Obwohl Tervenarius in diesem Moment Trauer empfand, mischte sich doch ein leises Glücksgefühl in dieses Leid. Er war nicht verdammt dazu, die Ewigkeit alleine zu verbringen.

Eine Begegnung mit dem Tod. David starrte auf das in weiße Laken gewickelte Bündel in dem Erdloch, das einmal sein Freund Smu gewesen war. Sein Blick irrte zu Tervenarius, der danebenstand und ihn von unten ansah. Terv war traurig. Aber da war noch etwas. Instinktiv wusste David, was es war. Zu der Trauer erschien Zärtlichkeit in Tervs Blick. Sie hatten sich. Und das würde immer so bleiben.

Automatisch verstärkte David den Druck seines Armes und zog den gebeugten Patallia fester an sich.

»Warum ist er nicht durch das Sternentor gegangen?«, fragte Pat ihn leise. »Du hast es für Terv getan. Hat er mich überhaupt geliebt?«

Diese Frage schnürte David den Hals zu. »Er hatte sich entschieden, Pat. Ich glaube nicht, dass es etwas mit dir zu tun hatte. Denn er hat dich geliebt«, fügte er hinzu. »Du solltest niemals an seiner Liebe zweifeln. Er wollte nie ewig leben. Das weißt du. Er wollte in dem Kreislauf der natürlichen Erneuerung bleiben. Und er bat dich, das zu akzeptieren.« David hielt inne. »So war er eben: liebenswert und starrköpfig.«

Tervenarius, der inzwischen aus dem Grab gekommen war, schüttete etwas Wasser in ein Glas und reichte es Patallia. »Bitte trink. Du trocknest sonst aus. Ich möchte nicht, dass das geschieht.« Patallia wich ein Stückchen zurück und wehrte ab.

»Hör zu«, raunte Terv mit einem Unterton in der Stimme, der David schlucken ließ. »Ich bin der Chef der Duocarns. Und als dieser befehle ich dir: trink! Was passiert ist, ist betrüblich genug. Mach es nicht noch schlimmer.«

Er fixierte Patallia mit hartem Blick. »Nur das verlange ich in nächster Zeit von dir. Iss und trink. Denn sonst hast du keine Kraft um deinen Verlust zu verschmerzen.«

Patallias grau-violette Augen weiteten sich. Dann nahm er gehorsam das Glas und setzte es an die Lippen.

Tervenarius war noch nicht fertig. »Meinetwegen brauchst du auch nicht mehr ins Büro zu kommen. Bleib zu Hause. Und nun hilf mir, das Grab zu schließen.«

Ein Arschtritt, dachte David und ließ den stützenden Arm sinken. War das die richtige Art, mit Patallia umzugehen?

Voll Mitgefühl sah er, wie Pat eine Schaufel ergriff und langsam etwas Mutterboden aufnahm. Er zögerte, warf die Erde aber doch in das Grab, wo sie sich mit einem dumpfen Prasseln auf dem weißen Bettlaken verteilte. Die beiden Männer schaufelten schweigend und David spürte, dass Patallia Terv dankbar für seine Führung war. Er selbst fühlte sich überflüssig. Man brauchte ihn und seine Anteilnahme nicht mehr. Die Situation hatte sich in eine Duocarns-Angelegenheit gewandelt. Eine Sache zwischen dem Boss und seinem Mediziner. Es kam nur noch selten vor, dass Terv seine Position hervorhob, war doch die Kriegerschaft in alle Winde verstreut. Die Befehlsgewalt des Duocarns-Chefs bestand aus Autorität, gepaart mit Freundschaft und Terv wusste diese Komponenten zur richtigen Zeit einzusetzen.

»Ich werde morgen zur Arbeit kommen.« Der Mediziner stützte sich auf sein Werkzeug. »Smu würde das so wollen. Ich forsche weiter. Ich kann am Abend sein Grab besuchen.«

Wahnsinn, dachte David und wandte sich zum Gehen. The Show must go on! Terv und Pat fahren wieder in die Firma und ich werde das Gleiche tun. Nice wartet bestimmt schon auf mich.

Die Sonne schien warm in die Küche, als David am nächsten Morgen den Raum betrat. Er hatte verschlafen, was nach den nächtlichen Geschehnissen kein Wunder war. Smus Tod hatte Terv und ihn eng zusammenrücken lassen – was ihn beglückte, aber auch nachdenklich machte. Sie hatten die Nacht aneinander geklammert verbracht, mit dem Bedürfnis, sich gegenseitig zu spüren und sich um Gottes Willen nicht zu verlieren. Das war gegen jedes logische Denken, doch hatte Smus Dahinscheiden sie stark erschüttert und sie hatten sich vergewissern müssen, dass der andere da war und ihnen nicht das gleiche Schicksal drohte wie Patallia.

David schaute in den Kühlschrank. Da lag das Steak, das Smu stolz von ihrem Milchlieferanten ergattert hatte, einem Bauernhof, der abgelegen und bis aufs Äußerste geschützt, Kuhmilch produzierte. Irgendwann würde dieser Betrieb wohl ebenfalls verschwunden sein, denn es war kaum noch möglich, genügend Viehfutter zu produzieren. Die marodierenden Menschen stürzten sich auf alles Essbare, das sie fanden. Eines Tages würden Terv und er gezwungen sein, ihren Kefir auf Basis künstlicher Milch herzustellen. David graute vor diesem Tag. Keine frische Nahrung zu bekommen, ließ ihn wirklich erwägen, die Erde zu verlassen.

Kopfschüttelnd warf er das Steak in den Recycler für organische Stoffe, denn nun war niemand mehr im Haus, der dafür Verwendung hatte. Anschließend kontrollierte David die Behälter mit den Kefirpilzen, schüttete vorsichtig ein Glas voll mit frischem Kefir und stand danach versonnen vor den vielen kleinen Gläschen mit Aromen, die Tervenarius für ihn hergestellt hatte. Künstlicher Genuss auf Basis von Pilzen: Vanille, Orange, Zitrone, Mango, aber auch duonalische Früchte, die David gern mochte.

An diesem Morgen stand ihm der Sinn nach Banane mit einem blumigen Ismanien-Aroma, um seinen Kefir zu verfeinern. Das weiße Pulver löste sich sofort. Andächtig rührte er mit einem Löffel in der Mixtur.

Tervenarius und Patallia hatten bereits das Haus verlassen und waren in die Firma gefahren. David nahm einen Schluck aus seinem Glas und beobachtete aus dem Fenster, wie die Robo-Hunde auf dem verbrannten Grundstück patrouillierten. Terv mochte sie nicht, aber David war von ihrem Nutzen überzeugt. Es war unsicher geworden auf dieser Welt. Er wusste, dass im Grunde jede Fahrt ein Risiko darstellte. Auch die Touren von ihrem Haus zu dem gesicherten Firmen-Areal, auf dem sich seine Arbeitsräume und die Werkstatt befanden.

Auf so einer Wegstrecke hatte Nice seinen rechten Arm und eine Gesichtshälfte verloren. Sie hatten ihn aus seinem ungepanzerten Fahrzeug gezerrt, in dem er leichtsinnigerweise unterwegs gewesen war. Man hatte ihn komplett beraubt, mit einer Axt verletzt und halbtot liegen gelassen. Er verdankte es nur dem Zufall, dass ihn ein vorbeifahrender Bekannter bemerkt und gerettet hatte. Seitdem war Nice vorsichtiger geworden und auch David hatte die Sicherheitsmaßnahmen verstärkt.

Sie gingen nicht mehr unbewaffnet aus dem Haus und Nice hatte sich in seinen künstlichen Arm einen Dolch einbauen lassen, den er nach Belieben ausfahren konnte. David hatte einen Witz gewagt, als er die Waffe zum ersten Mal zu Gesicht bekam. »Der Assassine von Vancouver.« Eine Bemerkung, die sogar auf Nices mürrische Miene ein Grinsen gezaubert hatte.

Seufzend stellte David sein leer getrunkenes Glas in die Spüle und ging in ihr Ankleidezimmer, das zugleich als Waffenkammer diente. Seine normale Alltagskleidung enthielt einen kleinen Kevlar-Anteil, der Messerstiche verhindern konnte und Kugeln bremste. Arme Menschen besaßen im Gegensatz zu ihm keine Strahlenwaffen. Nachdenklich zog er eine schwarze Hose und eine dazu passende Jacke über. Danach kam das Halfter für die Strahlenpistole, die er kurz auf ihre Schuss-Stärke überprüfte, denn er wollte niemanden töten.

Ja, er hielt an den Menschen fest. Es war die Not, die alle trieb, und die viele Leute alle moralischen Bedenken vergessen ließ. Der schiere Kampf ums Überleben machte manche zu Tieren. Trotzdem war David nach wie vor felsenfest davon überzeugt, dass man helfen musste, wenn man dazu in der Lage war. Nice und er waren schon recht weit mit der Entwicklung ihrer selbstversorgenden Zelte gediehen, die eigene Energie erzeugen konnten, Rohstoffe und Wasser recycleten, Wohnraum und sogar ein genügend großes Hydroponikum enthielt, um ihre Bewohner zu versorgen.

David stieg in sein gepanzertes Solar-Fahrzeug und verließ das Haus, das hinter ihm automatisch seinen festungsähnlichen Zustand wiederherstellte. Sie tüftelten schon so lange an diesen Zelten, aber nach wie vor waren diese zu schwer und der Transport stellte eine Schwierigkeit dar. Und ununterbrochen lag er mit Nice im Streit, ob man nicht auf das Hydroponikum verzichten sollte. David war der Meinung, dass ein Überlebenszelt eine Versorgungsmöglichkeit enthalten müsse. Wahrscheinlich war Nice, der in Wirklichkeit John Balton hieß, nicht überzeugt davon, da er sich selbst von Etonutrid-Insektennahrung ernährte. Ihre unterschiedlichen Speisen waren Anlass sich immer wieder gegenseitig zu necken.

Der Bordcomputer hatte sein Fahrzeug schnurstracks den alten, rumpeligen Highway entlang aus der gebirgigen Landschaft an den Rand von Vancouver geführt. Von dort konnte er die zerstörte Stadt, die überschwemmten Gebiete sowie die Slums der Armen, überblicken. Keiner der Reichen hielt sich jemals in diesen Gegenden auf. Sie verließen das bewachte, von einer fünf Meter hohen Mauer umgebene Areal so gut wie nie. Dort hatten sie ihre weitgehend heile Welt aufgebaut. Wirtschaft, Technik, Nahrungsentwicklung, sowie auch Sauberkeit und Ordnung waren nur in diesem streng gesicherten, recht weitläufigen Gebiet zu finden.

David fuhr in die Hochsicherheitsschleusen. Ein Computergenie wie Nice zum Freund zu haben, war ein echter Vorteil. David hatte ihm gegenüber geheimnisvoll getan, illegale Metall-Implantate angedeutet, denn niemals hätte ihm sein Kollege die Wahrheit geglaubt. Daraufhin hatte Nice ihm geholfen und seinen Wagen so manipuliert, dass dieser dem prüfenden System zuverlässig einen korrekten Bericht über seinen vermeintlich menschlichen Leib schickte. Den erforderlichen Gesundheitscheck hätte er unmöglich bestehen können. Denn ein unsterbliches Wesen, in dessen Adern Quecksilber floss, wäre selbst auf der inzwischen hochentwickelten Erde ein einzigartiges Phänomen gewesen. David hatte keine Lust auf irgendeinem Seziertisch zu landen.

Sein Fahrzeug verband sich mit dem dortigen System und lieferte genaue Informationen über seinen Fahrer: Netzhaut-Scan und DNA Test erfolgte automatisch durch die Sensoren des Wagens

Nachdem David den sekundenschnellen Check durchlaufen hatte, tat sich das Tor in die scheinbar heile Welt der Allpigs auf.

Das in nüchternem Stil gehaltene Büro lag in gedämpftem Licht, denn Nice hatte die Jalousien halb geschlossen. Der saß grübelnd, die Füße in die Beine seines Drehstuhls eingehakt, an seinen Rechnern. Zwischendurch benutzte er zusätzlich den Implantat-Computer in seinem Arm, dessen Display über seiner bleichen Haut schwebte.

»Hi, Nice.« David zog die Jacke aus und hängte sie ordentlich in einen schmalen Eckschrank, während Nice seinen Mantel einfach auf einen der großen Drucker geworfen hatte. Typisch, dachte David und brachte das Kleidungsstück seines Kollegen ebenfalls im Schrank unter. Das tat er jeden Morgen, und wie üblich spähte Nice missmutig auf das, was er tat.

David musterte ihn. »Du siehst scheiße aus.« In der Tat hing Nices helles Haar auf der linken Seite strähnig bis auf die Schulter, statt wie sonst sauber und ordentlich gekämmt zu sein. Die rechte Implantat-Kopfseite des schlanken Mannes hatte es nicht mehr zu einem ansehnlichen Haarwuchs gebracht und zeigte schlohweiße Stoppeln. David kannte Nice aus der Zeit vor der Attacke mit strahlendem, blondem Haar. Das hatte sich nach dem Schicksalsschlag unvermittelt in ein fahles Weiß verwandelt, jedoch nicht ein edles Silberweiß wie bei Tervenarius. Schockweiß nannte David diese Farbe bei sich.

Nice knurrte lediglich als Antwort und wandte sich seiner Arbeit zu. »Du hast auch schon mal besser ausgesehen. Ich dachte, du warst in Urlaub.«

»Ja, die Ferien waren toll. Aber gleich darauf hat es einen Todesfall bei uns im Haus gegeben. Mein Freund Smu ist gestorben. Du hast ihn ja mal kennengelernt.«

Dieser Satz brachte Nice dazu, sich erneut zu ihm umzudrehen. »Fuck. Das war ein cooler Typ. War der denn schon so alt?«

David nickte. »Ja, er war 132.«

»Verstehe.« Nice blickte ihn von unten an, die verschiedenfarbiger Augen ausdruckslos. »Kein übles Alter für einen Allpig. Habt ihr einen Bestatter gerufen?«

»Nein. Wozu? Was kann der, was wir nicht selbst können? Wir haben ihn im Garten bestattet. Außerdem mag ich nicht, wenn du dieses Wort benutzt«, fügte David hinzu.

Allpigs war der Name, den die Armen den Begüterten gegeben hatten. Die Donthaves und die Allpigs. David seufzte.

Nice wusste, dass er schwul war, und es störte ihn nicht. Jedoch war er nicht der richtige Mann, um ihm von der romantischen Hochzeit zu erzählen. Man lief Gefahr, einen sarkastischen Kommentar zu ernten, denn wenn Nice irgendetwas kennzeichnete, dann war es Verbitterung. Er litt ununterbrochene Schmerzen und besaß einen ständigen Groll über den verlorenen Arm und seine ehemalige Schönheit, die ihm vor Jahren den Spitznamen eingebracht hatte.

Trotzdem arbeitete David gern mit ihm zusammen. Nice wurde durch den gleichen sozialen Geist getrieben wie er selbst, forschte und setzte alles daran, dass sie ihr gemeinsames Ziel erreichten: Den gestrandeten Leuten Energiezelte zur Verfügung zu stellen, die ihr Überleben mit einem Minimum an Aufwand und Kosten sicherten. Sie wollten Menschen retten, und davon möglichst viele, denn sie starben weg wie die Fliegen. Und das geschah quasi vor ihrer Tür.

Entschlossen schob David einen Ballstuhl zu seinem Rechner und aktivierte ihn mit einem Gedanken.

Nice blickte neben sich. David arbeitete konzentriert. Durch Davids Anwesenheit fühlte er sich plötzlich wohler, selbst wenn er sich das ungern eingestand. Und er mochte es, seinen Partner zu beobachten, sein seidiges Haar, das angenehme Profil, die feine, weiße Haut, die langen, dunklen Wimpern. Sein Anblick erinnerte ihn an die Zeit, in der er ebenfalls „Nice" gewesen war. Bestimmt fühlte David seine Blicke bestimmt, aber ignorierte sie.

Obwohl mit achtundzwanzig Jahren gleich alt, empfand Nice David nicht als Mann, sondern als Jungen. Für seinen Geschmack war er zu sanft. Andererseits hatte auch David die schlimmen Zeiten überlebt, was nur die Starken oder Korrupten schafften.

Im Grunde war Nice froh darüber, dass David so war, nie den Chef heraushängen ließ und irgendwelches Machogehabe an den Tag legte. Sie hatten beschlossen, dass sie Kollegen auf gleichberechtigter Basis waren, obwohl das Kapital für die Firma von David gekommen war.

Er selbst brachte schließlich seine Computerkenntnisse und sein technisches Fachwissen mit, ohne die ihre Arbeit überhaupt nicht möglich war. Wenn er es richtig bedachte, besaß er noch eine weitere Trumpfkarte. Nice blickte auf die Wasserflasche in seiner Hand. Durch Daria saß er direkt an der Wasserquelle, denn seine Freundin gehörte zur Vorstands-Spitze von Westle, dem Wasser-Konzern, der in ganz Kanada den Ton angab. Bisher hatte er Darias Beziehungen allerdings nie genutzt. Sie besorgten die Rohstoffe für ihre Forschungen selbst, worauf er stolz war. Ihn ärgerte, dass Daria seine Arbeit als unnütz und Zeitverschwendung abtat. Sie, die den korruptesten Job machte, den er sich vorstellen konnte.

Daria. Ihm war nicht klar, wie lange das mit ihr noch weiter gehen würde. Sie liebten sich nicht mehr. Was sie noch verband, waren Gewohnheit und – Sex. Und dieser Sex sorgte dafür, dass er sich ständig einsam fühlte. Jeder Fick brachte ihm die Hoffnungslosigkeit ihrer Beziehung zu Bewusstsein.

»Was gibt's?« David hatte seinen langen Blick nun doch registriert.

»Nichts« Nice wandte sich wieder seinem Screen zu, der ihm die Formel für die Sonnenkollektoren anzeigte, die in den Zeltstoff eingefügt werden sollte. Er wollte David nicht fragen, ob er seinen Freund liebte. Das hätte seinen Neid vielleicht verstärkt. Schön und geliebt, das wäre zu viel für ihn gewesen. Er hatte Davids Partner erst ein Mal kurz gesehen, als dieser an einem Tag ins Büro gekommen war, um David abzuholen. Ein hochgewachsener, breitschultriger Mann mit langem, weißem Haar, der ihn ruhig und freundlich gegrüßt hatte. Es war offensichtlich, wer in dieser Beziehung die Hosen anhatte. Nice grinste.

Wieso gingen ihm an diesem Tag so viele Sachen durch den Kopf? Er konnte sich nicht auf seine Arbeit konzentrieren. Also schloss er sich mit einem gedanklichen Befehl an sein Online-Rollenspiel an. Der Dungeon mit dem zu bekämpfenden Monster schob sich in sein rechtes Auge. Das Vieh schwenkte fettig glänzende Tentakel und stieß ein krächzendes Brüllen aus. Nice ließ seine gepanzerte Spielfigur ein Flammenschwert ziehen und dem Biest den Kopf abschlagen. In diesem Moment kam von der Sicherungs-Vorrichtung ein Alarmzeichen. Sie hatten Besuch.

Nice wechselte den Screen und warf einen Blick in die Überwachungskameras. »Dein Kumpel steht vor der Tür,

David.«

David drehte kurz den Kopf. »Er ist mein Mann. Wir haben geheiratet.«

»Ach ...«

»Ja, ach ...«

Ich bin ein Idiot, sagte Nice unhörbar zu sich selbst. »Gratuliere, David. Ich freue mich für euch.«

Der gönnte ihm einen schrägen Seitenblick, deaktivierte schnell die Sicherheitssperren, ließ den Mann ein und sprang auf. Wahnsinn, dachte Nice. Er rennt, wenn sein Kerl kommt.

Bekleidet mit einem schwarzen, langen Sonnenschutzmantel, Handschuhen und einem dunklen Hut betrat Tervenarius den Raum. Er musste auf den Besucher-Parkplätzen geparkt haben und war offensichtlich ein Stück durch die Sonne gelaufen. Der große, bleiche Mann ergriff sofort Davids Hände und blickte seinen um einen Kopf kleineren Freund zärtlich an.

Sie sehen nur noch sich, überlegte Nice. Die nehmen ihre Umgebung ja überhaupt nicht mehr wahr. Liebe. Ach du meine Güte. Na ja, David ist ja auch ein hübsches Bürschchen. Wie es wohl war, so jemanden wie ihn im Bett zu haben? Den Bruchteil einer Sekunde sah er David auf dem Rücken liegen, die Augen geschlossen, das Gesicht von Wollust gezeichnet.

Er musste sich am Riemen reißen. Ich entgleise, dachte er. Es sind vielleicht die neuen Schmerztabletten, die mich so benebeln. David war ein Kollege, ein Freund und nicht mehr. Er zwang sich, den Besucher mit einem schrägen Grinsen zu beglücken. »Hallo. Schönes Wetter heute.«

Tervenarius wandte den Kopf und musterte ihn mit honigfarbenen Löwenaugen.

Verdammt geile Kontaktlinsen ... Der ganze Kerl besaß etwas, das Nice nicht genau zu definieren wusste.

Der Besucher neigte sich zu David: »Ich muss kurz mit dir sprechen. Allein.«

David schloss die Tür der Werkstatt, in die er Terv geleitet hatte, wandte sich um und umarmte seinen Schatz. »Das ist eine tolle Überraschung. Weißt du, dass ich es liebe, wenn du so unvermittelt auftauchst? Es ist, als würde die Sonne aufgehen.«

Tervenarius lachte leise. »Die scheint doch schon, Mimiran. Leider ist der Grund, warum ich dich besuche, nicht sonderlich erfreulich. Solutosan bittet mich, nach Sublimar zu kommen. Dort ist eine Krankheit aufgetaucht, die offenbar die Squalis befällt.«

In der Tat warf die Morgensonne einen starken Strahl durch das dicke Fensterglas und badete sie im Licht. Davids Lächeln erstarb. »Aber wieso musst du da hin und nicht Patallia?«

»Weil es sich wahrscheinlich um Pilze handelt.«

Wie viele einsame Abende standen ihm bevor? Frustriert lehnte sich David an einen Tisch mit Stoffballen.

»Es ist wohl müßig zu fragen, wie lange du weg sein wirst.«

»Ich weiß es nicht, Schatz. Möchtest du nicht mitkommen?«

David überlegte. Er hatte eben erst mit der Arbeit begonnen. Eigentlich hatte er vor, die Ideen, die ihm während der Ferien gekommen waren, nun in die Tat umzusetzen und zu schauen, ob sie funktionierten. Außerdem wollte er nicht als lästiges Anhängsel auf Sublimar im Weg herumstehen.

»Nein, ich bleibe hier. Ich komme sonst nicht weiter.«

Terv nickte nachdenklich. »Ich sehe zu, dass ich die Sache beschleunigen kann, okay? Bitte kümmere dich ein bisschen um Patallia.« Er hielt inne. »Mir gefällt nicht, dass du keinen Ring hast. Mir wäre lieb, du könntest einen der Energetiker rufen, falls irgendetwas ist.«

Einen eingebrannten Energie-Reifen in der Brust, so wie Terv einen trug? Oh nein, darauf hatte er wahrlich keine Lust. David erinnerte sich mit Schaudern an die Schmerzen, die Tervenarius gelitten hatte, als sich ihm das gleißende Metall ins Fleisch fräste.

»Ich komme schon klar.« Die Aussicht, ohne Terv zu sein, stimmte ihn traurig. Doch das war es nicht allein. Ihm schien es gestern gewesen zu sein, als sein Liebster sich verabschiedet hatte, um nach Duonalia zu reisen. Der Transport war schief gegangen und Tervenarius hatte vier Jahre lang als verschollen gegolten. Eine entsetzliche Zeitspanne, in der David vor Kummer fast gestorben war. Damals hatten die Torwächter Ulquiorra und Solutosan am Anfang der kosmischen Reisen gestanden. Inzwischen waren beide Männer als absolut versierte und erfahrene Energetiker zu bezeichnen. Trotzdem war ihm diese Pilzsache auf Sublimar nicht ganz geheuer, eine Vorahnung, die er nicht begründen konnte.

David schloss Terv fest in die Arme, der sein Gesicht zärtlich küsste. Es gibt immer noch Situationen, in denen ich mich fühle wie ein verlassenes Kind, dachte David. Ich sollte mich nicht lächerlich machen. Tervs Mund blieb auf seinen Lippen. Grapefruitblüten, Zitrone, Sonne, ein Kuss wie der Garten Eden. Gierig klammerte er sich an seinen Schatz, drehte sich so, dass nun Terv mit dem Rücken an den Tisch gelehnt zum Stehen kam.

Ich vergehe jetzt schon vor Sehnsucht, obwohl er noch hier ist. Davids Hand glitt tiefer, öffnete den Mantel und legte sich ganz selbstverständlich auf Tervs hart erregtes Geschlecht unter dem dünnen Stoff.

»Ich sollte gehen. Ulquiorra wartet.«

»Nur fünf Minuten, Terv.«

Ihm blieb also nicht viel Zeit, um seinen Hunger zu stillen. Mit einem schnellen Handgriff öffnete David Tervs Hose und ließ sich auf die Knie sinken.

»Dein Kollege«, versuchte Terv wenig überzeugend zu warnen.

Nice war David in diesem Moment einerlei. Außerdem war die Tür mit der großen Milchglasscheibe geschlossen.

Er tat, als hätte er den Einwand nicht gehört und befreite Tervs Glied, das sich ihm willig entgegen drängte. Schnell entblößte er auch seinen Liebling, den weichen, langen Hodensack, den er sofort gierig mit den Lippen verwöhnte und leckte.

»Ihr Götter. David.« Terv dämpfte weiterhin seine Stimme, keuchte unterdrückt.

So weich, so warm, die seidige Haut, eine glatte Eichel. David liebte Tervs großen Schwanz, wandte all seine Künste an, leckte und sog das stark geäderte Glied in seinen Mund, während er mit beiden Händen die Hoden massierte.

Hungrig, wie er war, konnte er sein langsames und genießerisches Tempo nicht halten. Die Finger in Tervs harte Pobacken gekrallt saugte er schneller, tiefer und gieriger.

Tervenarius, der anfangs sein Haar liebevoll gestreichelt hatte, hielt nun angespannt mit der Rechten Davids Kopf, während er die linke Faust gegen seine eigenen Lippen presste, um sämtliche, verräterische Laute zu unterdrücken. Welchen Geschmack wird er wählen?, schoss es David durch den benebelten Verstand. Die Frage wurde in der gleichen Sekunde beantwortet. Tervenarius kam zuckend in seinen Mund. Die warme Milch floss, lief seinen Schlund hinunter und das Aroma von Marzipan und Veilchen drang David bis in die Nase – Tervs ureigener Duft seit einhundert Jahren. Der Orgasmus spülte Davids Verstand hinweg. Gleichzeitig spürte er, wie sich sein eigenes Glied entlud. Verdammt, dachte er noch, ich habe keine Hose zum Wechseln dabei.

Nice lauschte auf die leisen Stimmen von David und seinem Freund, konnte jedoch in dem sonnendurchfluteten Raum nur deren Silhouetten durch die Milchglasscheibe sehen und kein Wort verstehen. Die beiden standen sehr eng beieinander.

Nein, es war ihm nicht möglich, sich darauf zu konzentrieren, Monster zu erschießen oder zu zerstückeln. Er beendete das Online-Spiel. Die Schmerztabletten verdüsterten seinen Verstand und wirkten nicht einmal sonderlich gut.

Gequält fuhr er sich seitlich über das Gesicht, wo das Implantat mit seinem Organismus verbunden war. Es fühlte sich an wie ein beißender, brennender Fremdkörper. Nach den vielen Monaten hätte sich sein Fleisch längst daran gewöhnt haben müssen, aber sein Leib hasste die rechte künstliche Kopfseite, die Schulter und den Arm.

Wo war David? Er blickte wieder zur Tür. Das Blut schoss Nice ziehend in den Unterleib, als er die Gestalt seines Kollegen auf den Knien vor dessen Freund sah. Davids Bewegungen verrieten ihm genau, was dort geschah. Schlagartig trocknete seine Kehle ein. Sex im Büro. Das war heiß.

Die beiden bemühten sich, leise zu sein, das fühlte er. David leistete ganze Arbeit. Die Faust auf den Mund gedrückt, fuhr der Kopf des großen Mannes in den Nacken, der Hut rutschte hinab. Nice spürte dessen Lust und den Orgasmus fast körperlich, verstand auch, was David trieb, obwohl er selbst noch nie einem Kerl einen geblasen hatte. Lediglich die Silhouetten der beiden zu sehen, ließ viel Raum für eigene Phantasie.

Es war vorbei. Die Männer im Nachbarzimmer bewegten sich, sprachen wieder lauter. Blitzschnell nahm Nice seine Hand vom Schritt, wandte sich seinem Rechner zu und zog mit einem Gedanken einen Haufen Dateien auf seine Screens. Gleichzeitig fuhr er den Dolch aus seinem Arm und schnitt sich ein Stück von dem Etonutrid-Riegel ab, der in dem Chaos auf seinem Arbeitsplatz lag.

Er sorgte dafür, dass, als David und Tervenarius durch die Tür traten, sie ihn in aller Seelenruhe kauend, in seine Formeln vertieft, mit Kopfhörern auf den Ohren sahen.

Tervenarius musste gegangen sein, denn David setzte sich wieder neben ihn und wollte mit seiner Arbeit beginnen. Es war nicht Nices Art, sich in das Privatleben von anderen zu mischen. Nein, wirklich nicht. Aber das Erlebnis hatte ihn aufgewühlt. Nice zog die Kopfhörer von den Ohren. »Ist dein Freund weg?« Sein Kollege nickte.

»Er ist ein attraktiver Kerl.«

Nun wandte sich David aufmerksam zu ihm um. »Möchtest du mir etwas sagen?«

»Nein, ich ...« Doch, eigentlich schon. Ich freue mich für dich, dass du so einen tollen Mann gefunden hast. Du scheinst mir verdammt verknallt zu sein. Ich gönne dir das. Ähm, ja, das wollte ich mal loswerden.«

David lächelte und zeigte seine ebenmäßigen Zähne. Der Junge hat einen Schmollmund wie eine Frau, fuhr es Nice durch den Kopf. Kein Wunder, dass Typen wie der Löwenäugige scharf auf ihn sind.

»Erstaunliches aus deinem Mund.« David blinzelte. »Aber es freut mich.« Er hielt inne. »Leider kam er, um mir mitzuteilen, dass er auf unbestimmte Zeit verreisen muss.« David schluckte und Nice bemerkte, dass ihm das zusetzte. »Bin also erst mal Strohwitwer. Na ja, dann bekomme ich hoffentlich mehr geschafft.«

Während seiner Worte hatte Nice den Dolch ausgefahren und kratzte nachdenklich an der Kante der beschichteten Tischplatte seines Arbeitstischs. »Wir können ja mal auf einen Drink gehen, wenn du nun abends so viel Zeit hast.«

Lud er David jetzt mit einem Hintergedanken ein? Nein. Oder vielleicht doch. Er wollte mehr über diese Männerliebschaft erfahren. Hatte so eine homosexuelle Beziehung die gleichen Probleme, wie sie bei Mann und Frau auftraten?

»Und Daria?« David sah ihn prüfend an. »Ist bei euch alles in Ordnung?«

»Ja klar, wie kommst du darauf?« Er war nicht fähig dieses Thema näher zu erläutern, obwohl er fühlte, dass David der richtige Gesprächspartner dafür war. Was sollte er sagen? Dass ihre Liebe erloschen war? Wie würde David reagieren? Mit Anteilnahme? Wenn Nice irgendetwas nicht ausstehen konnte, war es Mitleid.

Er hatte wohl abweisend geklungen, denn David wandte sich wieder seinem Bildschirm zu. »Schon okay, ich wollte nicht aufdringlich sein.«

Nice presste die Lippen zusammen.

Auf dem Weg zurück in die Berge gingen Tervenarius etliche Gedanken durch den Kopf. Er lenkte das gepanzerte Fahrzeug so, dass er den größten Schlaglöchern auswich.

Was konnten das für Pilze sein, die den Squalis das Leben schwermachten? Salzwasser war ja bekanntlich nicht der ideale Nährboden für derlei Gewächse. Er selbst hasste es ebenfalls, im Meer zu schwimmen. Deshalb erinnerte er sich ungern an die Kämpfe, die er gegen die Piscanier in deren unterseeischer Stadt ausgefochten hatte. Hoffentlich würde ihn dieser neue Fall nicht dazu zwingen, sich erneut tagelang unter Wasser bewegen zu müssen.

Und David? Bedrückt hatte er dessen Angst gerochen, als er ihm von seiner Abreise erzählte. Er trennte sich ebenfalls ungern, hatte ihn aber nicht überreden wollen, wieder mit nach Sublimar zu kommen. David war ein selbständiger Mann und kein Anhängsel. Er musste Freiraum haben, um seine eigenen Interessen zu wahren.

Terv gab dem Hauscomputer Bescheid, dass er vor der Tür stand, indem er sich das Handgerät aus dem Wagen kurz vor die Augen hielt. Der Computer machte einen Netzhautscan, prüfte seine DNA durch den Hautkontakt zum Gerät und gab sein Okay. Das System öffnete die Garage und er fuhr hinein.

Solutosan war bestimmt schon da und wartete, aber Tervenarius hatte nicht aufbrechen wollen, ohne David vorher noch einmal zu sehen.

In der Tat, Terv fand Patallia und Solutosan im Garten an Smus Grab vor. Die Sonne brannte um diese Mittagszeit besonders stark, und brütende Hitze lag über dem versengten Land. Patallia stand im Schatten eines rosa-weiß gepunkteten Sonnenschirms, den Smu immer benutzt hatte. In seiner Hand wirkte das Stück deplatziert und befremdlich. Dem Sternenkrieger Solutosan schien die Sonnenstrahlung nichts auszumachen. Wahrscheinlich schützte ihn sein Sternenstaub. Tervenarius zog seinen Hut tiefer und gesellte sich zu den beiden.

»Willst du wirklich hierbleiben?«, fragte Solutosan den Mediziner telepathisch. »Schau dir das Land an. Sieh die Erde, wie sie sich verändert hat. Du hättest es doch auf Duonalia schöner. Meo ist noch da. Du könntest im Silentium studieren. Oder du kommst mit nach Sublimar und unterstützt Terv bei der Sache.«

Patallia schüttelte den Kopf. »Dort braucht mich niemand, Solutosan. Hier wird meine Hilfe benötigt. Die Menschen sterben. Terv und ich haben unsere Arbeit. Ich mache weiter, während er fort ist.«

Solutosan gab noch nicht klein bei. »Aber die Humanoiden sind zu bedrohlichen Tieren mutiert. Ihr könnt euch nicht mehr frei bewegen, ohne Gefahr zu laufen, ausgeplündert und verletzt zu werden.«

Nun mischte Terv sich ein. »Wir wissen, dass wir irgendwann hier weg müssen, aber so lange versuchen wir zu retten, was noch zu retten ist. Dazu kommt natürlich auch, dass diese Seuche, die wir die Kälte nennen, unseren Forscherdrang geweckt hat. Niemand weiß, wieso bei den Menschen plötzlich die Körpertemperatur abfällt und sie quasi erstarren. Wir haben inzwischen ein Medikament entwickelt, dass diese Symptome ein wenig verlangsamt. Aber das ist keine Heilung.« Während seiner kleinen Ansprache nickte Patallia zustimmend.

Der besorgte Solutosan betrachtete ihn ernst. »Na gut. Es ist eure Entscheidung. In der Zwischenzeit werden Ulquiorra und ich viele neue und interessante Welten entdecken. Vielleicht könnt ihr euch ja für eine von ihnen begeistern, wenn es mit der Erde zu Ende geht.«

Tervenarius dachte an Solutosans eigenen Planeten Renovamion und lächelte. »Lass uns jetzt erst einmal schauen, was es mit der Krankheit der Squalis auf sich hat. Ich gehe packen.«

Er ließ die beiden stehen und ging ins Haus. Terv betrat das Umkleidezimmer und zog die Sonnenschutzkleidung aus. Natürlich hatte Solutosan recht. Es gab wahrlich bequemere und schönere Welten als die Erde. Jedoch hatte er sich in den vergangenen einhundert Jahren an sie gewöhnt, hatte ihre Bewohner lieben gelernt. Er war nicht der Mann, der vor Problemen davonlief. David war wohl kein Mensch mehr, hing aber ebenfalls an dem Planeten.

Terv betrachtete sich kurz nackt im Spiegel. David liebte ihn, begehrte ihn. Es war kaum eine Stunde her, dass sein

Liebster vor ihm gekniet und ihn verwöhnt hatte. Der Gedanke daran ließ sein Glied erneut hart werden. Hoffentlich fand er sofort eine Lösung für das Problem auf Sublimar und war schnell wieder zurück. Die Squalis waren symbiotisch mit den Auranern verbunden. Wenn sie erkrankten, konnte das lebensbedrohliche Folgen haben. Ohne die Milch der Squalis würden die Bewohner verhungern. Dieser Gedanke kühlte ihn ab. David und er hatten alle Zeit der Welt. Er musste nun seine persönlichen Interessen beiseiteschieben und helfen. Terv nickte sich im Spiegel zu, nahm ein waldgrünes, blau changierendes Serica-Gewand aus dem Schrank und zog es an.

Tervenarius machte zusammen mit Solutosan einen großen Schritt aus dem golden wirbelnden Ring und ließ seinen breiten Rücken los, an dem er sich während des Transports festgehalten hatte. Nur durch Kontakt zum Energetiker konnte dieser seine Passagiere in Energie transformieren und so in der Anomalie zu den entferntesten Planeten bringen.

Sie standen in dem großen Wohnzimmer der Residenz auf Sublimar, dem gemütlichen Raum mit dem bunten Steinfußboden und den bequemen Flechtmöbeln, in dem sie erst vor kurzem seine und Davids Hochzeit zelebriert hatten.

Troyan, Solutosans Halbbruder und Regent Sublimars, stand mit einem älteren Auraner auf der Terrasse. Beide Männer spähten über die Brüstung ins Wasser. Dem auranischen Besucher hing das goldene mit weißen Strähnen durchzogene Haar lang den Rücken herunter. Sein gelbes Serica-Gewand schimmerte in allen Farben.

»Da sind die beiden kranken Squalis«, informierte Solutosan ihn, als Tervenarius an seiner Seite in die gleißende Sonne trat.

Ein Lächeln erhellte Troyans besorgtes Gesicht, als er Terv erblickte. *»Wie gut, dass du kommen konntest. Das ist Ben-*

tal, der Besitzer der Squalis.«

Mit zusammengekniffenen Lippen deutete Bental nach unten ins Wasser. Dort schwammen zwei Squalis. Eines der Tiere starrte mit trübem Blick zurück, die sonst gefleckte, glatte Haut mit einem roten Schorf bedeckt. Dem anderen Squali schien es etwas besser zu gehen. Es bewegte sich lebhafter, jedoch wies auch seine Epidermis bereits einige krebsrote Flecken auf.

»Pirani geht es sehr schlecht«, jammerte Bental telepathisch. *»Sie frisst nichts mehr. Und seht, auch Mali hat es erwischt. Das zeigt, dass die Krankheit ansteckend ist.«* Er blickte bittend zu Tervenarius. *»Könnt Ihr mir helfen?«* Das mit feinen Fältchen zerfurchte Gesicht verzog sich jammervoll. *»Was soll ich ohne meine Squalis machen? Ich verdiene nicht so viel. Ich bin Beschneider der Morlus-Bäume. Von dem wenigen Serica kann ich mir und meiner Frau gerade das Notwendigste kaufen. Was, wenn die Tiere nicht mehr gesund werden?«* Seine Stimme erhob sich beim letzten Satz zu einem jammernden Wehklagen.

»Nun klage nicht voreilig«, versuchte Troyan den Mann zu besänftigen. *»Wir wissen ja noch überhaupt nichts. Tervenarius wird sich der Sache annehmen.«* Seine dunklen Sternenaugen glitzerten, als er Terv anblickte.

Der nickte. *»Ich werde sofort eine Probe nehmen.«*

Um dem jammernden Bental zu entkommen, sprang Tervenarius mit einem Satz auf die weiße Umgrenzungsmauer der Terrasse und von dort aus ins Wasser. Ich hasse Meerwasser, dachte er noch, aber nun ließ es sich nicht ändern. In Sekundenschnelle wählte er zum Schutz seiner Haut weniger salzempfindliche Pilzsporen und war mit zwei kräftigen Schwimmzügen bei den kranken Tieren. Die stark befallene Pirani reagierte kaum auf ihn. Trotzdem streichelte er der geschwächten Squali sanft über die nasse Nase. »Das wird schon wieder«, tröstete er sie und betrachtete den Ausschlag eingehend. Es schien wirklich ein Pilz zu sein. Terv kratzte ein kleines Stückchen davon ab und roch daran. Ein leicht fauliger Geruch. Rottenpilz, das war das erste Wort, das ihm in den Kopf kam. So etwas hatte er noch nie gesehen, obwohl ihm tausende Fäulnispilze bekannt waren. Dieses Lebewesen hatte mit den Saprobionten der Erde nichts gemeinsam. Mit dem Rottenpilz auf dem Finger zog er sich an der Mauer hinauf und kam auf dem weißen Steinfußboden zum Stehen. Sein Serica-Gewand trocknete in Sekundenschnelle. Er hörte nicht mehr, was die anderen erzählten. Das Wesen auf seiner Hand nahm ihn völlig gefangen. Er spürte, wie die Substanz zunächst versuchte, sich an ihn zu klammern, aber dann regelrecht vor seiner Pilzhaut zurückschreckte, sich zusammenzog und als roter Klecks auf seiner Fingerkuppe sitzenblieb. Der Pilz hatte ihn offensichtlich als nicht essbar und verwertbar erkannt. Da hast du wohl deinen Meister gefunden, sagte er in Gedanken zu dem Rottenpilz, du kleiner Stinker. Ich werde dir auf den Zahn fühlen.

Ohne die anderen zu beachten, ging er ins Wohnzimmer zurück und betrachtete den Parasiten. Denn dass dieser von den Squali schmarotzte, war eindeutig.

Draußen auf der Terrasse lamentierte Bental weiter, gelegentlich unterbrochen von Troyan, der mit sanfter Stimme auf den Auraner einsprach.

Tervenarius versuchte indessen, Erreger und Pilzsporen zu aktivieren, die dem Rottenpilz zusetzen sollten. Er leitete sie zu seiner Fingerspitze. Er wusste, dass es schwierig war, einen Pilz oder Mikroorganismus zu finden, der gegen seinesgleichen kämpfen würde. In der Tat, die rote Materie zog sich minimal zusammen, zeigte aber keine weitere Reaktion. Nun denn, da er offensichtlich nicht fähig war, den Parasiten mit seinen körpereigenen Mitteln zu bekämpfen, musste er schwerere Geschütze auffahren.

Entschlossen ging er zu den anderen zurück und blickte zu Solutosan, der sich im Schatten der Residenz auf ein Flechtkissen gesetzt hatte und geduldig wartete. »Bitte geh zur Erde und frage Pat, mir kleine Mengen von Schwefelsäure, Phosphorsäure und Essigsäure zur Verfügung zu stellen. Diese Substanzen müssten bei uns im Haus sein. Außerdem«, er überlegte, »bring bitte einen meiner Probenkästen mit. Patallia weiß, welchen.«

Mit einem erleichterten Blick auf Bental war Solutosan sofort auf den Füßen, schuf sein Tor und war fort. Der goldene Ring fiel in sich zusammen. Diese Art zu verschwinden hatte selbst Bental für einen Moment die Sprache verschlagen. Er wollte erneut anfangen zu reden, als Terv der Geduldsfaden riss. »Bental, alles Zetern nützt nichts. Davon werden deine Squalis nicht gesund. Entweder lässt du sie hier und gehst zu deiner Frau zurück, oder du bleibst bei ihnen und verhältst dich ruhig. Du störst meine Konzentration.« Selbst der souveräne Troyan konnte sich mit einem Blick auf Bentals weit aufgerissene Augen ein Lächeln nicht verkneifen. Dann nickte der Regent zustimmend.

Tervenarius nahm ihn zur Seite. »Ich hoffe, dass ich mit den Säuren etwas ausrichten kann. Wenn nicht, muss ich den Ursprung des Pilzes finden. Wo könnte die Squali ihn herhaben?«

Troyan warf einen Blick auf den nun schweigsamen Bental. »Er hatte mir heute Morgen berichtet, dass die Squali Pirani eine rechte Herumtreiberin wäre. Sie liebt Süßwasser und er nähme an, dass sie deshalb in die Sümpfe schwimmen würde.«

Die Sümpfe von Sublimar. Tervenarius blickte nachdenklich auf die sonnenbeschienene Wasserfläche, die endlos am Horizont verschwamm. War das ein Zeichen? War er nicht der Sohn des Sumpffürsten, den Pallasidus vor Äonen so jähzornig vernichtet hatte? Ihm war diese Geschichte nie besonders wichtig erschienen, auch wenn David sie damals aufregend gefunden hatte. Jetzt hatte er die Gelegenheit, seine Herkunft zu erforschen. Er erwartete nicht, in diesen Sümpfen irgendetwas zu finden – einen Hinweis auf ein ausgestorbenes Volk zum Beispiel. Aber er würde Proben von Pilzen und Mikroorganismen in Hülle und Fülle nehmen können. Das war eine Aufgabe nach seinem Geschmack – wenn da nicht Bental gewesen wäre. Ihn musste er als Führer mitnehmen. Terv stieß verdrossen die Luft aus.

Der Regent Troyan, der kurz im Inneren der Residenz verschwunden war, trat mit einem Tablett in den Sonnenschein, auf dem sich zwei gefüllte Becher voll vergorener Squalimilch für Bental und Kefir für Tervenarius befanden. Der Herrscher selbst, als Sohn eines Sternengottes und einer Sirene aus dem Südmeer, ernährte sich von Fisch. Trotz einer Schar Bediensteter war er sich nicht zu schade, seine

Gäste eigenhändig zu bewirten. Sein dickes, dunkelgrünes Haar umrahmte das edle Gesicht mit der feinschuppigen, hellen Haut. Wann immer Terv ihn sah, bestaunte er dessen Schönheit und Eleganz. Die schwulen Männer auf der Erde würden sich um ihn reißen, dachte er amüsiert. Aber zum einen hatte Troyan eine der aquarianischen Töchter von König Maurus geheiratet, zum anderen hätte dieser wohl niemals einen Fuß auf den verkommenen Humanoiden-Planeten gesetzt.

Solutosans golden flirrender Ring erschien. Mit einem Schreckenslaut machte Bental einen übertrieben weiten Sprung bis an den Rand der Terrasse und glotzte den Energetiker an, als hätte sein letztes Stündlein geschlagen. Solutosan ignorierte ihn und ließ das Tor in die Anomalie mit einer Handbewegung zusammenfallen. »*Hier sind die gewünschten Sachen. Patallia war nicht da, aber ich habe gesucht und alles gefunden.*«

Interessiert betrachtete Tervenarius den roten Rottenpilz auf seinem Finger. Witzigerweise hatte er das Gefühl, dass dieser beim Anblick der Säurefläschchen in Deckung ging und minimal schrumpfte.

So, mein Freund, dachte Terv grimmig. Wollen wir doch mal sehen, ob wir dir hiermit beikommen können. Er musste einen Weg finden. Ihm war der Ernst der Lage völlig bewusst. Starben die Squalis, wäre das auch der Tod der Auraner.

Tervenarius war nun schon drei ganze Wochen fort. Besonders die Abende hatten sich endlos gezogen ohne ihn. Deshalb war David froh, als sein Freund und Kollege die Einladung zu einem Drink erneuerte.

Es war früher Nachmittag, als Nice und er ihr Büro verließen und sorgfältig verschlossen. Obwohl das Areal stark bewacht wurde, war man nie sicher, ob nicht doch Eindringlinge versuchen würden, Equipment zu stehlen.

Nice hatte sich schwerfällig hinter das Steuer seines Solarfahrzeugs gedrückt und David setzte sich wortlos auf den Beifahrersitz. Er vertrug nur Milchmischgetränke und Wasser, aber wollte Nice zuliebe einen Cocktail aus selbstgebranntem Schnaps, Wasser und Aromastoffen bestellen und daran nippen.

Die Mischung aus Restaurant und Bar lag zentral innerhalb der unzähligen, langgestreckten Firmengebäude. Es war kein gemütlicher Ort, auch wenn der Besitzer Matthew versucht hatte, Wände und Nischen mit allerhand buntem Tand zu dekorieren. Nun zierten Teddybären und verstaubten Plastikpflanzen aus einer längst vergangenen Zeit das Etablissement.

Sie schoben sich am Ende der schwarz lackierten Bar auf die Barhocker. »Zwei Hellraiser«. Der dicke Matt nickte und begann, die Drinks zu mischen.

Warum sitze ich hier eigentlich?, fragte sich David und musterte den verspannt neben sich kauernden Nice. Der Freund bewegte sich ungelenk und steif. David wusste, dass er ständige Probleme mit den Implantaten hatte. Natürlich war es ihm schon in den Sinn gekommen, Nice zu Patallia zu bringen. Der hatte jedoch mit einem geknurrten »Alles Kurpfuscher« eine weitere Behandlung abgelehnt.

Matthew stellte ihnen die Getränke hin. »Wer zahlt?«

Da Nice als Erster bestätigend nickte, hielt der Wirt kurz das Handgerät des Computers an dessen Auge, um den Netzhautscan zu machen.

David seufzte aus tiefster Brust. Mit einem Mal fühlte er sich frustriert und leer. Es stimmte, was er Terv gesagt hatte: Tervenarius war seine Sonne. An seiner Seite ergab plötzlich alles wieder einen Sinn.

»Die Erde zieht mich runter.« David stierte in sein Glas und schwenkte die leise klirrenden Eiswürfel.

Von Nice kam ein heiseres Krächzen, das einem Lachen nur entfernt ähnelte. »Na toll, möchtest du lieber in dieses Sauerstoffzelt auf dem Mars? Das bescheuerte Projekt wird doch sowieso nie funktionieren. Außerdem mangelt es denen da oben an allem.«

David musterte ihn, betrachtete erst das blaue und dann das braune Auge. Ob es Nice auf einem gesunden Planeten wie Duonalia oder Sublimar besser gegangen wäre? Vielleicht sogar als Siedler in dem urtümlichen Renovamion? Als Schafzüchter? Ohne Computer? Er konnte es sich nicht vorstellen. »Warum hast du dir eigentlich ein blaues Auge ins Implantat setzen lassen?« Diese Frage hatte er Nice nie gestellt.

Der stutzte zunächst, da David so abrupt das Thema gewechselt hatte, strich sich dann mit einer fahrigen Bewegung das strähnige Haar zurück. »Keine Ahnung. Ich fand braune Augen schon immer langweilig. Und da sich die Gelegenheit bot ...«

»Hm.«

»Findest du, dass es scheiße aussieht?«

»Nein.« Er blickte Nice versonnen an. »Ich wünsche mir einfach manchmal, dass es dir besser ginge.«

»Mir geht's gut«, erwiderte Nice trotzig.

Das wollte David nicht auf sich beruhen lassen. »Ich sehe doch, dass das nicht stimmt.«

Nice trank sein Glas mit einem großen Schluck leer. »Der Zug ist für mich abgefahren, David. Es gibt keinen Weg mehr. Ich kann nur hoffen, dass mein Körper irgendwann seine neuen Teile akzeptiert.« Er blickte ihn mit steinernem Gesicht an. »So lange fresse ich eben diese Scheiß-Pillen.«

Er tat David leid, aber das durfte er um Gottes willen nicht zeigen. Deshalb kniff er die Augen zusammen. »Ich weiß gar nicht, was du hast. Ich mag dein Styling. Integriertes Brotmesser und Computer, das hat doch was. Und den Arm kann dir wenigstens niemand klauen.«

Nice stutzte. Dann grinste er.

Das war es, was er an David mochte: seinen unerschütterlichen Humor. »Ja genau. Verliere ich den anderen Arm auch noch, lass ich mir dort eine Strahlenpistole einsetzen und eine Dose für meine Etonutride.« Er trank sein Glas auf einen Schluck aus. Der hochprozentige Alkohol machte sich angenehm wärmend in seinem Magen breit.

David lachte und Nice betrachtete dabei seinen Mund. Das erinnerte ihn an den erotischen Vorfall im Büro. Ob Daria schon zu Hause war?

Nice erhob sich und klopfte auf die Bar. »Alles klar. Trink aus, David. Ich habe noch etwas vor. Ich bringe dich zu deinem Wagen.«

Der Freund starrte auf sein fast volles Glas und reichte es ihm dann. »Mir ist heute nicht so danach. Nimm du es.«

Sich einen anzusaufen, bevor er mit Daria konfrontiert wurde, war einerseits keine gute Idee, denn sie hasste es, wenn er trank. Andererseits würde ihn das zusätzlich betäuben, und ihn ihre Kälte weniger spüren lassen.

Mit einem Zug hatte er sich den Inhalt des Glases einverleibt. Wow! Das kam gut zusammen mit den vielen Tabletten. Er grinste David verschwommen an.

»Na, denn mal los.«

Daria war bereits zu Hause, als Nice die Wohnung betrat. Nice betrachtete sie lüstern, wie sie auf einem zierlichen Schemel vor ihrer hypermodernen Frisierkommode saß und sich das volle, dunkle Haar bürstete. Ihr Body war perfekt. In dieser Hinsicht begehrte er sie nach wie vor.

Sie musterte ihn im Spiegel, wie er am Türrahmen des Schlafzimmers lehnte. »Du weißt hoffentlich, dass wir heute bei Westle auf dem Firmen-Event eingeladen sind. Das ist mir wichtig, John.« Sie drehte sich zu ihm um. Das hauchdünne Unterkleid spannte sich über ihre vollen Brüste, betonte die sanfte Rundung ihres Bauches und endete knapp über ihren wohlgeformten Schenkeln.

Scheiße. Natürlich hatte er das vergessen, beziehungsweise wohlweislich verdrängt. Er hasste derlei Festivitäten, die er mit Smalltalk und festgefrorenem Lächeln absolvieren musste. Und er konnte es nicht leiden, wenn sie ihn bei seinem richtigen Namen nannte.

Daria las die ablehnenden Gedanken in seinem Gesicht.

»Einen Rückzieher akzeptiere ich nicht. Du hast es versprochen. Alle Führungskräfte haben ihre Partner mitzubringen. Wir müssen um halb acht los.«

Also hatte er noch zwei Stunden Galgenfrist. Genügend Zeit, um sie vorher gründlich durchzunehmen.

Sie wandte sich erneut dem Spiegel zu und beobachtete ihn prüfend mit zusammengekniffenen Augen.

»Ich bin zu müde für so einen Scheiß, Daria.« Sein Entschluss stand fest. Er würde sie für diese Gefälligkeit in Naturalien bezahlen lassen.

Ohne sie weiter zu beachten, begann er sich auszuziehen. Um sie zu ärgern, ließ er seine Kleider auf dem Weg zum Bett einfach auf den Boden fallen und warf sich stöhnend in die Kissen. Um dem Ganzen die Krone aufzusetzen, streifte er liegend seinen Slip ab und pfefferte ihn in ihre Richtung.

»Du willst mich nur provozieren.« Wie gut sie ihn inzwischen kannte. Er schloss die Augen.

»Nice! Was erwartest du von mir?« Sie stand vor dem Bett. »Soll ich betteln? Ist es nicht auch deine Zukunft, die auf dem Spiel steht? Du verdienst doch durch deinen ganzen sozialen Müll nichts. Einer von uns muss ja wohl vernünftig sein und auf der richtigen Seite arbeiten.«

Argh! Die Endlos-Diskussion um seinen Job und dessen Nutzen. Darauf hatte er absolut keine Lust. Alkohol und Tabletten hatten sich zu einem angenehmen Konglomerat verbunden, das sich beruhigend in seinem Körper breitmachte.

»Ich unterstütze dich ja. Aber deswegen muss ich mich ja nicht auf so einem Fest prostituieren.« Er hörte Daria nach Luft schnappen. »Niemand hat gesagt, dass du dort mehr machen sollst als Lächeln und Smalltalk.«

»Mir ist nicht nach Lächeln.«

Stille. Dann ein Knistern ihres Unterrocks, als sie sich auf das Bett kniete.

»Gut, ich bezahle.« Ihre Hand schloss sich um seinen Schwanz.

»Handjob? So billig sind exquisite Begleiter nicht zu haben.« Er bemühte sich, das Zucken seiner Mundwinkel zu unterdrücken. Sie war eine geschickte Bläserin. Das wussten sie beide. »Um mich zum Lächeln zu bringen, musst du dir schon mehr einfallen lassen.«

Anstelle einer Antwort umzüngelte ihre Zunge augenblicklich gekonnt seine Eichel. Sein Glied in ihrer Hand reagierte sofort. Nice entspannte sich. Auf meinen Schwanz ist wirklich immer Verlass, überlegte er. Ihm habe ich zu verdanken, dass Daria überhaupt noch bei mir ist. Das Bild des sich genussvoll zurücklehnenden Tervenarius erschien in seinem benebelten Kopf. Er konnte sich vorstellen, wie dieser auf David lag. Was das wohl für ein Gefühl war? Er konzentrierte sich wieder auf Darias saugenden Mund. Ihm stand der Sinn danach, sie ebenfalls auf diese Art zu penetrieren. Wie einen Mann. Das hatte er noch nie versucht. Wie würde sie reagieren? Das war schwer vorherzusagen. Aber war es nicht letztendlich gleichgültig? Ihr Verhältnis basierte doch sowieso nur auf Sex. Warum also das Repertoire nicht noch erweitern? Sein Verlangen wuchs.

»Komm, reite ihn.«

Eine von Darias Lieblings-Stellungen. In der konnte er sie überrumpeln.

Mit einem Satz saß sie auf seinen Schenkeln. Ihre heiße, feuchte Enge umschloss seinen Schwanz so gierig und schnell, dass er laut keuchte. Mit einem Griff der linken Hand hatte er ihre wippenden Brüste aus dem spitzenverzierten Ausschnitt gelöst. Ein Anblick, den er liebte.

Sie ritt ihn, lange und ausgiebig. Wie eine wilde Amazone, die auf einem feurigen Hengst über die Steppe preschte. Mit verzücktem Gesicht und aufgelöstem Haar, die Hände auf seine Brust gestützt, schwitzend und schwer atmend. Ein schwaches Kontrahieren ihres Geschlechts signalisierte ihm, dass sie sich dem Höhepunkt näherte.

Oh nein, so einfach würde er ihr es nicht machen. Er packte ihr Becken mit beiden Händen, zog sie ein kleines Stück nach vorne und versenkte seinen nassen Schwanz in ihrem hinteren, entspannten Eingang. Daria schrie völlig überrascht auf. In einem ersten Reflex verkrampfte sie sich, wollte sie sich ihm sofort entziehen, aber das ließ er nicht zu. Mit eiserner Kraft hielt er sie in ihrer Position. Augenblicklich brüllte sie vor Schmerz und Wut, stemmte sich gegen ihn. Er gab ein kleines Stück nach, glitt jedoch nicht vollständig aus ihr, sondern drückte sie erneut auf sein hochgradig erregtes Glied zurück. So eng. So tief. So also fühlte sich das an. Er gab wieder ihrem Fluchttrieb nach, aber ließ sie nicht ganz gehen, benutzte nun auch die Stärke seines Implantat-Armes, um sie zu bändigen. »Nice! Nein!«

»Doch! Heute machen wir es so. Und dafür komme ich mit. Einen verdammten Abend an deiner Leine. Dein brav lächelndes Hündchen. Aber jetzt will dich dein Haustier erst einmal ficken. Und zwar so, wie es ihm passt.«

Er verschob die linke Hand, sodass sein Daumen auf ihrer nassen, geschwollenen Perle zu liegen kam. Gemächlich nahm er seine Bewegung wieder auf, massierte den empfindlichsten Punkt.

Sie kämpfte mit sich. Wut und Lust spiegelten sich abwechselnd in ihrem Gesicht, aber sie ließ ihn gewähren. Ihre Geilheit siegte. Sie fügte sich. Brutal und hart stieß er in diese neu eroberte Enge. Ein Gefühl wie die Umklammerung eines Schraubstocks. Der Schweiß brach ihm aus allen Poren.

Den Kopf in den Nacken gelegt, in sein Fleisch gekrallt, übergoss sie seinen Bauch mit einem heißen Schwall aus ihrem Geschlecht, was seiner Beherrschung ein Ende setzte. Laut keuchend verströmte er sich in ihren Leib, hielt sie dabei auf sich gepresst, als wolle er sie auf seinem Schwanz für immer festnageln.

Er musste ihr weh getan haben. Das war sein erster Gedanke. Die Mechanik seiner Hand bestand aus Metall. Vorsichtig löste er sie von ihrer Hüfte, hob den Kopf und betrachtete die rot-blau unterlaufene Stelle.

Da traf ihn eine klatschende Ohrfeige, die ihm den Schädel herumriss. »Du widerliches Schwein!« Sie wollte noch einmal zuschlagen, aber er packte blitzschnell ihr Handgelenk. »Mich so zu benutzen! Bist du von allen guten Geistern verlassen?«

Daria löste sich und sprang aus dem Bett, stand zitternd vor Entrüstung daneben.

»Wieso? Es hat dir doch gefallen.« Sie ist wirklich eine heiße Braut, dachte er und betrachtete ihre funkelnden Augen, die geröteten Wangen. »Die Wut steht dir gut. Du wirst sicher die Attraktion auf deinem Firmentreffen. Soll ich dich jetzt jedes Mal in den Arsch ficken, bevor wir in deine Firma gehen?«

Daria schnappte nach Luft. Ihre Stimmung schlug um, das spürte er. Ihre Augen füllten sich mit Tränen. Sie wollten ihm jedoch offensichtlich nicht zeigen, wie tief sie getroffen war, denn sie drehte sich postwendend um und marschierte ins Bad. Rumms, die Tür war zu.

Es war ihm gleichgültig. Der juckende, brennende Schmerz hatte erneut überhand gewonnen. Sein Schädel pulsierte. Am liebsten hätte er sich den Arm abgerissen – wie schon so oft, wenn er sich zu stark angestrengt hatte. Er hörte die Dusche kurz angehen und biss die Zähne zusammen. Wie lange hielt sie es wohl noch mit ihm aus? Wo waren seine Tabletten?

Der kommende Abend war unmöglich ohne Schmerzmittel zu überstehen. Die Ärzte hatten ihm angeboten, in den Arm ein Reservoir an Schmerzblockern einzubauen. Die hätte er nur mit einem Gedanken nach Belieben freisetzen können. Aber das war nicht sein Film. Er hatte nicht vor, komplett süchtig zu werden. Er hasste den Schmerz. Er war sein Partner. Es war besser, den Peiniger zu hassen statt sich selbst.

Fluchend schob Nice sich aus dem Bett, stolperte durch das Zimmer zu seiner Jacke und wühlte in den Taschen. Er musste die Medikamente schnell nehmen, bevor sie ihn in diesem Zustand sah. Er wollte nicht als der kränkliche Krüppel vor ihr stehen.

Erschöpft ließ er sich auf die Bettkante sinken, betrachtete seinen Arm und fuhr den Dolch aus. Allmählich trat die betäubende Wirkung ein. Nachdenklich kratzte er mit der Dolchspitze über den rechten Oberschenkel. Ein roter Strich. Das war nicht genug. Er ritzte tiefer und Blut quoll hervor. Ah, das war besser. Während sich das wohlige Gefühl durch das Medikament bemerkbar machte, lief der Schmerz aus seinem Fleisch. Fasziniert beobachtete er, wie das Blut sich auf der Haut ausbreitete.

»Was zum Teufel machst du da?«

Er hatte Daria bereits vergessen, die plötzlich in einem schwarzen, engen Abendkleid vor ihm stand. War da Besorgnis in ihrer Stimme? Vielleicht sollte er sich wenigstens für diesen Abend mit ihr versöhnen. »Es hat da gejuckt. Ist nicht schlimm.«

Er erhob sich schneller als gut für ihn war, denn es wurde ihm eine Sekunde lang schwarz vor Augen.

»Du wirst doch jetzt nicht einen weiteren Grund suchen, um dich zu drücken?« Verachtung schwang in ihrer Stimme mit.

»Nein.« So viel Ehre hatte er ja wohl noch im Leib. Sie hatte bezahlt. Er bemühte sich, mit festen Schritten zu seinem Kleiderschrank zu gehen und seinen offiziellen Anzug herauszuholen. Wie es zu diesem Zeitpunkt in Mode war, bestand dieser aus glänzendem, schwarzem Material und hatte einen strengen Schnitt mit Stehkragen.

Daria hatte sich vor ihre Frisierkommode gesetzt und steckte sich das Haar auf. »Wie geht es eigentlich deinem Freund – diesem David? Ist er aus dem Urlaub zurück?«

Warum interessierte sie das? Er zog sich Socken an. Vielleicht sollte es ein Smalltalk werden, um Normalität herzustellen.

»Der ist schon seit einiger Zeit wieder da. Aber es geht ihm nicht so gut, denn in seinem Haus war ein Todesfall. Einer seiner Freunde ist gestorben.« In dem Moment, als er das sagte, ärgerte er sich über sich selbst. Es stand ihm nicht zu, Davids private Probleme nach außen zu tragen. Aber nun war es geschehen.

»Ach. Das ist tragisch.« Daria puderte ihr Gesicht und blickte ihn nicht an. »Zumal die Bestatter ja grauenvoll teuer geworden sind.«

»Sie haben keinen gerufen.« Er stand auf und stellte sich hinter sie, um sich fertig angezogen im Spiegel zu betrachten. Wäre da nicht seine künstliche, metallisch schimmernde Gesichtshälfte gewesen und das stoppelige weiße Haar darüber – sie hätten perfekt zusammen ausgesehen.

Nun wandte Daria sich um. »Sie haben ihn selbst begraben? Sag jetzt nicht, im eigenen Garten. Das ist ja gruselig.«

Nice wiegelte ab. Er wollte dieses Thema endlich beenden. »Das hat uns nicht zu interessieren, Daria. Lass uns fahren.«

Als ob sie sich jemals für die Leichen interessiert hätte, die in den Straßen liegen, dachte er, während er an ihrer Seite in die Tiefgarage ging. Sie mied die Gegenden der Donthaves und bewegte sich, soweit möglich, nur in den geschützten Bereichen. Dort befand sich selbstverständlich auch der monumentale Westle Firmensitz. Der geplante Empfang diente dem Zusammenhalt der Mitarbeiter und bot so ganz nebenbei den obersten Chefs die Gelegenheit, die privaten Hintergründe ihrer Untergebenen zu erforschen. Offiziell wurde der Jahrestag der Firmengründung gefeiert. Nach Nices Meinung ein schwarzer Tag in der Geschichte. Und nun war er dazu verdammt, Smalltalk mit Leuten zu machen, die er verachtete. Was für ein Scheiß-Job. Er musste aufpassen, dass ihm die Verachtung nicht durch sämtliche Poren drang.

»Wasser für die Welt«, verkündete ein unübersehbares, in einen Silberrahmen gefasstes Schild im Eingangsbereich des Gebäudes, dessen Schleuse Daria und er durchlaufen mussten, um das Innere zu betreten. Ihm war völlig klar, dass dieser Durchgang alles aufbot, was man an Sicherheitschecks auffahren konnte. Westle war nun im Besitz seiner aktuellsten medizinischen Daten samt Blutgruppe und DNA Code und kannte sogar die Farbe seines Slips, beziehungsweise seine Schwanzlänge. Für seinen Dolch hatte er keine Sondererlaubnis bekommen, deshalb war dessen Mechanik blockiert, was man ebenfalls überprüft hatte. Wie gerne hätte Westle auch den Inhalt seines Computers gecheckt. Nice grinste in sich hinein. So klug wie deren Techniker war er allemal. Der Rechner in seinem Arm machte auf seinen Gedankenbefehl dicht, hatte eine Spezial-Legierung und gehorchte nur ihm mit einer bestimmten Gedankenfolge. Westle besaß allerdings ein monumentales Sperr-Programm, mit dem man seinen Rechner für die Zeit seines Aufenthalts komplett deaktivieren konnte. Das hatte er zulassen müssen. Beim Verlassen des Firmengeländes gab man seinen Computer dann wieder frei. Nice kam diese Anwendung vor wie ein riesiger, klebriger Kaugummi, mit dem man sämtliche Aktivitäten unterband, ohne Daten auszulesen.

So ein Nonsens. Als ob sie ihn in einen wichtigen Bereich der Firma gelassen hätten. Nur Daria und den Betriebsangehörigen war der Zugang in das Allerheiligste gestattet, das vom Gemeinschaftstrakt durch eine weitere Schleuse getrennt war. Tja, Wasser ist eben wertvoller als Gold, dachte Nice und betrachtete einen plätschernden Marmorbrunnen in einer Ecke des Raumes, der kristallklares Wasser aus einem blumenverzierten Füllhorn spie. Westle hatte es geschafft, die Hälfte der weltweiten Wasservorräte aufzukaufen. Der andere Teil wurde von Unlimited Springwater beherrscht, deren Firmenpolitik keinen Deut besser war.

Das staatliche Wasser aus den Entsalzungsanlagen war schlecht und teuer. Also blieb den meisten Menschen nur noch eine braune Brühe aus diversen Bodenlöchern. Mit Urinreinigern war ebenfalls Geld zu machen. Nice war zu Ohren gekommen, dass Westle auch diese Patente aufgekauft hatte. Die verdienen sogar an den armen Schweinen, die ihre eigene Pisse saufen, dachte Nice. Sie streben nach Macht und der Weltherrschaft, und irgendwie scheint an ihnen die Tatsache vorbei gegangen zu sein, dass die Erde ein zerstörter, stinkender Planet ist, den zu beherrschen nicht lohnt. Obwohl – vielleicht gab es ja doch noch irgendwelche Reste herauszupressen, mit denen man sich dann die letzten, verbliebenen Ressourcen leisten konnte. Nice schluckte, um den aufsteigenden Hass nach unten zu drücken.

Er blickte in die Runde der elegant gekleideten Damen und Herren. Die Männer in schwarzen Anzügen, die Frauen in dunklen, kniekurzen Kleidern, schmucklos, lächelnd, nickend in leise Unterhaltungen vertieft. Selbstverständlich tranken alle Wasser.

»Das Wasser ist aus einer deutschen Gebirgsquelle«, flüsterte Daria an seiner Seite. »Du solltest es probieren. Es ist das Beste, was wir im Moment auf dem Markt haben.«

Gehorsam hielt Nice einen der vorbeieilenden Kellner an und nahm sich ein gefülltes Glas vom Tablett. »Ich muss kurz mit Don sprechen. Bin gleich wieder da.« Mit diesen Worten war Daria in der Menge verschwunden.

Das war ihm recht. Er wollte sich alles in Ruhe anschauen und schlenderte durch die Räume. Eine riesige Wand zeigte das Lichtermeer von Vancouver, um den Eindruck eines Ausblicks vorzutäuschen. Die Firmenzentrale verfügte jedoch über kein einziges Fenster. Fenster stellten Sicherheitslücken dar, die tunlichst vermieden wurden.

Ihr eigenes Tentasylum-Büro besaß noch welche. David hatte darauf bestanden, Licht in ihre Arbeitsräume zu lassen. Er behauptete, in völlig abgeschlossenen Zimmern zu ersticken. Wahrscheinlich ging er deshalb das enorme Risiko ein, in den Bergen zu wohnen. Nice hatte das Haus dort gut gefallen. Es war ebenfalls hoch abgesichert, aber gemütlich, hell, warm und großzügig. »Das ist meine Burg«, hatte David ihm lächelnd erklärt. »In ihr hüte ich alles, was mir wertvoll ist.« Während er das sagte, hatte er seinen Freund angestrahlt, der in diesem Moment zu Tür hereingekommen war.

Nachdenklich spazierte Nice durch die hell erleuchteten Konferenzräume. Er begutachtete das kalte Büffet, das offensichtlich Brot aus Weizenmehl und Käse aus originaler Kuhmilch aufbot, außerdem hartgekochte Eier in einer Menge, wie er sie noch nie gesehen hatte. Verschiedene Sorten Obst rundeten schön dekoriert die Tafel ab. Nice tippte mit einem Finger auf ein Stück Apfel. Es schien wirklich echt zu sein. Also nahm er es und lief knabbernd weiter. Ihn interessierten besonders die Sicherheitsanlagen, die man nur vermuten konnte, denn man hatte sie geschickt in die Wände und die Beleuchtung integriert.

Daria hatte angeboten, ihm bei Westle einen Job im Sicherheitsteam zu besorgen. So sehr ihn diese Aufgabe lerntechnisch reizte – die Vorstellung, ebenfalls für diese Halsabschneider zu arbeiten, war ihm zuwider. Um Daria nicht zu verärgern, hatte er jedoch nicht rundum abgelehnt, sondern diese Frage offen gelassen.

»Wie ich höre, werden Sie sich unserem Sicherheitsteam anschließen«, bemerkte eine dunkle, sonore Stimme neben ihm. Damien Scott, der Vorstandsvorsitzende und einer der höchsten Chefs von Westle, stand urplötzlich vor ihm, ein Kristallglas in den weißen Händen. Der schlanke, dunkelhaarige Mann mit dem militärischen Kurzhaarschnitt musterte ihn mit kaltem Blick.

»Das steht noch nicht fest«, entgegnete Nice. »Ich muss zunächst eines meiner eigenen Projekte zu Ende führen.«

Der einen Kopf größere Scott verzog einen Mundwinkel, was an ein Lächeln erinnern sollte. »Ah ja, Daria hat mir davon erzählt. War das nicht die Entwicklung eines neuen Medikaments gegen die Kälte?«

Nice stutzte. »Nein, da verwechseln Sie mich, Damien. Die pharmazeutische Firma gehört dem Lebensgefährten meines Partners. Wir von Tentasylum beschäftigen uns mit lebensrettenden Zelten, die den Bewohnern ein Mindestmaß an Komfort bieten sollen. Deshalb ...« Er hielt inne, denn sein Gegenüber hörte ihm bereits nicht mehr zu, sondern horchte in sich hinein, das linke Auge leicht milchig. Nice war sofort klar, dass auch Scott irgendwo in seiner Kleidung oder seinem Körper einen Rechner trug, den er unhöflicherweise mitten im Gespräch benutzte. Er selbst aktivierte den Eyevisor nur, um gelegentlich ein paar Onlinespiele zu zocken, und bevorzugte ansonsten den holographischen Bildschirm seines Armes. Der Eyevisor war nicht sicher. Jahre zuvor hatte er an der Hackersoftware mitgearbeitet, die es ermöglichte, sich in das Gesichtsfeld eines Users einzuklinken und durch dessen Augen zu sehen. Ob das Scott bekannt war? Wie er die Westle-Leute kannte, hatten sie ihr eigenes Netzwerk bombensicher geschützt. Gleichzeitig ärgerte er sich, dass er auch nur angesetzt hatte, einem solchen Menschen die soziale Motivation seiner Arbeit zu erklären.

»Entschuldigen Sie mich.« Damien Scott verneigte sich knapp und verschwand in der Menge.

Seine Schmerzen meldeten sich mit plötzlicher Heftigkeit. Schnell stellte Nice das Wasserglas, das er in der rechten Hand gehalten hatte, auf einen der weiß gedeckten Tische. Daria trat neben ihn. Sie senkte die Stimme: »Alles in Ordnung?« Hatte sie sein Problem bemerkt? »Was meinst du?«

»War Damien nicht eben bei dir?«

Aha, es war klar, dass ihre Sorge nicht seinem schmerzverzerrten Gesicht, sondern der eigenen Karriere galt. Nein, ihr hochverehrter Damien hatte ihn, den niedrigen Bürger aus dem Fußvolk, einfach nur verwechselt.

»Smalltalk«, erwiderte er. »Nichts von Bedeutung.«

»Bei Damien ist alles von Bedeutung«, zischte sie und presste die Lippen kurz zusammen. Sofort entspannte sich ihr Gesicht wieder und sie blickte lächelnd in die Runde.

»So gern wie ich gekochte Eier mag – können wir dieses Theater nicht bald beenden?«

»Nicht so laut«, knurrte sie mit zuckersüßem Lächeln. »Wir sollten uns verabschieden. Denk daran, dass du versprochen hast freundlich zu sein. Begleite mich und lächle.«

Gut, das konnte er noch für sie tun. Ihm war klar, dass sie diesen Aufenthalt wegen ihm frühzeitig beendete. Nickend und lächelnd flanierten sie durch die Menge, aus der er niemanden kannte. Damien war nicht mehr zu sehen. »Was für ein wunderschönes Fest.« »Danke für alles.« »Bis morgen.« Einige Blicke trafen ihn, mitleidige Augen wanderten zu Daria. Was gingen ihn diese Leute an? Nichts wie raus hier. Sie hatten ihn genug durchleuchtet. Erleichtert atmete Nice die kalte Nachtluft ein, als sich die schwere Tür des Westle-Unternehmens mit einem Zischen hinter ihm hermetisch verschloss.

Patallia musterte David, der am Küchenfenster des Duocarns-Hauses stand und gedankenverloren in den Garten starrte. Er fühlt sich verlassen, dachte er. Was soll ich sagen? Sein Liebster kommt wieder, wird immer zu ihm zurückkehren. Er schluckte, denn er wollte nicht in Davids Anwesenheit weinen. In den Jahren auf der Erde hatte er sich angewöhnt, genau wie die Menschen Stress zusammen mit der Grundflüssigkeit für seine Medikamente aus den Augen fließen zu lassen. Das half dabei, die Anspannung abzubauen. Auch hatte Smu ihn besser verstanden, wenn er menschenähnlich reagierte.

Smus Tod hatte ihn entsetzlich tief getroffen. Er hatte sich immer der Illusion hingegeben, auf diesen unvermeidbaren Tag vorbereitet zu sein, doch dem war nicht so. Seitdem verrichtete er alle Arbeiten nur noch mechanisch, ohne richtig wahrzunehmen, was er tat.

»Soll ich ausziehen?«, fragte er.

David fuhr herum.

»Wie kommst du denn auf so eine Idee? Natürlich nicht!«

»Hm, ich dachte, weil ich jetzt so ein Trauerkloß bin. Bevor ich hier allen Leuten die Laune verderbe ...«

Entsetzt starrte David ihn an. Dann schnaufte er. »Hör mal zu, unter Freundschaft versteht man etwas anderes. Gerade wenn es einem Freund dreckig geht, muss man bei ihm sein und ihn unterstützen. Ich finde wichtig, dass du jetzt jemanden zum Reden hast.«

»Ich will euch nicht mit der ewigen Frage nach dem Warum auf die Nerven gehen. Wieso hat er so gehandelt? Warum hat er nicht deinen Weg gewählt, David, und mich stattdessen allein gelassen?«

Die Miene des Freundes veränderte sich. Sanftheit und Geduld kamen zum Vorschein. David setzte sich zu ihm an den schmalen Küchentisch. »Du hast so oft mit ihm darüber gesprochen, Pat. Er wollte es nicht. Er hat es sich so ausgesucht und das musst du akzeptieren. Was wir Unsterblichen machen, ist eine Gratwanderung. Ich sehe es an Tervenarius, der oftmals Angst um sein Seelenleben hat. Smu wollte seiner Seele Ruhe gönnen und einen neuen Leib haben – irgendwann. Es ist doch möglich, dass du ihn wiedersiehst.

Man trifft sich immer viele Male. Das ist unvermeidlich.«

»Das glaubst du wirklich?«

David nickte und blickte auf seine gefalteten Hände.

»Aber verlassen wolltest du dich nicht darauf. Denn sonst wärst du Terv ja nicht gefolgt.«

»Die Wege des Schicksals sind unergründlich. Man kann immer nur das Beste geben. Ich habe keine Garantie, dass Tervenarius und ich uns ewig verstehen werden. Ich muss einkalkulieren, dass wir uns einmal entzweien. Zumal wir es uns ja wirklich nicht leicht machen, indem wir auf der Erde bleiben.« David blickte ihn an. Seine Augen ähnelten wasserblauen Kristallen und schienen ihn durchdringen zu wollen. »Warum gehst du nicht nach Duonalia zurück? Hier erinnert dich alles an ihn. So nährst du doch den Schmerz.«

Mit zusammengebissenen Zähnen musterte Patallia den Freund. Das wusste er selbst. Ihm war jedoch in seiner momentanen Situation am wichtigsten, nicht allein und einsam zu sein. Und in der Stille des Silentiums wäre das Verlassenheitsgefühl erdrückend gewesen. Auf der Erde wurde er gebraucht. Terv und er hatten Erfolg zu verzeichnen, aber „Die Kälte" war längst nicht besiegt. Als Mediziner war es seine Pflicht, an dem Ort zu bleiben, an dem er helfen konnte.

Diese Gedanken hatte David offensichtlich in seinem Gesicht gelesen. »Ich verstehe. Als Arzt wirst du hier gebraucht. Du willst so wie ich der Menschheit dienen bis zum bitteren Ende. Auch wenn es noch so hart ist.« David dachte kurz nach. »Bei mir gibt es einen weiteren Punkt, der mich in Vancouver hält. Ich glaube, Nice braucht mich.«

»Dein Kollege? Dieses Computer-Genie? Hattest du nicht mal erwähnt, dass er krank ist?«

»Ja.« David nickte. »Seit er durch einen Angriff eine Gesichtshälfte und einen Arm verlor, leidet er ununterbrochene Schmerzen. Die genetisch einwandfreien Ersatzteile hat sein Körper nicht angenommen. Seitdem plagt er sich mit mechanischen Implantaten herum. Ich glaube, seine Arbeit ist das Einzige, was ihn noch am Leben hält. Ich habe schon oft gedacht, dass er sich irgendwann mit all den Tabletten und dem schlechten Alkohol umbringt.«

»Warum kommt er nicht zu mir? Vielleicht kann ich ihm helfen.«

»Er weigert sich, einen weiteren Arzt an sich heranzulassen. Nach seiner grauenvollen Krankengeschichte ist das irgendwie verständlich.«

Das stimmte wohl. Patallia blickte auf seine Hände. Sie muteten ihn nutzlos an. Er hatte versucht, Smu erneut zum Leben zu erwecken. So viele Jahre hatte er ihn durch das Elixier gesund gehalten. Warum war er ihm einfach so weggestorben? Ja, jeder zweite Gedanke galt Smu. Ob das nachlassen würde? Wieder und wieder schürte er so seine Trauer neu. Deshalb war er auch nicht mehr in den Garten zu Smus Grab gegangen. Die Qual war schon groß genug.

»Ich fahre ins Labor, David. Ich habe noch eine Menge zu tun.« Er strich sich über den glatten Schädel. Ihm war klar, dass er auf dem Weg zur Firma in Tränen aufgelöst mit seinem Fahrzeug am Straßenrand stehen würde.

Die Morgendämmerung lag in Schwaden über der spiegelglatten, grauen Wasserfläche, als Tervenarius mit seinem Rucksack auf die Terrasse der Residenz trat, wo ihn Bental in einem hölzernen Kanu erwartete.

»*Meine Squalis sind zu geschwächt, um das Boot zu ziehen. Wir müssen rudern*«, teilte der Auraner ihm mit. Terv nickte zustimmend. Das war ihm recht.

Er kannte in etwa die Länge der Wegstrecke bis zu den Mangrovenwäldern. Dorthin zu paddeln würde ihm sogar Spaß machen. Er hatte Lust, sich bis an seine Grenzen zu bewegen und zu ermüden. »*Ist es weit von den Mangroven bis zu den Sümpfen?*« Er stieg vorsichtig zu Bental in das leichte Boot.

»*Nein. Ihr werdet sehen, wenn wir das Süßwassergebiet erreichen. Die Vegetation verändert sich dort.*« Der Auraner stieß das Kanu von der Umgrenzungsmauer ab und ergriff das Paddel.

Tervenarius wechselte zu der auf Sublimar üblichen Höflichkeitsform. »*Ich danke Euch, dass Ihr mir helft, diese Sache zu erforschen, Bental. Hoffentlich führt Pirani uns an den Ort, an dem sie die Pilze aufgelesen hat. Sie scheint mir sehr geschwächt.*«

Terv warf einen besorgten Blick auf die Squali, die das Boot flankierte. Der Kopf war fast völlig von dem roten Parasiten überwuchert. Das Tier machte den Eindruck, dass es ihm sehr schlecht ging. Der Rottenpilz hatte weder auf Schwefelsäure, Phosphorsäure oder Essigsäure reagiert und, obwohl Herr der Pilze, war er ratlos, was diesen fremden Organismus anging.

Bental antwortete nicht, sondern paddelte verbissen. Er hatte es offensichtlich aufgegeben, wegen seiner kranken Squalis zu lamentieren. Nachdenklich blickte Terv auf seinen knochigen Rücken in dem goldgelben Gewand. Ja, es galt, keine Zeit zu verlieren. Eilig holte er sein Holz-Paddel aus dem Rumpf des Kanus und tauchte es in die Fluten. Er passte sich an Bentals Rhythmus an, ihre Ruder stachen gleichzeitig ins Wasser und kamen tropfend daraus hervor.

Das Boot glitt zügig vorwärts, während sich die warme Sonne Sublimars am Horizont erhob. Sie ließen das Ufer nicht aus den Augen und fuhren in gleichbleibender Entfernung außerhalb der sanften Dünung.

Sublimar-Stadt sowie auch die Residenz waren auf weißen Kalksteinformationen erbaut. Die schroffen Riffe ragten in diesem Teil des Landes in allen Größen aus dem Wasser. Allmählich änderte sich die Landschaft. Das Ufer, die vorbeiziehenden Inseln und sandigen Halbinseln zeigten sich begrünt und mit Bäumen bestanden. Tervenarius wusste aus Erzählungen, dass es sich bei diesen um Morlus-Bäume handelte, deren Blätter als Futter für die Serica-Spinner dienten. Gelegentlich sahen sie auranische Arbeiter an diesen Gewächsen beschäftigt. Ihre goldenen Haarschöpfe glänzten in der Sonne.

Sie ruderten zügig voran. Die Vegetation des Ufers ging nach und nach in Mangrovenwälder über. Hier war kaum Wellengang zu spüren, sodass sie näher an die Pflanzen paddelten, deren Wurzeln und Zweige tief in das salzige

Wasser tauchten. Die tütenförmigen, weißen Kelchblüten der Bäume dufteten süßlich-scharf, ein Geruch, der leicht in der Nase stach. Natürlich waren diese Gewächse den irdischen Mangrovenbäumen nur entfernt ähnlich. Tervs Übersetzermikroben gaben ihm das auranische Wort »Fàstaroscur« als »Mangroven«, was er in Ordnung fand. Er war außerordentlich gespannt auf die Vegetation der Süßwassersümpfe. Sein Rucksack enthielt ein Sortiment an Messerchen und etliche Probenbehälter.

Bental vor ihm gab ein Handzeichen, und sie bogen in einen Flusslauf ein, der die Mangroven auf einer Breite von zirka zwanzig Metern durchzog.

Nun wurde es interessant, denn dieser Teil von Sublimar war Terv unbekannt.

Besorgt schaute er nach den Squalis. Sie flankierten weiterhin brav das Boot. Also schien die Richtung zu stimmen. Squalis waren intelligente Tiere, die die telepathischen Befehle ihrer Besitzer gut verstanden, auch wenn sie gelegentlich etwas störrisch reagierten und ihren eigenen Kopf besaßen.

Nach und nach schmälerte sich der Wasserlauf, bis er nur noch aus einem etwa zwei Meter breiten Flüsschen bestand. Die Vegetation auf beiden Seiten hatte sich völlig verändert. Terv ruderte mit kräftigen Schlägen an mit wehenden Flechten bewachsenen Bäumen vorbei, wie er sie noch nie gesehen hatte. Was ihn erstaunte, war die pastellfarbene Farbpracht dieser Gewächse, die von einem hellen Rosa bis zu einem blauviolett variierte. Die Luft erschien ihm gehaltvoller und fortschreitend schwüler. Ein angenehm warmer Wind traf ihn, der ihn wohltuend durchwärmte und ihn den Hals recken ließ. Er schnupperte in den Luftzug. Wie wunderbar es in diesem Sumpfgebiet roch. Es drängte ihn, aus dem Kanu zu springen, um die Gegend zu erforschen und Proben zu nehmen, aber Bental paddelte stoisch weiter. Es war abzusehen, dass der Wasserlauf bald nicht mehr befahrbar sein würde. Bental wählte deshalb eine kleine Bucht, in der die Tiere noch genügend Platz zum Schwimmen hatten, verließ das Boot und vertäute es an einem morschen Ast.

»*Ich glaube, dass das die richtige Stelle ist.*« Der Auraner blickte zu Terv, der sich interessiert umsah.

»*Hier wachsen Süßwasseralgen, die Pirani besonders mag.*« Er wandte sich an die Squali, die teilnahmslos im Wasser dümpelte, während Mali den Untergrund der Bucht abgraste. Bentals Gesicht verzog sich kummervoll. »*Hast du die schlimme Krankheit an diesem Punkt aufgelesen, Pirani?*«, fragte er das apathische Tier.

Voll Mitgefühl betrachtete Terv ihn und erhob sich von der Ruderbank. Er bezweifelte, dass die Squali ihrem Herrn antworten würde, zumal sie nicht sprechen, sondern sich höchstens mit Gesten verständigen konnten. Aber dafür war das Tier viel zu krank.

»*Lass uns hier lagern, Bental*«, schlug er vor. »*Ich mache mich dann auf der Weg, um die Gegend zu erkunden und Proben zu nehmen.*« Es drängte ihn, dem Mann etwas Trost zu spenden. »*Ich werde die Ursache bestimmt finden.*«

Bental hob den Kopf. Tränen flossen über sein faltiges Gesicht. Er nickte tapfer. »*Ich habe genügend Proviant für einige Zyklen. Ich warte.*«

Es geschah mitten in der Nacht. Eine behandschuhte Hand presste sich auf Davids Mund, während ein leises Zischen und ein kurzer Druck am Hals ihm verriet, dass jemand eine Injektion auf ihn angesetzt hatte und abdrückte. David lag steif vor Schreck. Zwei maskierte Kerle standen vor seinem Bett. Mit einem Satz war einer von ihnen auf die andere Seite der Matratze gesprungen und packte ihn an den Schultern.

»Verdammt, das Zeug wirkt nicht.« Seine Stimme klang gedämpft durch die Maske. Diese Sekunde nutzte David, um hochzufahren. Sofort griff der zweite Mann zu, hielt seine Arme fest, bevor er sich wehren konnte.

»Lasst mich in Ruhe! Was wollt ihr?«, schrie David völlig außer sich, trat mit den Beinen und versuchte, sich aus den

Haltegriffen der Angreifer zu winden. Ein heftiger Schlag auf den Kopf ließ die Welt um ihn herum verstummen.

Verwirrt schlug David die Augen auf. Er befand sich in völliger Dunkelheit. Sein Schädel hämmerte. Was war passiert? Jemand war in ihr Haus eingedrungen. Man hatte ihn geschlagen.

Wo war er? Er tastete mit den Händen. Offensichtlich hatte man ihn nicht gefesselt. Die Unterlage fühlte sich an wie eine Matratze aus Schaumstoff, mit einem Überzug aus einer glatten Faser. Angestrengt schnupperte er. Kein Luftzug, kein Geruch, Temperatur um die zwanzig Grad. Der Raum schien klimatisiert. Wieso hatte man ihn angegriffen und verschleppt? War es nicht sinnlos, jemanden, der sich sozialen Projekten widmete, zu entführen? Terv. Es konnte nur etwas mit dessen Firma zu tun haben. Allglobalmeds war erfolgreich und am Expandieren. Eine Erpressung, das musste es sein.

Vielleicht hatte man ihn, David, auch nur verwechselt. Nein – jemand, der sich die Mühe machte, das Sicherheitssystem des Hauses zu knacken, der handelte gezielt.

Seine Gedanken rotierten. Wie war es geglückt, das System zu überlisten? Warum das alles? Oder hatte irgendjemand erfahren, dass er unsterblich war? Dass es ihn eigentlich überhaupt nicht geben dürfte? Eventuell war er ein Versuchskaninchen und man hatte vor, ihn zu sezieren. Angst stieg in ihm hoch, so stark, dass ihm schwindelig wurde.

Er musste alle seine Sinne mobilisieren, jede Bewegung, jede Regung seiner Entführer deuten, wenn sie sich einmal blicken ließen. Wussten sie, wer David war? Besaßen sie Informationen über seine mit Quecksilber gefüllten Adern?

»Hallo!«, schrie er in die Dunkelheit. »Ist da jemand?« Die Wände des Raumes verschluckten den Klang seiner Stimme. Höchstwahrscheinlich hatte man sie schallisoliert. Terv. Tränen rannen ihm aus den Augen. Terv, warum habe ich nicht auf dich gehört und mir einen Ring geben lassen? Bitte hilf mir, wo auch immer du bist.

Eine andere Welt. Als sich die wehenden, bunten Flechten hinter Tervenarius schlossen und er auf dem saftig-weichen Boden ins Unbekannte lief, überkam ihn das Gefühl, echtes Neuland zu betreten. Er fühlte sich ausgesprochen wohl. Temperatur, Luftfeuchtigkeit und Gerüche ließen ihn hoch aufgerichtet mit geweiteten Nüstern durch den Wald laufen. Begeistert sog er die Luft mit ihren Mikroorganismen und Düften ein, sortierte sie in seinem Inneren. Etliche Pilzsporen befanden sich darunter, aber nichts, was dem roten Rottenpilz in irgendeiner Weise glich. Die Sporen der Flechten dominierten die gesamte Gegend. Er war so in die Aufnahme der neuen Reize versunken, dass er erst nach einer Weile auf den Gedanken kam, zu überprüfen, ob der irdische Kompass, den er mitgebracht hatte, auch auf Sublimar funktionierte. Eilig kramte Terv ihn aus dem Rucksack und betrachtete ihn prüfend. Ja, die kleine Bucht, in der Bental auf ihn wartete, lag nördlich von ihm.

Ein warmer, verwöhnender Windstoß traf ihn. Versonnen steckte er den Kompass weg und streichelte eine der Flechten, die sich in seine Hand schmiegte. Es war, als würde ihn dieses Land willkommen heißen. Wunderte ihn das? Es war seine Heimat. Er hatte es immer verdrängt, nicht wahr haben wollen, aber offensichtlich stimmte die Legende des Sumpfkönigs. Es war ihm lästig gewesen, der Abkömmling irgendeines verschollenen Volkes zu sein. Nun bedauerte er seinen Hochmut, denn dieses Land war wie für ihn gemacht. Er verspürte riesige Lust es zu erkunden, und dachte einen Moment an David. Es war schade, dass sein Liebster nicht mitgekommen war.

Die Probe. Er setzte sich auf einen umgestürzten Baumstamm. Das auranische Gewand würde ihn bei seiner Exkursion behindern. Vorausschauend trug er irdische Kleidung darunter: eine dunkle Hose und ein Shirt aus schwarzem, atmungsaktivem Stoff. Also zog er das waldgrüne Serica-Gewand aus, legte es zusammen und stopfte es in sein Gepäck.

Wo sollte er anfangen? Es gab so unendlich viel zu entdecken. Mit einem der Probenmesserchen schnitt er kleine Stücke aus den Baumrinden, den Flechten, den wildwuchernden, orangefarbenen Bodenpilzen und versenkte sie in die Behälter aus klarem Kunststoff. Den Rucksack wieder geschultert, blickte er um sich.

Vielleicht würde sein Instinkt ihn führen. Terv schnupperte in die Luft. Wo roch es am interessantesten? Er lächelte. Na denn, immer der Nase nach.

Es war herrlich, durch diesen sumpfigen Wald zu laufen, dessen Boden mit vielfältigen Pilzen bewachsen war und bei jedem Schritt federte. Er nahm ununterbrochen Proben von all den Gewächsen und freute sich insgeheim schon darauf, sie später zu riechen, schmecken und zu bestimmen. Der würzige Waldduft veränderte sich. Interessiert lief er weiter, kletterte über umgestürzte Bäume, strich Flechten zur Seite und stand mit einem Mal auf einer Lichtung inmitten von kniehohem, weißem Gras. Der Geruch hatte an Schärfe zugenommen, was er als unangenehm empfand. In der Mitte des sonnenbeschienen Platzes reckte ein Baum von der Höhe eines dreistöckigen Hauses seine aufgeplatzten Äste zum Himmel. Blattlos, nur mit wenigen, rosafarbenen Flechten bewachsen, machte er einen kranken Eindruck. Im unteren Bereich des Wurzelwerks klaffte eine mannshohe, schwarze Höhlung, der Terv sich neugierig näherte. Ha! Volltreffer! An den Rändern dieses Eingangs befanden sich feuerrote Organismen, die Tervenarius sofort als den roten Pilz identifizierte.

»Da hab ich dich, mein Freund«, sprach er den Rottenpilz an und amüsierte sich gleichzeitig über sich selbst, dass er mit diesem Parasiten redete. »Hier also wohnst du.« Neugierig reckte er den Kopf in die Dunkelheit der Öffnung. Es schien sich um mehr als nur eine kleine Höhle zu handeln, denn aus den Tiefen des Baumes wehte ihm schwülwarme, feuchte Luft entgegen. Befand sich dort ein ganzes Höhlensystem?

Ohne zu zögern, bildete Terv tantilianische, grüne Leuchtsporen auf seiner Handfläche und lief vorsichtig mit den
Füßen tastend los. Zu seinem Erstaunen erwies sich der Weg
ins Höhlerinnere als glatt und ausgetreten. War er hier seinem Volk auf der Spur?

Er prüfte die Wände. An vereinzelten Stellen hielt sich der
rote Pilz an dem unebenen Gestein fest. Voller Neugier lief
er weiter. Der schmale Gang führte ihn tiefer ins Erdinnere,
das sich allmählich erhellte. Das war interessant. Verwandte
der oberirdischen Flechten hingen dort von der Decke und
spendeten diffuses, hellgelbes Licht. Sofort nahm er davon
eine Probe und verstaute sie in seinem Rucksack. Ein fiebriger Forscherdrang hatte ihn gepackt. Das war seine Welt! Er
wollte unbedingt mehr erfahren und strich über die glimmenden Flechten. Da es nun hell genug war, um den Pfad zu
erkennen, ließ er seine eigenen Leuchtsporen auf dem Weg
zurück. Der Korridor teilte sich. Tervenarius schnupperte in
die feuchtwarme Luft und entschied sich, dem stärksten
Luftstrom zu folgen. Der Gang führte ihn tiefer in den
Untergrund, wurde breiter, öffnete sich schließlich und
entließ ihn staunend in eine Höhle von der Größe einer Ka-
thedrale.

In diesem Raum wütete der Rottenpilz in einem enormen
Ausmaß. Terv nahm eine lange Leuchtflechte von der Wand.
Der Pilz war dabei, diese Pflanze zu ersticken. Vermutlich
war diese Grotte einmal fast taghell gewesen. Durch den
Parasiten kam nur noch gedämpftes Licht auf dem ebenmäßigen Untergrund an. Interessiert schabte Terv mit dem Fuß
über den Boden. Dieser wirkte wie glattgeschliffen. Gespannt ging er in die Mitte der ausladenden Halle und ließ
den Blick über die Wände und die Decke schweifen. Hunderte kleinere Aushöhlungen bedeckten die Seitenwände. Er
trat näher an eine der mannsgroßen Grotten, teilte den

Leuchtflechten-Vorhang und blickte hinein. Unangenehm getroffen fuhr er zurück, denn der scharfe Geruch des Rottenpilzes nahm an Stärke zu. In diesen kleinen Gelassen schien sich der Pilz extrem wohl zu fühlen. Neugierig kratzte Terv etwas weißes Myzel von den Wänden, das der Parasit offensichtlich als Nahrung bevorzugte. Er wog es in der Hand, roch daran und schob sich ein Partikel in den Mund. Eine organische, nahrhafte Masse, milchig und angenehm. Erstaunlich. Er betrachtete die Decke genauer. Dort, sowie auch in der gesamten Halle, reichten Baumwurzeln bis nach unten. An ihnen hatte der rote Pilz ebenfalls Fuß gefasst.

Kopfschüttelnd lief er in die Mitte der Grotte zurück. Er konnte sich keinen Reim auf das Gesehene machen. Hatte vor dem Rottenpilz jemand in diesen Aushöhlungen gewohnt? Die ganze Szenerie war ihm fremd, und doch irgendwie vertraut. An der Kopfseite des Gewölbes waren ein paar größere Gegenstände dem roten Pilz zum Opfer gefallen, die er gefräßig überwuchert hatte. Was war darunter? Terv riss einen Wurzelarm von der Wand, drückte damit den Parasiten zur Seite und befreite den größten Teil des Gegenstandes. Erstaunt stand er vor einem steinernen Stuhl mit Armlehnen. Neugierig kratzte Tervenarius an der hohen Rückenlehne und entblößte eine in den grauen Stein gehauene Inschrift. Er kam nicht dazu sie zu entziffern, denn er wurde durch das Wurzelstück in seiner Hand abgelenkt, aus dem sich eine weiße Milch drückte. Sie roch angenehm und nahrhaft.

Nein, es war jetzt nicht die Zeit an Essen zu denken. Er nahm sich wieder die steinernen Gegenstände vor und trat ein paar Schritte zurück, um sie genauer zu betrachten. Es handelte sich um eine Stuhl-Gruppe. Ein großer Sessel in der Mitte, beidseitig von zwei kleineren Sitzgelegenheiten flankiert. War er in einem Thronsaal gelandet? Aber wozu dienten die vielen Höhlen?

Da von dem Gewölbe noch weitere Gänge abzweigten, musste er sich entscheiden. Er warf das Wurzelstück beiseite, wählte die linke Öffnung und ging neugierig voran. Das nachfolgende Gemach lag im Halbdunkel. Um sich bessere

Sicht zu verschaffen, lief er durch den ganzen Raum und verstreute seine Leuchtpilze. Verdutzt blieb er stehen. Er hatte ja alles Mögliche erwartet, aber nicht damit, plötzlich auf eine Bibliothek zu stoßen. Folianten stapelten sich in steinernen, wandhohen Regalen. Was für eine Entdeckung! Woraus bestanden diese Dokumente? Wissbegierig kratzte er den lästigen Rottenpilz von einem der obersten Blätter. Auch Betasten und Beschnuppern brachten kein Ergebnis. Es handelte sich nicht um Pflanzenblätter oder Tierhaut. Forschend hielt Terv das Schriftstück näher an einen Haufen seiner grün schimmernden Leuchtpilze. Die Zeichen verschwammen vor seinen Augen. Das würde er später erforschen.

Interessiert blickte er sich weiter um. Gegenstände aus Glas? Er nahm eines der grün-transparenten Dinge aus dem Regal. Ein Messer? Woraus bestand es? Die ganze Sache war ihm ein Rätsel. Vermutlich stand er in der Behausung eines Forschers oder Gelehrten. Das steinerne Sitzmobiliar in diesem Raum hatte der Rottenpilz fast völlig verschont. Seufzend ließ Terv sich auf einem der Sitze nieder. Wie sehr wünschte er sich, den überall wütenden Pilz bekämpfen zu können. Es war möglich, dass die unterirdische Gegend bis zu der kleinen Bucht, in der Bental wartete, komplett von dem roten Schädling befallen war. Und es war anzunehmen, dass dieser seinen Ursprung in diesem Höhlensystem hatte. Wie es dort wohl ohne den Parasiten ausgesehen hatte? Konnte es sein, dass er sich im Reich des Volkes befand, dem sein Vater, der Sumpffürst, vorgestanden hatte? Was war aus seiner Mutter geworden? Oder hatte es nie eine solche gegeben?

Nachdenklich betastete er eine braune Wurzel, die von der Decke bis in den Raum herunter reichte und sich mehrfach teilte. Sie erschien ihm etwas dunkler als das Wurzelwerk aus der Halle. Er hatte versäumt, von dessen Milch eine Probe zu nehmen. Er strich über die raue, warme Wurzelhaut und brach ein Stück davon ab. Auch dieses Gewächs enthielt eine weiße Flüssigkeit. Sie roch ebenso nahrhaft wie der Wurzelsaft aus der Halle. Wie hypnotisiert starrte Terv auf die Wurzel in seiner Hand. Eine Ahnung stieg in ihm hoch. Er kannte diesen Geruch, aber die Erinnerung daran war verschüttet. Konnte es sein?

Gierig leckte er die köstliche Milch von dem Wurzelstück. Sie war seine Nahrung gewesen, vor langer, langer Zeit. Er war zu Hause angekommen.

Heute werde ich David vorschlagen, den Versuch mit der Belüftung des Hydroponikums noch einmal zu starten. Diese verdammte Feuchtigkeit. Bei den bisherigen Tests waren die Pflanzen in Nullkommanichts verschimmelt. Der Feuchtigkeitsfilter verbrauchte wieder wertvolle Energie. Ob wir ihn vielleicht doch besser an das Recycling angeschlossen hätten?

In Gedanken versunken, öffnete Nice die Bürotür. Der Raum war leer, Davids Arbeitsplatz verlassen. Das ging nun schon drei Tage lang so. Missmutig brummend schob er den Ärmel hoch und gab dem Computer den Befehl, David erneut anzurufen. Das Signal kam durch, aber, wie auch am Tag zuvor, meldete sich niemand. Das war ungewöhnlich.

Seit dem Attentat hatten sie es sich angewöhnt, dem anderen zu sagen, wann sie wegfuhren und auch wohin. Sie steckten doch mitten in einem Arbeitsprozess. Wieso war David einfach abgehauen? Ob er zu seinem Freund gefahren war? Aber ohne eine Nachricht zu hinterlassen? Das war untypisch.

Verdammt, es schien, als wäre etwas passiert. So konnte er nicht arbeiten. Gereizt verließ er das Büro, schlug die schwere Metalltür hinter sich ins Schloss und gab dem Rechner den Befehl zur Verriegelung.

Er fluchte, denn es hatte angefangen zu nieseln. Den Sonnenschutzhut tief in die Stirn gezogen, stiefelte er zu seinem Auto, das er auf dem Parkplatz um die Ecke geparkt hatte. Dort standen die Fahrzeuge der Angestellten der kleineren Unternehmen der Gegend. Die großen Firmen besaßen selbstverständlich Tiefgaragen oder Landeplätze auf den Dächern.

Daria und er hielten die gewohnte Funkstille, die sich wie üblich zwischen ihren sexuellen Aktivitäten breitmachte. Sie besprachen nur das Notwendigste. Er wusste, dass sie auf seine Bereitschaft wartete, endlich bei Westle einzusteigen. Aber sie nervte deswegen nicht, worüber er froh war.

Nein, nur David machte ihm Sorgen. Also musste er in die Berge fahren und nachschauen, wo der Freund geblieben war.

Sein Wagen rumpelte auf der Straße ins Gebirge oberhalb von Vancouver durch enorme Schlaglöcher, da nur noch die Straßenbeläge in den Ghettos der Allpigs gepflegt wurden. Kaum jemand interessierte sich für diese Wildnis – höchstens, um zu jagen, was vom Wildbestand übrig war.

Genervt umfuhr Nice ein besonders großes Loch in der buckeligen Betonpiste, die einmal ein Highway gewesen war. Er hatte gehört, dass Jahrzehnte zuvor die Gegend um Vancouver im Winter dick verschneit gewesen war. Er selbst hatte ein einziges Mal einige Schneeflocken gesehen, denn durch die Klimaerwärmung gab es keinen Schnee mehr. Das brennende, schmerzhafte Jucken setzte wieder ein. Glücklicherweise hatte er seinen Tablettenvorrat erst kürzlich auf dem Schwarzmarkt aufgestockt. Es war ein beruhigendes Gefühl in die Taschen zu greifen und einen Stapel Pillen zu fühlen, auch wenn das künstliche Opiat die Schmerzen nur bedingt dämpfte. Es hatte keinen Sinn, die Schmerzmittel in hohen Dosen zu nehmen. Tat er das, fühlte er sich benommen und vergiftet. Deshalb drückte er mit einer Hand nur eine einzige Tablette aus der Umhüllung und schob sie in den Mund.

Das abweisend wirkende Metalltor von Davids Haus besaß selbstverständlich eine Kamera und etliche Sicherungen. Nice läutete. Eine männliche Stimme antwortete ihm. »Ja?«

»Ich bin's, Nice. Ich wollte zu David.«

Stille.

»Hallo?«

»Er ist nicht da. Es ... es ist etwas passiert. Ich mache dir auf.«

Hm. Wer war das? Er wusste, dass David mit Tervenarius und noch einem zweiten Männerpärchen dort wohnte. Er hatte nur den verstorbenen Smu einmal gesehen, aber nicht dessen Partner. Da Terv auf Reisen war, konnten also nur David und der ihm Unbekannte im Haus sein.

Es war etwas passiert. Nice fuhr schneller als notwenig das kurze Stück auf dem knirschenden Kiesweg bis vor das Anwesen. Hoffentlich war David nicht auch Opfer einer Attacke geworden. Der Gedanke daran trieb ihm eine Woge Wut den Rücken hinauf.

Ein glatzköpfiger Mann öffnete ihm die Tür. Nice stutzte, sein Zorn wich. Er betrachtete den Bewohner genauer. Das Gesicht mit der starren Miene. Wieso wirkte seine Haut so durchscheinend? Ob das eine Krankheit war? Fasziniert sah er dem Fremden in die Augen. Violett und grau, zu einem strahlenden Konglomerat verschmolzen. Er hatte den Mann zu lange angestarrt, was ihm etwas peinlich war. »Ähm ja, ich bin Nice. Was ist los?«

»Ich bin Patallia. Komm erst mal rein.« Die Stimme des Glatzköpfigen klang warm und angenehm.

Er betrachtete Patallias Rückseite in dem schwarzen Hemd und der dunklen Stoffhose, der ihn zu der Tür eines Wohnraumes geleitete, sich umdrehte und ihn mit einer Handbewegung aufforderte einzutreten.

David hatte sich einen distinguierten Mitbewohner gesucht. Er schätzte Patallia auf einen Meter achtzig. Trotzdem wirkte er größer. Interessiert registrierte Nice dessen fließend elegante Art sich zu bewegen. Der Mann wird in Trauer sein, überlegte er, während er das Zimmer betrat und auf die Wohnlandschaft aus schwarzem Wildleder zusteuerte, die ein Vermögen gekostet haben musste.

»Ja bitte, setz dich.« Patallia war ihm gefolgt und nahm ihm gegenüber Platz. Seine Haltung verriet seine Angespanntheit. Er presste die Hände gegeneinander. »Ich habe zehn Minuten, bevor du kamst, eine Nachricht vorgefunden. Sie haben David entführt und erpressen unsere Firma Allglobalmeds. Ich weiß nicht, wie lang die Nachricht dort lag, denn ich war zwei Tage unterwegs. Sie müssen ihn aus dem Haus entführt haben, denn sein Wagen steht hier.«

Nice spürte, wie die kalte Wut erneut in ihm hochschoss. »Wie konnte das passieren? Er war doch vorsichtig und total abgesichert. Was wollen sie? Geld? Was für eine Nachricht?« Es hielt ihn nicht mehr auf dem Sitz. Er sprang erregt auf, fuchtelte mit den Armen, was den Schmerz aufflammen ließ. Das passte zu der beschissenen Situation.

Er drehte sich zu Patallia um. »Ich kenne dich wohl nicht, aber mir scheint, du nimmst das sehr ruhig auf.«

Der Angesprochene reagierte weiterhin beherrscht. »Sie fordern kein Geld. Sie wollen, dass Allglobalmeds zukünftig seine Medikamente kostenlos zur Verfügung stellt.«

Das verschlug Nice die Sprache. »Sie wollen eure Firma ruinieren? Na bravo! Tolle Idee, so einen Weg zu wählen. Hast du eine Ahnung, von wem die Nachricht kommt?«

Ohne zu antworten, griff Patallia in seine Hosentasche, förderte einen veralteten Datenstick zutage und reichte ihm den herüber.

Glücklicherweise hatte Nice in einem Anfall von Nostalgie einen Anschluss für solche Speichermedien in seinen Implantat-Computer einfügen lassen. Er setzte sich wieder hin.

Patallia beobachtete mit Interesse, wie er seinen Ärmel hochschob, und den Datenträger in den Slot einführte.

»Ja«, sagte Nice, um ihm zuvorzukommen. »Ich habe ein paar hübsche Ersatzteile.«

Er gab den Befehl, den Screen über dem Unterarm auszufahren, und lauschte der verzerrten Voicemail. »*Reiche Schweine sollen bluten. Wollt ihr euren Freund wiederhaben? Dann ab jetzt alle Medikamente von Allglobalmeds kostenlos.*«

Mit steinernem Gesicht beobachtete Patallia sein Tun. Sie blickten sich an. »Ich bin ehrlich gesagt ratlos«, gestand sein Gastgeber. »Mein Teilhaber ist auf Reisen und ich kann ihn nicht erreichen. Ich selbst bin Mediziner und weiß nicht, wo ich ansetzen soll, um David wiederzufinden. Ohne Tervenarius kann ich keine so weitreichende Entscheidungen treffen. Wir könnten unsere Produkte vielleicht für einen Tag kostenlos abgeben, aber sobald sich das herumsprechen würde, wären wir ruiniert.«

»Es kommt ja gar nicht in Frage, einer solchen Forderung nachzugeben«, knirschte Nice. Er entfernte den Datenstick und drehte ihn in den Händen. Dann führte er ihn noch einmal in seinen Rechner ein und lauschte der Nachricht. »Sie haben einen Sprach-Verzerrer eingesetzt. Ich glaube, das wird ihnen nichts nützen.«

Patallia hob den Kopf. »Kannst du da etwas machen?«

Gedankenverloren rieb Nice sich den Wangenknochen, wo das Implantat sein Fleisch reizte. Noch mehr Tabletten zu nehmen, würde seinen Verstand trüben. Fieberhaft durchdachte er die zur Verfügung stehenden Möglichkeiten. Er hatte nicht umsonst vor vielen Jahren in einer Firma für Spracherkennung gearbeitet, die dann schließen musste, weil die Steuerung via Gedanken sich letztendlich durchsetzte. Er war schon immer ein Hacker gewesen, der ungewöhnliche Wege liebte. Damals war ihm aufgefallen, dass auch die vom Gehirn gesteuerte Sprache ein eigenes Muster aufwies, an dem man die Menschen unterscheiden konnte. Fasziniert davon hatte er an einem Programm zur Stimmerkennung gearbeitet, das die Impulse des Gehirns zum Sprachzentrum maß. Das Problem war natürlich, anhand des ermittelten Klang/Gehirn-Musters den Besitzer der Stimme zu finden. Er rieb sich den Schulteransatz, denn das brennende Jucken wanderte nach unten.

»Ich hätte eine Idee, aber die dauert lange. Ich könnte die Nachricht filtern, ein Klangmuster erstellen und dann auf die Suche nach dem Besitzer gehen. Ich würde danach alle Orte abklappern, wo David verkehrt hat und die Stimmen aufzeichnen und abgleichen. So kann man schon mal feststellen, ob es jemand aus Davids näherem Umfeld war. Denn wie sonst hätten die Entführer in das Haus eindringen können? Ich habe ihm doch damals bei der Programmierung des Sicherungscomputers geholfen. Der ist bombensicher.«

Er blickte in Patallias Gesicht, das sich vor Qual verzerrte. »Ich weiß bereits, wie sie hier hereinkommen konnten.« Der bleiche Mann schluckte, denn der nächste Satz fiel ihm offensichtlich sehr schwer. »Sie haben das Grab meines verstorbenen Partners geschändet und sein Haupt entwendet. Wahrscheinlich um die DNA zu erhalten und um den Augapfel zu klonen. Die Sicherung der Außenanlage, um an die Grabstätte zu kommen, wurde vermutlich ebenfalls auf diese Art überbrückt.« Seine Kiefer mahlten und Nice konnte sich vorstellen, wie es in seinem Inneren aussah. Man hatte sich an seinem toten Freund vergriffen, um an David heranzukommen. Der Hauscomputer hatte die Iris und die DNA identifiziert und die Eindringlinge einfach hereingelassen.

»Verdammt! Diese Schweine!« Nice sprang auf und begann im Zimmer auf und ab zu marschieren. Nun pulsierte der Schmerz. Er musste dringend eine Tablette nehmen, suchte in der Hosentasche danach und schob sie in den Mund.

»Das schränkt den Täterkreis noch weiter ein. Es muss also jemand gewesen sein, der von Smus Tod wusste. Die Frage ist, wem David das erzählt hat.« Nun dachte er laut. »David ist kein Plappermaul und würde nur dem engsten Personenkreis seine privaten Dinge anvertrauen.«

»Was hast du da eben genommen?« Nice fuhr herum. Wollte der Mann ihn maßregeln? Nein, er blickte ihn mit seinen tiefgründigen Augen an, das Gesicht reglos.

»Schmerzmittel. David hat dir doch sicher von dem Attentat erzählt, dem ich meine Ersatzteile zu verdanken habe.« Er stockte. »Mir hilft sonst nichts mehr. Ich muss jetzt los. Wer weiß, wie es David geht. Ich ...«

Patallia erhob sich und kam auf ihn zu. Nice wich instinktiv einen Schritt zurück. Der Mann war eindrucksvoll und das lag nicht an seiner Körpergröße, sondern an der würdevollen, tieftraurigen Ausstrahlung.

»Ich glaube, dass deine Pein dir erschweren wird, mir zu helfen. Wenn du damit einverstanden bist, sehe ich mir die Verletzung einmal an. Vielleicht kann ich ebenfalls etwas für dich tun. So wäscht eine Hand die andere.«

Zögernd stand Nice vor dem außergewöhnlichen Mann. Er hatte so die Schnauze voll von all den Quacksalbern. Der letzte hatte ihm fast den Rechner mit Stromstößen lahmgelegt, die sein Fleisch beruhigen und die Heilung anregen sollten.

»Ich ..., ich ... Ach, was soll's.«

Er stapfte zu der Couch. Auf dem Weg entledigte er sich bereits seiner Jacke. Pulli und Shirt zog er auf einen Rutsch über den Kopf. Die Kleidungsstücke landeten auf dem Möbelstück. Dann drehte er sich um.

»Ich sehe Scheiße aus. Ich weiß«, knurrte er. Da er morgens eine getönte Creme auf das ganze Gesicht auftrug, fiel das dortige Implantat nicht so auf. Die Schulter, der Arm und ein Teil der rechten Brust, besaßen einen dunkleren Farbton und eine rosafarbene Naht kennzeichnet die Ansatzstellen.

Wortlos trat Patallia näher und betrachtete die Arbeit seiner Kollegen. »Warum haben sie es nicht mit deinem eigenen Invitro-Fleisch versucht?«

Nice lachte trocken auf. »Haben sie, aber nach ein paar Wochen hing ein faulender, abgestorbener Arm an mir herunter. Danach blieben nur noch Roboterteile.«

Um vorzuführen, wie sehr er einem Androiden glich, fuhr er den Dolch aus dem Handgelenk.

»Hm.« Patallia reagierte wenig beeindruckt und hob die Hand. Seine Berührung fühlte sich an wie eine Feder, die seine Wange streichelte. Nice schloss die Augen. Ihm war selbst nicht ganz klar, wieso er diesem wildfremden Mann vertraute. Er hatte nichts mehr zu verlieren. Vielleicht war es das. Oder ihn besänftigten die Ruhe und Stärke, die dieser Arzt ausstrahlte.

Der Berührung folgte Entspannung. Die Hand strich an seiner Schulter vorbei, berührte die Brust. Ein sanftes Ziehen, danach Linderung. Nice konnte ein Stöhnen nicht unterdrücken. Die heilende Hand verschwand, ließ ihn leicht fröstelnd zurück, obwohl der Raum angenehm temperiert war. Nice öffnete die Augen, erwartete, ihn vor sich zu sehen, aber Patallia hatte sich lautlos entfernt. Er stand in der Tür. Seine Stimme klang unverändert. »Ich habe dir meine Nummer auf den Tisch gelegt. Bitte halte mich auf dem Laufenden.«

Perplex. Anders konnte man sein Gefühl nicht beschreiben, als er auf die sich schließende Tür starrte. Vorsichtig bewegte er den Kopf, danach den Arm. Unglaublich, diese Teile gehörten zu ihm, fühlten sich an wie sein eigenes Fleisch und Blut. Was hatte der Mann gemacht? Eine örtliche Betäubung? Er hatte keine Stiche gespürt, sondern nur dieses Ziehen. Wahnsinn! Überwältigt ging er zum Sofa zurück, um seine Kleidung zu holen. Benommen zupfte er das verwurstelte Shirt aus dem Pulli und zog es an. Er war fähig, den Arm ohne Schmerzen zu heben. Testweise verzog er das Gesicht zu einem Grinsen bis an die Ohren, schnitt eine Grimasse. Unbändige Freude stieg in ihm hoch. Gleichgültig, was Patallia gemacht hatte – es wirkte. Er konnte sich nicht mehr erinnern, wann er das letzte Mal seit dem Attentat schmerzfrei gewesen war. Fröhlich zog er Pulli und Jacke an.

Himmel! Es gab überhaupt keinen Grund so glücklich zu sein. Man hatte eine Leiche geschändet und seinen besten Freund entführt. Der kleine Datenstick steckte noch in seinem Arm. Das war sein Anhaltspunkt. Er zog den Datenspeicher heraus und schob ihn zu den Pillen in die Hosentasche.

Erlöst und voller Tatendrang lief er zu seinem Fahrzeug und schwang sich auf den Sitz. Wenn das nicht mal ein toller Deal war. Natürlich hatte er geplant David zu helfen, aber auf so eine Weise entlohnt zu werden – damit hatte er nicht gerechnet. Nun musste er erst einmal zurück ins Büro. Von da aus wollte er die Untersuchung dieses Falles beginnen. Sein Verstand war so klar wie nie zuvor.

In Gedanken versunken fuhr er die menschenleere Straße Richtung Vancouver. Es galt, den Fall aufzurollen. Jemand, der von Smus Ableben wusste, hatte dieses Wissen eingesetzt. War dieser Mensch über das Vorhaben, Allglobalmeds zu erpressen, informiert gewesen? Oder war diese Idee erst durch die Sicherheitslücke entstanden? Die Nachricht auf dem Stick machte den Anschein, dass sie von den Donthaves initiiert worden war. Die Armen waren natürlich der Ansicht, dass medizinische Versorgung nicht nur für Reiche gedacht war. Es gab dementsprechende Menschenrechtsorganisationen. Allerdings benahmen sich diese nur begrenzt militant und kriminell. Vielleicht waren abgelegene Anwesen der Allpigs ständig unter Beobachtung der marodierenden Banden. Oder verhielt es sich alles ganz anders?

Weiterhin nachdenklich marschierte er ins Büro und warf sich auf den Stuhl vor seinem Rechner. Ihn beschlich das Gefühl, dass er Patallia zu wenige Fragen gestellt hatte. Aber das Erlebnis mit seiner Spontanheilung war einfach zu beeindruckend gewesen. Testweise bewegte er die Schulter und den Arm. Schmerzfrei. Was hatte der Mann für Heilkräfte? War er überhaupt ein Mensch? Man konnte die Androiden kaum noch von den Humanoiden unterscheiden. Dazu kamen all die Wesen, die mit irgendwelchen Ersatzteilen herumliefen, so wie er. Deshalb hatte es ihn nicht gewundert, als David ihn gebeten hatte, dessen metallische Komponenten in all den Sicherheits-Computern auszublenden. Derlei Dinge erledigte er mit Leichtigkeit.

Nice holte den Datenstick hervor, starrte ihn an und drehte ihn in den Händen.

»Wer hat von Smus Tod gewusst?«, fragte er laut. »Und wer ist scharf auf Allglobalmeds beziehungsweise deren Produkte?«

Die zweite Antwort wusste er schon: alle und jeder. Also musste er spezifizieren. Er hatte zu wenig Infos über das Unternehmen.

Sein Befehl ließ den Rechner in seinem Arm sofort aktiv werden. Alles, was ihm lieb und wert war, hatte er dort gespeichert. Der Bürorechner diente lediglich zur Entwicklung und Führung von Tentasylum. Auf seinen Arm jedoch musste er aufpassen. Der konnte in speziellen Kreisen Begehrlichkeiten wecken. Denn er beinhaltete alle seine selbstgeschriebenen Programme, Coder-Software und etliche Geheimnisse der Rechner dieses Planeten, nach denen er gegraben hatte. Nice grinste. Er war verdammt stolz darauf, den Ruf als einer der gefährlichsten Hacker der modernen Welt zu haben. Dinge zu erfahren und dann spurlos zu verschwinden war seine Spezialität. Aufgrund dieser Eigenschaft hatten seine Fans und Feinde ihm den lächerlichen Spitznamen Ghost verpasst.

»Ghost«, knurrte er und ließ sich alle Informationen über Allglobalmeds auf seinem Screen anzeigen. Er hasste es, den Eyevisor zu benutzen, denn davon bekam er Kopfschmerzen. Lieber zog er sich in einen geschützten Raum zurück, um am Bildschirm zu arbeiten. Außerdem, wenn er so clever gewesen war, die Eyevisor-Übertragung im Gehirn anzapfen zu können, dann war das anderen talentierten Hackern vielleicht ebenso möglich und er ließ sich ungern in die Karten schauen.

Interessiert studierte Nice die Informationen des medizinischen Unternehmens. Eine gesunde Firma, soweit er das beurteilen konnte, die Medikamente gegen die schlimmsten Plagen der Menschheit entwickelte und zum moderaten Preis verkaufte. Wie es schien, besaßen alle Bewohner des Hauses in den Bergen eine soziale Ader. Es war unwahrscheinlich, dass die Donthaves eine solche Firma als Angriffsziel wählten. Wer hatte also Interesse daran, dass Allglobalmeds in Zahlungsschwierigkeiten geriet? Da fielen ihm nur die machtgierigen Giganten dieser korrupten Welt ein, die ein florierendes Unternehmen nach dem anderen schlucken wollten, Firmen wie Westle.

Sein Computer meldete neue Post. Mit Davids Signatur. *Hallo Nice. Bin zu meinem Freund gereist. Weiß noch nicht, wann ich wiederkomme. Mach ohne mich weiter. Bis dann. David.*

Verblüfft stierte er auf die Nachricht. Die Signatur war fälschungssicher. Um sie zu versenden, benötigte man Davids Netzhaut und seine DNA. Zum ersten Mal schoss Angst in ihm hoch. Lebte der Freund überhaupt noch? Vielleicht hatte man ihn ebenso seziert wie den Leichnam von Smu. Um die aufsteigende Panik in den Griff zu bekommen, schnitt er ein Stück seines Etonutrid-Riegels ab und kaute es bewusst langsam.

Weiterhin nervös erhob er sich und holte einen Beutel Wasser aus der winzigen Küchenecke des Büros. Ein paar kräftige Schlucke brachten ihn auf den Boden der Tatsachen zurück.

Natürlich wollte er versuchen, herauszufinden, woher die Nachricht kam. Aber das konnte etliche Stunden in Anspruch nehmen. Mit einem tieferen Gedankenbefehl ging er auf die zweite Stufe seines Computers und leitete den aufwendigen Suchlauf ein. Nun würde der Rechner wahrscheinlich die ganze Nacht über suchen. Nachdenklich nahm er noch einen Schluck Wasser.

Die Frage, die sich nun stellte, war, wieso Davids Entführer versuchten, ihn aus der Sache herauszuhalten. Offensichtlich beobachtete man ihn nicht, denn sonst hätte man gewusst, dass er bei Patallia in den Bergen gewesen und längst informiert war. Oder wusste man das bereits?

Er stellte eine Verbindung zum Bordcomputer seines Wagens her. Sofort schrillten dessen Alarmglocken. »Fremdkörper an Bord«. Das Display blinkte. Eines seiner eigenen Programme warnte ihn.

»Seit wann fahre ich mit dem Scheißteil durch die Gegend?«, fragte er via Gedankensteuerung.

»Bitte spezifizieren.«

Fuck! Das machte ihn nervös. »Zeitpunkt der Installation des Fremdkörpers?« Gespannt wartete er.

»Unbekannt.«

Verdammt! Das hatte er seiner Sprunghaftigkeit zu verdanken. Er besaß ein Bündel selbstgeschriebener Programme, für die er zunächst Feuer und Flamme gewesen war, an denen er aber dann mitten in der Arbeit die Lust verloren hatte. Dementsprechend waren sie nicht ganz ausgefeilt und stellenweise mit Bugs behaftet.

»Wo befindet sich das Objekt?«, fragte er weiter.

»Unterboden«, war die prompte Antwort des Programms.

Die Frage war, ob man ihm einen Peilsender oder vielleicht sogar eine Bombe unter die Karre gebastelt hatte.

Letzteres hätte allerdings schwerlich zu der Nachricht von David gepasst. Da blieb ihm nur, nachschauen zu gehen.

»Na prima.« Knurrend suchte er in der Schublade seines Schreibtischs nach einer Taschenlampe und machte sich auf den Weg zum Parkplatz. Glücklicherweise war dieser menschenleer.

Er schlängelte sich durch die geparkten Fahrzeuge zu seinem Wagen und ließ sich sofort auf den Boden fallen. Das tat nicht weh. Wie wunderbar es doch war, sich schmerzfrei bewegen zu können! Neugierig leuchtete Nice mit der Lampe unter das Auto. Ja, ein Peilsender. Aber was für einer! Die Qualität des Senders bestätigte seinen Verdacht, dass keinesfalls die ständig improvisierenden, fast mittellosen Donthaves etwas mit dem Fall zu tun hatten. Dieses High End Teil durfte er nicht vom Wagen entfernen, denn das Ding würde dann Alarm geben. Also packte er das Gerät in der Größe eines Feuerzeugs und zog den magnetischen Spion langsam an der Karosserie entlang. Er öffnete die Tür und schleifte es, ohne den Kontakt zum Fahrzeug zu verlieren in den Innenraum und klebte es innen an die Tür.

Nice nahm Verbindung zu seinem Bordcomputer auf. »Fremdkörper scannen.«

Mit geschlossenen Augen verharrte er auf dem Fahrersitz und lauschte der Spezifikation des Computers. Natürlich wollte er versuchen, das Gerät zu hacken und zu manipulieren. Herauszufinden, wohin dieser sein Signal sendete, würde die schwerere Aufgabe werden. Im Kopf programmierte er bereits einige Codes, die dem Peilsender falsche Informationen über seine diversen Aufenthaltsorte vorgaukeln sollten. Ihm stand eine Menge Arbeit bevor. Er musste herausfinden, woher Davids gefakte Nachricht kam. Parallel dazu konnte er versuchen, das Stimmmuster der Botschaft auf dem Stick zu bestimmen. Aber am dringlichsten erschien ihm, den Peilsender zu hacken, damit die Gegenseite auf keinen Fall wusste, wohin er fuhr.

Allmählich kam Leben auf den Parkplatz. Menschen liefen umher und stiegen in ihre Wagen. Feierabend.

Gemächlich verließ Nice das Auto und schlenderte ins Büro zurück. Er hatte einen konkreten Plan. Das einzige Problem würde werden, dem kleinen Peilsender klarzumachen, wer sein neuer Herr war. Er grinste.

David konnte nicht mehr schlafen. Wie lange lag er bereits in dieser Dunkelheit? In diesem Moment flammte blendend weißes Licht auf. Gequält schloss er die Augen. Erst allmählich wagte er zu blinzeln. Ein Raum mit glatten, grauen Wänden, die jeden Laut schluckten. Vielleicht fünfundzwanzig Quadratmeter groß. An der vermeintlichen Kopfseite eine abweisend wirkende Stahltür. In der Mitte des Zimmers ein Käfig aus massivem Metall. Er schätzte ihn auf zwei mal zwei Meter. Darin eine Pritsche mit einer Matratze, ein Chemie-Klo und – er.

Da sich niemand zeigte, stand er auf und benutzte die Toilette. Es war ihm klar, dass er beobachtete wurde, aber das war ihm völlig gleichgültig. Er hatte stundenlang mit dem Druck auf die Blase gekämpft und jetzt war die Gelegenheit, sie zu leeren.

Kaum hatte er sich wieder auf das Bett sinken lassen, öffnete sich die Tür und zwei schwarz vermummte Männer betraten den Raum. David ahnte sofort, dass die beiden nicht mit ihm sprechen wollten. Einer trug ein Tablett mit Etonutrid-Nahrung, die in Form eines Schnitzels gepresst war, dazu eine Plastoseflasche Wasser.

Wortlos schob er das Essen auf den blanken Boden des Käfigs und rollte die Flasche hinterher.

»Hey! So etwas esse ich nicht.« Davids Stimme hörte sich fremd an. »Ich kann das nicht vertragen.« Er brach ab. Nein, er durfte den Kerlen nichts über sich verraten. »Ich ...«

In diesem Moment packte der zweite Vermummte von hinten seinen Hals durch die Gitterstäbe und presste ihm einen Netzhautscanner grob auf das linke Auge. Das tat weh. David schlug völlig überrumpelt mit den Armen. »Nein ... ich ...« Seine Stimme versagte unter dem brutalen Griff. Aber der Mann hatte bekommen, was er wollte. Denn im gleichen Zug hatte dieser ihm auch ein Büschel Haare herausgerissen. Der Kerl zog den Arm blitzschnell zurück.

»Ihr Schweine!« David keuchte und hielt sich den Hals. Die Tür sank hinter den Entführern ins Schloss und das Licht erlosch.

Wann werde ich ohne Nahrung wahnsinnig vor Schmerzen?, überlegte David bebend. Die Angst und Nervenanspannung entlud sich in einem Zittern, das seinen Leib schüttelte. Ich kann nicht sterben. Die können mich hier auf ewig verrotten lassen. Oh Gott! Terv! Hörst du mich? Nice? Pat? Wo seid ihr alle?

Es war Terv, als würde er getragen. Als er die Arme in die Höhe reckte, erschienen sie klein, die Hände winzig. Über ihm das Gesicht einer bleichen, lächelnden Frau mit weißem Haar. Sie duftete und er spürte die Weichheit ihrer Umarmung. Vollkommene Geborgenheit. Er streckte die Beine, lächelte und ruderte erneut mit den Armen.

»*Er wird ein starker Mann werden*«, tönte eine dunkle Stimme in seinem Kopf, und ein weiteres Gesicht schob sich in sein Sichtfeld. Der weißhäutige Fremde betrachtete ihn mit honigfarbenen Augen und streichelte ihm sacht über die Wange. Er wurde geliebt, das spürte er, mehr als jemals ein Wesen auf diesem Planeten geliebt worden war. Diese Zuneigung fühlte sich an wie eine Wolke, auf der er in duftigen Lüften schwebte.

Terv schreckte hoch. Plötzlich saß er wieder in dem Raum mit den Folianten, ein Stück Wurzel in der Hand, den Rucksack zu seinen Füßen. Er hatte geschlafen und geträumt. Das war äußerst ungewöhnlich, denn normalerweise versank er nie in Schlaf ohne sein willentliches Zutun. Die Wurzelmilch? War sie ein Narkotikum? Er schloss die Augen, versuchte, sich an die wunderschöne Vision zu erinnern. Geborgenheit hatte er bisher nur in der Gemeinschaft der Duocarns und mit David erlebt. Die Wärme des Traumes war ihm so allumfassend erschienen. Wie gern wollte er sie erneut aufrufen.

Nein, die beiden liebevollen Gesichter blieben verschwunden. Terv öffnete die Augen und betrachtete den Wurzelrest, drückte fest mit der Hand, um weitere Milch hervorzupressen und leckte sie von dem hölzernen Strunk.

»Da ist er. Welch großes Glück.« Ein begeistertes Flüstern, das in seinen Verstand drang, neugierige, bleiche Gesichter, Lächeln. Man reichte ihn herum. Wie diese Wesen dufteten. Er reckte die Ärmchen nach den lächelnden Geschöpfen, die alle gleich aussahen. Eine weiche Menge von fließender Freundlichkeit. Sie brauchen mich, fuhr es ihm durch den Kopf. Ihr Fortbestand ist von mir abhängig. Seine kleine Hand bekam eine weiße Haarsträhne eines solchen Wesens zu fassen. Das streichelte sanft seine Wange und löste das Haar aus den winzigen Fingerchen. Er wurde geliebt, allumfassend, bedingungslos – der Traum verflüchtigte sich.

Es ist eindeutig die Milch, dachte Terv benommen. Sie ruft Visionen hervor. Ich habe eine Aufgabe. Ich muss mich zusammenreißen. Ich weiß jetzt schon nicht, wie viel Zeit vergangen ist, seit ich hier bin. Man zählt auf mich.

Energisch warf er das Wurzelstück zu Boden. Er musste sich an die Schriftstücke machen. Dazu rieb er mit dem Ärmel über einen kleinen Steintisch, um die dünne, rote Pilzschicht zu entfernen und schob diesen zu seinem Stuhl. Dann schleppte er einen Stapel Dokumente zum Tisch. Ohne nachzudenken, bückte er sich, nahm das Wurzelstück vom Boden und legte es daneben. So, fertig. Mit einem Auge fixierte er die Wurzel. Nein, jetzt nicht. Erst der Text.

Die mit brauner Tinte auf das rotbraune Papier geschriebenen Zeichen widersetzten sich zunächst seiner Prüfung. Die Schrift schwamm und verzog sich, bis sie sich unter seinem Blick offenbarte. Terv stieß einen Ausruf des Erstaunens aus.

Bei dem Text handelte es sich um die Analyse eines Pilzes. Jemand hatte die Pilzforschung perfektioniert. Die Bestandteile und Wirkung eines ihm unbekannten Organismus war haargenau aufgeführt. Detaillierte Zeichnungen des betreffenden Myzels komplettierten das Dokument. Der Schreiber hatte weitreichende Kenntnisse von Biologie und Chemie besessen, die man mit keiner Forschung irgendeines ihm bekannten Planeten vergleichen konnte. Er blickte sich um. Nun hatte er den Beweis: Er saß in der Stube eines Gelehrten seines Pilzvolkes.

Und der Rottenpilz? Gab es über ihn ebenfalls Informationen? Er musste sie suchen. Wie lange war er schon in diesem Raum? Und welchen Zeitraum würde er benötigen, um alle Folianten zu lesen? Vielleicht reichte es, die Zeichnungen anzuschauen, um das richtige Papier zu finden. Fieberhaft wühlte er in dem Blätterstapel. Nein, eins nach dem anderen. Er musste mit System vorgehen. Und da lag die Wurzel, lockend und duftend, gefüllt mit verführerischer Milch.

Wie von selbst lag sie in seiner Hand, schob ihren Inhalt an die Spitze. Schon schmeckte er den blumigen Geschmack auf der Zunge.

Er lag im Arm seiner Mutter. Weich und geborgen. Sie sprach mit jemandem auf ihre lautlose Weise. Terv öffnete die Augen. Ein bleicher, hochgewachsener Mann stand vor ihnen. Der Fremde trug einen hohen, goldfarbenen Hut. Die Schriftzeichen und Ornamente der glänzenden Kopfbedeckung schimmerten im Halbdunkel des Raumes. Terv sah nach oben. Er befand sich in einer heimischen Höhle, dort wo das Wurzelwerk der Bäume eine Decke bildete und, bedeckt mit strahlenden Flechten, lang die steinernen Wände hinunter reichte. Begierig, den blanken Hut zu berühren, streckte er die kleinen Hände in Richtung des Hutträgers, was diesen zum Lächeln brachte.

»Ich hätte nicht erwartet, Euch so rasch einen weiteren Männlichen in den Armen halten zu sehen, meine Königin«, bemerkte der Mann mit dem Hut. *Nun können wir die Bolataren bitten,*

uns einen weiblichen Abkömmling anzuvertrauen. Wir betten die Prinzessin in das Myzel, bis beide groß genug sind.« Er verneigte sich, wobei die runde Hutspitze der Königin näher kam. Wieder bemühte Terv sich, nach dem Hut zu haschen. »Ich bin glücklich«, fuhr der bleiche Mann fort, »den Fortbestand der Caverner gesichert zu sehen.«

Seine Mutter antwortete nicht. Lächelnd beugte sie sich über Tervenarius und streichelte sanft seine Wange.

Es riss ihn für eine Sekunde von seinem Stuhl, als die Wirkung nachließ. Kraftlos sank er zurück. Ihm war schlecht. Er musste unbedingt damit aufhören, denn er ahnte bereits, dass er für diese Visionen würde bezahlen müssen. Seine Hände zitterten, als er das nächste Papier vom Stapel nahm. Er war zu verwirrt, um die Ergebnisse der Träume auszuwerten. Es fiel ihm schwer, das Blatt zu halten und zu lesen.

Terv trat versehentlich mit dem Fuß gegen seinen Rucksack. Dieses Stück aus der anderen Welt. Das würde ihm helfen, wieder einen klaren Kopf zu bekommen. Hatte er nicht eine Flasche Wasser eingepackt? Ungeduldig wühlte er in der Tasche. Ja, da war sie. Den Göttern sei Dank. Er trank gierig, träufelte sich etwas Wasser auf die Hand und benetzte damit sein Gesicht.

Du bist Tervenarius, sagte er sich. Du hast deine Vergangenheit entdeckt, aber du bist ein Mann der Zukunft. Nachdenklich nahm er noch einen Schluck. Was hatte er erfahren? Er hatte Vater und Mutter besessen, die ja bekanntlich dem allumfassenden Wutanfall des Sternengottes Palladisus zum Opfer gefallen waren. Er entstammte dem Volk der Caverner. Wie es schien, existierte noch eine weitere Gemeinschaft namens Bolataren. Tauschte man innerhalb dieser Völker Nachkömmlinge aus, um Inzucht zu vermeiden? Das war anzunehmen. Die Caverner hatten in seiner zweiten Vision alle gleich ausgesehen. Gab es eine vermehrende Rasse und eine arbeitende Klasse? Man hatte ihm schon als Kind eine Partnerin zugewiesen.

Entschlossen stand er auf und ging zurück in die schwülwarme Halle. Er musterte erneut die unzähligen Öffnungen in den Höhlenwänden, die sich bis an die verwurzelte Decke erstreckte. Waren das Bruthöhlen? Urplötzlich würgte er und erbrach das Wasser auf den Fußboden. Nein, die Milch der Wurzeln war wahrlich nicht gesund. War sie doch nicht die Nahrung? Verbrachten die Nachkommen in den Bruthöhlen ihre Zeit im Dauerrausch?

Das musste er überprüfen. Terv wählte eine hellbraune Wurzel, die nicht mit dem Rottenpilz befallen war, brach sie ab und ging zurück in die Kammer mit den Schriften. Das grüne Licht seiner Pilzsporen begann nachzulassen. Sofort bildete er neue und verteilte sie im Raum. Der Mann mit dem Hut war wohl ebenso bleich und weißhaarig gewesen wie sein Volk, aber unterschied sich doch von ihnen. Eine Art Zauberer, Magier, Wissenschaftler?

Dem würde er auf den Grund gehen, indem er eine Probe nahm. Er versenkte die hellbraune Wurzel zusammen mit dem dunkelbraunen Stück in seinem Rucksack.

Er vertändelte wertvolle Zeit. Sublimar war in Gefahr durch den Rottenpilz, und er lief herum und saugte halluzinogene Milch. Dafür war er nicht hergekommen.

Wütend über sich selbst setzte er sich wieder an die Dokumente. Der komplette Stapel enthielt Untersuchungen der verschiedensten Pilze. Der rote Parasit war nicht dabei.

Also musste er weitersuchen.

Daria schlief bereits, als Nice mitten in der Nacht die Wohnung betrat. Das Programm war fertig. Am nächsten Morgen hatte er vor, das unwillkommene Gerät in seinem Auto damit zu infiltrieren. Hoffentlich haut mir das nicht alle Sicherungen aus dem Rechner, dachte er und zog sich leise aus.

Wie gewöhnlich schlief Daria bei Licht. Wie unschuldig sie im Schlaf wirkte. War das der Grund, warum er weiterhin in ihr gemeinsames Bett zurückkehrte? Nein. Er musste sich eingestehen, dass es lediglich seine Bequemlichkeit war, die ihn immer wieder in diese Wohnung zurückführte. Hochwertige Appartements waren teuer, hübsche Frauen zum Vögeln ebenfalls. Er ließ sich auf seine Bettseite fallen. Früher hatte er nicht so gedacht, als er wirklich noch »Nice« gewesen war. Sein Äußeres hatte ihm überall Tür und Tor geöffnet. Groß, blond, frech, blitzende, blaue Augen. Eine Mischung aus Engel und Bad Boy. Eine Kombination, auf die viele Frauen flogen. Aber jetzt war er ein Krüppel. An schlechten Tagen drückte sich das Metall durch seine Haut und er sah aus wie das Monster aus dieser uralten Frankenstein-Geschichte. Dazu das schlohweiße Haar, das auf dem Implantat nicht wachsen wollte.

Gewohnheitsmäßig rollte Nice sich auf seine linke Schlafseite. Er hatte wegen der Schmerzen ewig nicht mehr auf der anderen Seite gelegen. Mutig drehte er sich über den Bauch nach rechts und winkelte die Beine an. Nein, es tat nicht weh. So konnte er liegen bleiben. Nun hatte er Daria im Blick. Ihre langen, dunklen Wimpern zuckten im Schlaf. Wie schade, dass ich dir nicht erzählen kann, dass ich schmerzfrei bin, dachte er. Ich vertraue dir nicht mehr. Du eiskaltes Luder. Er schloss die Augen.

Er erwachte, weil Daria den Fernseher eingeschaltet hatte. Das machte sie jeden Morgen, um zu sehen, wie das Wetter würde. Nice fand es unnötig und nervig, da der von den Großkonzernen finanzierte, weltweite TV-Sender den Allpigs das Gefühl vermittelte, dass ihre Welt heil und in Ordnung wäre. Die Menschen, die im Elend verharrten, wurden einfach ignoriert. Es sei denn, sie griffen wieder einmal die Hochburgen der Reichen an. Dann folgten empörte Berichte.

Ein Gedanke schoss ihm durch sein verschlafenes Gehirn. »Guten Morgen, Schätzchen.« Daria drehte erstaunt den Kopf.

»Du bist ja so fröhlich«, entgegnete sie argwöhnisch.

»Ja, denn ich habe einen Entschluss gefasst. Du hattest recht mit alldem, was du sagtest. Ich habe die ganze Zeit auf der falschen Seite gekämpft. Ich werde das Angebot von Westle annehmen.«

Schieres Erstaunen breitete sich auf Darias ebenmäßigem

Gesicht aus, das sofort erneut in Misstrauen überging. »Woher kommt denn dieser plötzliche Entschluss?«

»Ich habe mich total über David geärgert. Der ist einfach auf unbestimmte Zeit abgehauen und hat mich mit unserem Kram sitzenlassen. Der soll in Zukunft seine Visionen ohne mich verwirklichen. Außerdem geht es mir auf den Geist, ständig mit so wenig Geld auskommen zu müssen. Ich werde heute den Security-Manager kontaktieren und fragen, wann ich bei Westle anfangen kann.«

Bei diesem Satz beobachtete er ganz genau ihre Mimik. Wie das Misstrauen plötzlich in eine maskenhafte Befriedigung über ging und die Muskeln ihrer hohen Wangenknochen kurz zuckten. Sie hatte mit der Sache zu tun, und nicht nur das, es hatte sie etwas gekostet. Er konnte sich nicht täuschen. Nice gratulierte sich zu seiner Intuition. Er hörte kaum noch ihre Antwort, denn er versuchte bereits, die neue Information in das Gesamtbild einzupassen.

»Mit so viel Einsicht habe ich gar nicht gerechnet, mein Lieber.« Sie schälte sich aus dem Bett, und er betrachtete ihren exzellenten Arsch in dem durchscheinenden Négligé. »Hoffentlich wollen sie dich jetzt überhaupt noch«, setzte sie hochmütig hinzu und lief ins Bad.

Verflucht! Plötzlich fiel ihm siedend heiß ein, dass, wenn Daria beziehungsweise Westle etwas mit Davids Entführung zu tun hatte, er derjenige gewesen war, der diesem verdammten Verein den Tipp mit Smu gegeben hatte. Er und sein unüberlegtes Geplapper. Wie sollte er das Patallia erklären? Dass er sich nichts dabei gedacht hatte? Na toll! Vielleicht taugte er überhaupt nicht als Privatdetektiv. Aber jetzt war er bereits in die Sache verstrickt.

Er schlug mit dem rechten Arm die Bettdecke zurück. Der Schmerz durchfuhr ihn wie heiße Dolchstöße, die ihm die Schulter und den Arm abtrennen wollten und flammend ins Gehirn schossen. Eine Qual, so heftig, dass ihm die Tränen aus den Augen liefen. Pein und jähe Enttäuschung mischten sich in ihnen. Heulend saß er auf der Bettkante. So sollte Daria ihn keinesfalls sehen. Fluchtartig stürmte er zu seinem Kleiderschrank, riss seine Anziehsachen heraus, und zog sich in fliegender Eile unter grauenvollen Schmerzen an. Hastig in die Stiefel geschlüpft, Hut auf den Kopf und schnell hinaus zur Tür. Pinkeln konnte er auch irgendwo draußen und Frühstück war unnötig. Nichts wie weg. Er atmete erst auf, als er in seinem Wagen in der Tiefgarage saß. Fuck! Scheiße! Es war keine Heilung gewesen, sondern nur eine zeitlich limitierte Linderung. Wütend starrte er den Peilsender an und hätte am liebsten mit der Faust darauf geschlagen.

Reiß dich zusammen, dachte er. Das waren fast vierundzwanzig schmerzfreie Stunden. Was hast du erwartet? Ein Wunder? Er konnte nicht verhindern, dass ihm Tränen der Verbitterung erneut aus den Augen drangen, auf sein Jackett tropften und daran abperlten. Hastig fummelte er die Schmerztabletten aus dem Ablagefach in seinem Auto und schluckte zwei Stück davon. In eine Ecke der Ablage hatte er irgendwann ein altes Halstuch gestopft. Damit trocknete er die Tränen und schnäuzte sich hinein. Gedankenverloren drückte er es wieder an seinen Platz zurück.

Seine dringendste Arbeit lag direkt vor seiner Nase. Er musste dem Peilsender vorgaukeln, dass er ins Büro fuhr. In Wirklichkeit hatte er vor, so bald wie möglich in die Berge zu fahren. Ich muss den Fall mit Patallia besprechen, dachte er, und hoffte dabei erneut auf dessen heilende Hände.

Das hatte geklappt. Erleichtert wich Nice einem monströsen Schlagloch auf dem Highway aus. Dieses Erfolgserlebnis hatte er dringend gebraucht. Der Peilsender schnurrte nun wie ein gehorsames Kätzchen, wenn er ihn über seinen Bordcomputer mit Angaben fütterte. Hoffentlich war Patallia überhaupt zu Hause. Aber er hatte nicht mit dem Arzt telefonieren wollen, zumal er Telefonaten grundsätzlich misstraute. Was er zu sagen hatte, musste er persönlich vortragen.

Die Sprechanlage meldete sich. »Nice hier.« Der Hauscomputer identifizierte ihn und die Tür sprang auf. Patallia kam ihm entgegen. Bleich, in dunkler Kleidung, das Gesicht unbewegt, jedoch nicht unfreundlich.

Der Mann geleitete ihn erneut ins Wohnzimmer. Aber Nice hatte keine Ruhe sich hinzusetzen. Er lief in dem hellen Raum mit Blick auf die Berge umher. »Ich glaube, ich kenne nun ein paar Zusammenhänge. Es sind nur Vermutungen. An den Beweisen arbeite ich noch.«

Patallia lehnte sich gegen die Wand und blickte ihn aufmerksam an.

»Ich glaube, dass Westle an Allglobalmeds interessiert ist.«

»Ja, das wissen wir bereits«, unterbrach Patallia ihn. »Sie haben uns ein Angebot für die Firma unterbreitet, aber wir haben abgelehnt.«

Na, dann passte das ja.

Nun musste er erklären, wie er auf Westle als Entführer gekommen war. Er verfluchte sich innerlich, dass er nur an seinen Körper gedacht und sich nicht richtig auf dieses Gespräch vorbereitet hatte. Patallia war bestimmt nicht dumm und konnte sich die Zusammenhänge selbst zusammenreimen. Er hasste es, einem so guten Mann seine eigene Unfähigkeit gestehen zu müssen.

»Ich bin schuld«, stieß Nice hervor. »Meine Freundin Daria arbeitet für Westle. Ich hatte ihr von Smus Tod erzählt.« Er zögerte. »Ich hatte mir nichts dabei gedacht und wäre niemals auf die Idee gekommen, dass man diese Information derartig verwenden könnte. Es tut mir sehr leid, Patallia.«

Der Arzt blickte ihn an, wie aus Stein gehauen.

»Ich versuche, es wieder gut zu machen. Ich ...«

»Willst du dich nicht setzen?«

Nun fiel ihm auf, dass er die ganze Zeit die rechte schmerzende Schulter umklammert hielt.

»Ja«, entgegnete Nice dumpf, setzte sich vorsichtig auf die weiche Couch und blickte auf seine künstliche Hand. »Ich habe wieder grauenvolle Schmerzen.« Nein, er wollte nicht undankbar erscheinen. »Ich danke dir für diesen schmerzfreien Tag. Ich hatte schon fast vergessen, wie das ist.« Er schluckte und hob schnell den Kopf. »Ich glaube, David lebt noch. Man hat mir mit seiner Signatur eine Nachricht zukommen lassen. Sie besagte, dass er auf unbestimmte Zeit verreist sei und ich solle allein weiter machen.«

Der still an der Wand stehende Mediziner schnaufte kurz.

»Westle hatte mir vor einigen Wochen einen Job als Sicherheitsmann angeboten. Ich habe nun zugesagt und versuche, direkt vor Ort etwas herauszukriegen.«

»Sie haben dir einen Job offeriert? Wieso?«

Weil er einer der besten Computer-Spezialisten des Landes war? Er wollte nicht prahlen. »Ich denke, Daria hat meine Qualitäten bei ihrem Boss angepriesen. Sie war schon immer dafür, dass ich auch auf der „richtigen Seite" arbeiten solle, wie sie sich ausdrückte.«

Von Patallia kam kein Wort.

Nice hatte das Bedürfnis, sich zu rechtfertigen und sprang wieder auf. »Wenn ich bei Westle bin, habe ich die Möglichkeit, die Sprachmuster abzugleichen. Vielleicht finde ich denjenigen, der die Botschaft auf dem Datenstick geschickt hat. Außerdem habe ich vor, Daria zu verwanzen.«

Erst in dem Moment, als er das aussprach, merkte er, wie vorzüglich diese Idee war.

»Sie ist deine Freundin«, gab Patallia zu bedenken.

»Hier geht es um meinen besten Freund«, entgegnete Nice fest. »Was diese Firmen machen, ist kriminell.« Es war ihm gleichgültig, was Patallia über seine Beziehung zu Daria dachte, und er hatte nicht vor, in private Details zu gehen. Zumal sein Verhältnis zu Daria nun wahrlich kein Heldenstück war. »Ich glaube, dass sie hinter Davids Nachricht steckt. Auf diese Art hat sie versucht, mich aus der Sache rauszuhalten.« Ja, das klang wirklich logisch. Nur so konnte es gewesen sein. Er musste nicht bei irgendwelchen marodierenden Banden suchen. Die Verräterin lag in seinem eigenen Bett.

»Ich bin dir sehr dankbar dafür, dass du das alles tust.« Patallia hatte sich auf seine geschmeidige Art auf ihn zu bewegt, stand nun vor ihm und musterte ihn prüfend. »Die Entführer haben mich übrigens nochmals kontaktiert. Ich schätze mal, sie haben die Nummer aus Davids Telefonkontakten gezogen. Sie haben mich bedroht und sagten, wenn mir das Leben meines Freundes etwas wert wäre, solle ich schnellstmöglich die Preisreduzierung in die Wege leiten. Ich habe auf deinen Rat gehört und auf Zeit gespielt, indem ich mangelnde Kompetenz vorschob. Ich verwies auf die Abwesenheit meines Partners und bat sie, mir eine Frist bis zum Ende des Monats zu geben. Ich befürchte, dass sie sich nicht länger hinhalten lassen werden.«

»Das schaffe ich, Patallia. Ich muss einfach. Ich fange schnellstmöglich bei Westle an.«

»Und wenn das eine Falle ist und sie bereits wissen, dass du den Detektiv spielst? Du begibst dich in Gefahr.«

Das war ihm inzwischen so etwas von egal.

»Der Peilsender wird ihnen immer zeigen, dass ich brav entweder zu Hause, bei Westle oder in der Kneipe bin. Außerdem habe ich nichts zu verlieren.«

»Doch«, entgegnete Patallia bestimmt. »Dein Leben. Zieh dich aus.«

»Wie bitte?«, fragte Nice irritiert von der übergangslosen Anweisung. In dem Blick und der Stimme des Arztes lag keine Anzüglichkeit.

»Ja«, antwortete Nice fast demütig und begann, Jacke, Pullover und Shirt auszuziehen. Der Mediziner half ihm, obwohl er dafür verantwortlich war, dass man den Leichnam seines Partners geschändet hatte.

Patallia sah ihm beim Ausziehen zu.

Wie zarte Schmetterlingsflügel streifte Patallias Hand sein Gesicht. Der Druck verstärkte sich leicht auf der Schulter. Der Schmerz wich und Nice konnte ein Stöhnen nicht unterdrücken. Die ziehende Berührung setzte sich bis in die Fingerspitzen fort.

Es fühlte sich so unendlich angenehm an, als die brennende Qual verschwand. Irritiert spürte Nice, wie sein Schwanz sich steif machte. Das war in seiner weit geschnittenen, schwarzen Stoffhose hoffentlich nicht zu sehen. Trotzdem schob er unauffällig den linken Unterarm über den Schritt und drückte sein Glied nach unten. Der Mann war Arzt und würde so etwas bestimmt schon erlebt haben, was aber an Nices peinlicher Berührtheit nichts änderte.

Patallia ließ die Hand sinken. Er lächelte.

Voll Erstaunen blickte Nice ihn an. So eine Wandlung hatte er noch nie gesehen. Aus einem unscheinbaren, glatzköpfigen Mann, war eine strahlende Schönheit geworden. Das Lächeln erlosch und das weiße Gesicht des Arztes wirkte zurückhaltend und kühl wie zuvor. Einen Moment lang überlegte Nice, ob er sich getäuscht hatte, denn die Veränderung war verblüffend gewesen.

Er hatte jedoch keine Zeit, weiter darüber nachzudenken. Sein Glied beruhigte sich augenblicklich und er bewegte erleichtert den Arm.

»Darf ich morgen wiederkommen?«, fragte er. »Bitte.« Er fühlte sich wie ein Kind. »Ich habe dafür gesorgt, dass ich nicht verfolgt werde. Niemand wird es wissen.«

Patallia nickte.

Wie lange hielten sie ihn nun schon gefangen? Wenn David davon ausging, dass sie ihm ein Mal täglich etwas zu essen und eine neue Flasche Wasser brachten, waren es bisher sieben Tage. Er konnte nicht mehr schlafen und hatte sich angewöhnt in seinem Käfig umherzulaufen, die Hand an den Gitterstäben. »Eins, zwei, drei ...« Er überlegte sich Reime zu den einzelnen Zahlen. Nur nicht verrückt werden, dachte er immer und immer wieder. Pro Seite 56 Metallstangen, mal vier Seiten waren 224 Metallstäbe, die sein Leben in Dunkelheit auf ein Minimum reduzierten.

Da er nur Wasser trank, plagte ihn sein leerer Magen. Seine Einwände, dass er nur Milchprodukte vertrug, blieben ungehört. Wie lange er wohl ohne Essen aushalten konnte?

Tervenarius hatte ihm erzählt, dass alle Duocarns bereits einmal versucht hatten, sich mit Nahrungsentzug umzubringen. Die quälenden Schmerzen hatten diese Bemühungen beendet. Ertrinken war ebenfalls nicht möglich, da die

Unsterblichen ohne Sauerstoff überleben konnten. Auch er atmete nur, weil es angenehmer war und sein Körper sich wohler fühlte.

David lehnte den Kopf an die kühlen Gitterstäbe. Gelegentlich gönnte er sich eine Erinnerung an Terv, was ihm dieses Mal sogar ein Lächeln auf die Lippen zauberte. Er dachte daran, wie sie sich nach seiner Verwandlung zwei Stunden lang geküsst hatten. EIN einziger Kuss. Kein Problem, wenn man nicht atmen musste. Danach waren sie beide in Gelächter ausgebrochen.

Wo Tervenarius wohl war? Durch die Reisen zwischen den Planeten verlor man das Zeitgefühl. Dazu kam, dass die Zeit auf Sublimar im Schneckentempo verging. Ob er die Pilzkrankheit bezwungen hatte und wieder auf der Erde war? Vielleicht suchte Terv ihn bereits verzweifelt. David hoffte so sehr, dass die Tür sich öffnen und sein Liebster vor ihm stehen würde. Er träumte fast ständig davon.

Bestimmt wollten die Entführer Allglobalmeds erpressen. Warum sonst hielt man ihn in dem Käfig gefangen? Die Unsicherheit, nichts, aber auch gar nichts zu wissen, machte ihn fertig.

Gequält schloss David die Augen.

Wie viel Zeit war vergangen? Tervenarius rieb sich die Augen, starrte dann auf das Wurzelstück, das immer noch auch dem Steintisch lang. Mit der Milch konnte er eine Weile ausspannen, sich wohlig treiben lassen. Und was, wenn er nur eine winzige Menge zu sich nahm? Die Wurzel nehmen, drücken und die Zunge benetzen war eine einzige Bewegung. Er lehnte sich zurück.

Angst! Kälte! Dunkelheit! Er wollte atmen, jedoch gab es keinen Sauerstoff. Luftleerer Raum. Sein kleiner Körper zitterte, sein Leben schwand. Ein gleichmäßiges Brummen bohrte sich in seinen Kopf. Was war das? Neben ihm regte sich etwas. Von dort kam ein wenig Wärme. Er war nicht allein. Er spürte eine Materie über sein Gesicht gleiten, die sich ausbreitete und ihn umhüllte. Sie drang in ihn ein. Es fühlte sich angenehm an. Die Schicht um ihn verdrängte die Kälte. Er blinzelte. Goldener Staub hielt ihn umfangen, schloss die Dunkelheit aus. Alles war gut. Das Wesen neben ihm beschützte ihn. Er ergab sich der Eintönigkeit des Brummens.

Luft! Tervenarius sprang auf, taumelte und keuchte. Dieses Mal war ihm völlig klar, wohin die Vision ihn geführt hatte. Er war als Kind entführt und nach Duonalia verfrachtet worden. Zusammen mit Solutosan. Sein alter Freund und er.

Aufgewühlt lief Terv im Raum umher. Ohne Luft, der Kälte des Weltalls ausgesetzt, hätten zwei kleine Jungen unmöglich überleben können. Er hatte Solutosan und dessen Sternenstaub zu verdanken, dass er noch lebte. Dankbarkeit erfüllte ihn. Ein winziges Kind hatte ihn instinktiv gerettet, sie beide schützend und konservierend in einen Kokon aus Sternenstaub gepackt.

Solutosan. Terv tastete unter seinem Shirt nach dem energetischen Ring in seiner Brust. Ihn oder Ulquiorra konnte er jederzeit rufen. Der Gedanke gab ihm Kraft.

Er war seinem alten Freund verpflichtet, ihre Heimat Sublimar zu erhalten. Er musste dringend weitersuchen.

Entschlossen stapfte er zu dem steinernen Wandregal und hob den nächsten Stapel Dokumente heraus.

Zufrieden beendete Nice das Telefonat mit Devon Balkan, dem Leiter der Westle Sicherheits-Abteilung. Der Mann war offensichtlich auf seinen Anruf vorbereitet gewesen. Daria hatte ganze Arbeit geleistet.

Er konnte am nächsten Tag anfangen und durfte sich seine schwarze Westle-Uniform abholen. Natürlich war es Unfug, einen Programmierer in diese Einheitskleidung zu stecken, denn er kam nicht mit Kunden in Kontakt, sondern hatte den lieben langen Tag am Rechner zu sitzen und Sicherungen für das Unternehmen auszuklügeln. Offensichtlich legte die Firmenleitung Wert aber auf ein einheitliches Bild, wenn alle Angestellten mittags in der Kantine saßen. Nice rollte mit den Augen und nahm sich vor, besonders freundlich zu Daria zu sein. Zunächst musste er sich jedoch Gedanken darüber machen, wie er sein Programm zum Abgleich der Stimmmuster in die Firma schmuggeln und aktivieren sollte. Seinen implantierten Rechner bekam er bei Arbeitsbeginn mit der üblichen Westle-Anwendung verklebt, die selbst er nicht überbrücken konnte. Na, zumindest im Moment noch nicht. Nice grinste. Dieses verdammte Programm war ihm schon lange ein Dorn im Auge. Er hoffte, während seiner Anwesenheit im Rechenzentrum mehr über das lästige Ding zu erfahren, um es endlich lahmlegen zu können. Der Zeitmangel war sein vorrangigstes Problem.

Es war früher Nachmittag. Bis zum nächsten Morgen musste er eine Lösung gefunden haben. Entspannt schob Nice die Beine auf Davids leeren Stuhl. Ein weiterer schmerzfreier Tag. Sein Blick glitt über die tellergroße Bürouhr mit den metallenen Zeigern. Uhren in diesem Stil stellten Relikte aus einer längst vergangenen Zeit dar, aber David hatte öfter einmal nostalgische Anwandlungen. Ha!

Nice zog die Beine vom Sitz und war mit einem geschmeidigen Satz auf den Füßen. Wenn überhaupt jemand die Ehre hatte, sein Programm zu Westle hinein zu schmuggeln, dann war es ja wohl Daria. Grinsend hastete er aus dem Büro, sicherte es und eilte zu seinem Wagen. Schnurstracks fuhr er zum Wholeselling-Shop in der NewYork-Street. Diese führte Uhren aus längst vergangenen Zeiten: Taschenuhren und Armbanduhren mit Zeigern, Wanduhren und sogar eine Kuckucksuhr, die Nice entgegen krähte, als er den Laden betrat.

Die Uhr für Daria sollte so bestechend schön sein, dass sie diese auf keinen Fall ablehnen, sondern auch bei der Arbeit tragen würde, denn Schmuck war den leitenden Damen gestattet. Mit dieser Uhr konnte er zwei Fliegen mit einer Klappe schlagen: Daria verwanzen und sein Stimmmuster-Programm einschmuggeln. Auf diese Art nutzte er das minimalistische Mikrophon für beide Zwecke. Es war unwahrscheinlich, dass man seine Technik in dem zierlichen, metallenen Uhrwerk suchen und finden würde. Besonders wenn eine attraktive Dame der höchsten Ebene diesen Schmuck trug.

Auf einen Blick hatte Nice die beste Uhr gefunden. Sie war aus Weißgold, mit elegantem goldenen Zifferblatt, und entsprach unter Garantie Darias Geschmack. Der Name »Rolex« sagte ihm nichts. Doch der Preis der Uhr ließ ihn schlucken. Mit diesem Kauf waren seine Ersparnisse dahin. Aber ihm war klar, dass er nur damit punkten konnte. Er musste ihren Geschmack treffen, sonst war sein Eintritt in den ihm verhassten Konzern sinnlos.

Glücklich summend verließ er den Laden, fuhr ins Büro zurück und machte sich an die Arbeit.

Uhrmacherhandwerk faszinierte ihn. Nice beschäftigte sich den kompletten Tag damit, die Funktion der Uhr zu erforschen und mit Hilfe des Elektronenmikroskops winzige Teile herzustellen, in die er seine Abhörtechnik installieren konnte. Eine Arbeit, die seine ganze Aufmerksamkeit erforderte. Er bastelte und tüftelte bis spät in die Nacht hinein.

Uff! Befriedigt drückte er die letzten Komponenten zusammen, drehte und wendete die Uhr in den Händen. Das Schwerste stand ihm noch bevor: Daria von seiner wundersamen Bekehrung zu überzeugen. So sehr die Zeit drängte - sein Gefühl sagte ihm, dass er diesen Schritt nicht übereilen durfte. Deshalb plante er, ihr die Uhr erst zu schenken, nachdem er bei Westle angefangen hatte. Er war unter Garantie glaubwürdiger, wenn er in den Job eingecheckt, die Sicherheitsüberprüfungen durchlaufen und seinen Arbeitsplatz dort in Beschlag genommen hatte. Dann konnte er begeistert von den vielen netten Kollegen, der exquisiten Firmenpolitik und der Tätigkeit schwärmen, der endlich seinen Fähigkeiten gerecht würde.

Forschend bewegte er die Schultern. Das lange Sitzen hatte Hals und Nacken steif werden lassen, trotzdem blieb er schmerzfrei. Die Arbeit bei Westle begann am nächsten Morgen bereits um sieben Uhr. Er hatte also mit fünf Stunden Schlaf auszukommen, was er nicht als Problem sah. Ihm graute lediglich vor diesem Arbeitstag, den er mit Schmerzmitteln überbrücken musste, denn er konnte erst am Abend zu Patallia fahren. Dazu kam, dass Daria mal wieder fällig war. Er beschloss, dass diese Nummer ein Quickie werden würde, in dem er sie hart rannehmen, aber gleichzeitig eine zarte Sympathiekundgebung einflechten musste. Nur nicht übertreiben. Die Jahre der Kälte zwischen ihnen ließen sich nicht im Eiltempo auflösen. Es war jedoch wichtig, sie in Sicherheit zu wiegen. Alles hing davon ab, ob sie ihm seine Einsicht Westle betreffend abkaufte.

Während er nach Hause fuhr, dachte er darüber nach was er David noch Negatives anhängen, und wie er die Westle-Politik positiv hervorheben konnte. Ihm fiel nichts ein. Vielleicht sollte er ganz dick auftragen und einen Kinderwunsch äußern. Er hatte Daria immer verschwiegen, dass er steril war, und dass er die Sterilisation aus Überzeugung hatte vornehmen lassen. In diese marode Welt wollte er keine Nachkommen setzen. Diese Entscheidung hatte er bereits mit zwanzig Jahren getroffen. Daria liebte Kinder, deshalb hatte er sie immer in dem Glauben gelassen, dass eine Familiengründung mit ihm möglich war.

Die Planung von Nachwuchs stellte einen ausgezeichneten Grund dar, ein Sicherheitsbedürfnis vorzuschützen. Man konnte gegen die Großkonzerne sagen, was man wollte – sie kümmerten sich gewissenhaft um ihre Mitarbeiter. zu gewissenhaft, denn als Westle-Angestellter besaß man kein Privatleben mehr. Kinder loyaler Konzern-Angehöriger waren in dieser Welt willkommen, konnte man sie von klein auf linientreu schulen und korrigieren.

Nice verzog den Mund und öffnete leise die Schlafzimmertür. Wie er erwartet hatte, schlief Daria. Das dunkle Haar dekorativ über das Kopfkissen ausgebreitet, mit halb geöffneten Lippen, sah sie ausgesprochen sexy aus. Vorsichtig schob er sich auf seine Seite des breiten Bettes. Daria nicht zu wecken zögerte die Konfrontation mit ihr noch ein wenig heraus. Morgen, dachte er, morgen.

Als Nice vierundzwanzig Stunden später die Wohnungstür öffnete, wusste er, dass es nun keinen Grund mehr gab, irgendetwas hinauszuzögern.

Der erste Arbeitstag bei Westle war wie erwartet verlaufen. Nun trug er die schwarze Uniform und hatte einen Arbeitsplatz samt Aufpasser zugewiesen bekommen. Der unterkühlt wirkende Dave sollte ihn offiziell in seinen Job einweisen und hatte ihm den ganzen Tag auf die Finger geschaut, während er in den Datenbanken der Security unterwegs gewesen war. Ihm war klar, dass er ein Spionageprogramm auf seinem Rechner hatte, das alle Wege, die er nahm, verfolgte, selbst wenn niemand mehr neben ihm saß. Das störte ihn nicht. Das Essen in der Kantine war ausgewogen und angemessen gewesen. Man bot auch Etonutride in verschiedenen Formaten an: als Fleisch, Fisch oder Brotersatz. Das war okay. Er war kein Gourmet.

Nice marschierte ins Badezimmer und betrachtete sich im Spiegel. Patallia hatte ihn erneut von den Schmerzen befreit und er blickte seinem Spiegelbild entspannt entgegen. Von nun an konnte er den Tag schmerzfrei verbringen und jeden Abend in die Berge fahren. Patallia hatte seinen Ständer weiterhin ignoriert, und Nice hoffte, dass sein Schwanz irgendwann nicht mehr so begeistert auf die Behandlung reagieren würde. Die Uhr lag in seinem Nachttisch. Nun noch eine Dusche und er war bereit, es mit Daria aufzunehmen.

Das Fernsehprogramm bot wenig Neues. Marodierende Banden hatten einen Anschlag auf einen abgelegenen Bauernhof verübt. Der Besitzer war vorbereitet gewesen und der Schaden hielt sich in Grenzen. Nice gähnte gelangweilt, da sah er Daria in der Tür stehen.

Verdammt, sie sah total scharf aus. Die schwarze Uniform mit dem kurzen Rock, beides hauteng wie angegossen an ihren kurvenreichen Körper, die dunkle Mähne, das hochmütige, vollkommene Gesicht. Eine attraktive Schlange, die an seinem Sessel vorbei stöckeln wollte, die er aber mit dem linken Arm abbremste.

»Na Schatz. Wie war dein Tag?«

Daria blickte misstrauisch mit gerunzelter Stirn von oben herab. Übergangslos entspannte sich ihr Gesicht, denn bei der Bewegung hatte sich sein Bademantel wie zufällig geöffnet, zeigte nun seinen blanken Schenkel und bedeckte die Beule im Schritt nur notdürftig.

»Dürfen Westle Mitarbeiter es überhaupt miteinander treiben?«, fragte er und grinste sie frech an. Dabei fuhr er mit der Hand unter ihren Rock und streichelte ihr rundes Gesäß. Zufrieden spürte er, dass sie die Beine ein kleines bisschen öffnete, um seinen Fingern mehr Spielraum zu gewähren. Es war nie besonders schwierig gewesen, sie zum Sex zu überreden. Daria ließ ihre Handtasche fallen.

Ich glaube, das ist es, was sie an mir mag, dachte er. Ich habe keine Limits, keinerlei moralische Grenzen. Zumindest wenn es um Sex geht. Zwei Orgasmen konnte er bereits auf seinem Konto verbuchen, aber alle guten Dinge waren bekanntlich drei.

Zwischen ihren Schenkeln liegend betrachtete er ihre gerötete, stark geschwollene Pussy. Die Schmerzfreiheit hatte ihn beflügelt und zur Höchstleitung gebracht. Forschend öffnete er mit den Fingern ihre Schamlippen und begutachtete den schmalen, weißen Fluss, der sich Richtung Ausgang in Bewegung setzte. Er hatte kein Problem mit seinem eigenen Saft. Eigentlich schmeckte dieser nicht einmal so übel.

Testweise tauchte er die Zunge tief in das feuchte Fleisch, was Daria ein Stöhnen entlockte. Ja, wie er vermutet hatte, war sie ohne weiteres für eine dritte Runde bereit. Ihre Schenkel zuckten, während er ihre angespannten Pobacken fest umklammert hielt und sie mit den Lippen, der Zunge und auch den Zähnen verwöhnte. Nach zwei Nummern durfte er ihren Kitzler nicht überreizen und musste die Berührungen richtig dosieren. Also konzentrierte er sich auf die Schamlippen und ließ auch den hinteren Eingang nicht aus. Frauen zu lecken hatte er schließlich seit seinem vierzehnten Lebensjahr geübt. Daria bog ihm das Becken entgegen, weit geöffnet und willig. Da fehlte nicht mehr viel. Er setzte die Lippen an ihre Klitoris und saugte sie in einem finalen Akt in seinen Mund, hart und fest. Das gab ihr den Rest. Die Finger in sein Haar gekrallt, klammerte sie sich laut stöhnend an ihn, presste ihn so stark in ihren Schoß, dass ihm für einen Moment die Luft wegblieb. Ihre Scheide zuckte und lief regelrecht aus. Feuchtes, schwammiges, nach Sex duftendes Fleisch. Der dritte Orgasmus dauerte lange und ließ sie ihren schlanken Körper durchbiegen. Nice wischte sein Gesicht mit einem Zipfel der Bettdecke ab und schob sich an ihr hoch.

»Au Mann, das war gut.« Seufzend schlang sie die Arme um seinen Nacken.

Jetzt war der Moment.

»Oh ja«, er küsste zärtlich ihren Hals. »Mir sind allerdings vorhin Gedanken gekommen ...«

Daria horchte auf.

»Was denn?«

»Ach nein.« Er ließ sich eng neben sie sinken, kuschelte sich bequem in ihre Achsel. »Du wirst mich für verrückt erklären.«

»Nice!«

»Na gut.«

Er stützte den Kopf in die Hand.

»Ich geh jetzt auf die dreißig zu.« Er zögerte. »Na ja, ich hatte heute ein Gespräch mit meinem neuen Kollegen Dave.« Das war natürlich eine Lüge. »Er erzählte mir von seiner Familie und seinen Kindern.«

Er war auf dem richtigen Weg, denn Daria hielt den Atem an. »Ich habe nichts von alledem. Wir sind zusammen, das ja. Aber soll das schon alles gewesen sein? Ich dachte, wo ich ja nun endlich einen festen Job habe ...« Er stockte erneut.

»Du willst mich heiraten?«

Verdammt! Frauen! Wie kam er da wieder raus? Gar nicht. Jetzt half nur, sich selbst herabzusetzen.

»Ach, vergiss es, Daria. Das waren dumme Gedanken. Du wirst einen Krüppel wie mich sicher nicht auf Dauer wollen. Und Kinder? Ich ...«

Himmel! Was hatte er da angerichtet? Darias Augen schimmerten weich, als sie seinen Kopf mit beiden Händen umfasste. »Ich dachte schon, du liebst mich nicht mehr. Du warst so kalt.«

Danke, gleichfalls. Er kaschierte diesen Gedanken mit einem Lächeln.

»Es tut mir so leid. Ich weiß, das Attentat hat mich verändert.« Und nun kam eine faustdicke Lüge. »Aber das hat meine Gefühle zu dir nicht beeinflusst.« Nun musste er dicker auftragen. »Ich fühle, dass ich Beständigkeit brauche... und Halt.« Nice küsste sie auf die geschwollenen Lippen. »Würdest du ihn mir geben?«

Was bin ich doch für ein verdammter Schauspieler, dachte er. Hoffentlich kauft sie mir das ab.

»Das hätte ich niemals gedacht.« Nun lag ein leises Misstrauen in Darias Stimme. »Und du willst wirklich diesen blöden sozialen Ideen abschwören?«

»Wie weit hat mich das gebracht?«, entgegnete er verbittert, denn das war der erste ehrliche Satz.

Er fühlte, dass das Gespräch nun eine unschöne Wendung nahm. Etwas, das Daria sofort abblockte. Sie hatte ihn da, wo sie ihn immer haben wollte: Er fraß ihr aus der Hand.

»Nun, es ist ja noch nicht zu spät. Ein paar vertane Jahre. Das ja. Nun kannst du deine Fähigkeiten am richtigen Platz einsetzen. Ich will jetzt nicht predigen, dass ich dir das ja ständig gesagt habe.«

»Meine Fähigkeiten am richtigen Platz einsetzen«, wiederholte er, rutschte ein Stückchen an ihrem Leib hinab und nahm ihre weichen Brustwarzen zwischen die Lippen.

Familiengründung? Schwangerschaft?

Er würde es nie erleben.

Nice war zu müde, um sich Gedanken wegen all seiner Lügen zu machen. Darias naher, warmer Leib ließ ihn einschlummern.

Die Sonne schien in einen Raum, den er nicht kannte. Er lag auf einem breiten Bett, nackt, die Arme nach oben fixiert. Aber das beunruhigte ihn nicht. Prüfend bewegte er die Handgelenke. Man hatte ihn mit weichen Tüchern gefesselt. Moment mal. Der rechte Arm gehörte ihm, war ein Teil seines eigenen Körpers. Kein Implantat? Ein Gedankenbefehl an seinen Rechner. Nichts geschah. Nur die Sonne kitzelte ein bisschen auf seiner nackten Haut.

Wie von selbst glitt ein schwarzes Seidentuch über die Augen. Eine andere Person hatte den Raum betreten und sich ihm genähert. Jemand, der unerkannt bleiben wollte. Bestimmt eines von Darias Spielchen. Das Gewicht des Wesens drückte die Matratze an seiner linken Seite ein. Nein, das beängstigte ihn nicht. Im Gegenteil. Der Gedanke, dieser Person als Spielzeug zu dienen, ließ sein Glied anschwellen. Ein weicher Mund an seinem Hals. Zarte Bisse. Geschickte, feinfühlige Fingerspitzen auf seiner Haut. Knabbernde Lippen, die tiefer wanderten, seine Brust verwöhnten und an seinen Nippeln verharrten, die sogen, Zähne, die gekonnt nagten. Nice bog erregt den Körper durch und zerrte an der Fesselung. Nimm meinen Schwanz. Ein fiebriger Gedanke. Aber nein, der weiche Mund wollte ihn quälen, glitt über den Bauch, küsste den sich ihm willig entgegen wölbenden Hüftknochen. Zärtliche Hände strichen seine Beine hinab und verwandelten seinen Leib in ein Instrument, auf dem das Wesen spielen konnte, wie es ihm beliebte. So sanfte Hände ... Die kannte er. Die Lippen umschlossen seinen

Schwanz. So etwas Angenehmes hatte er noch nie verspürt. Das schwarze Seidentuch verschwand, die Fesselung der Arme löste sich. Inzwischen wusste er es, traute sich jedoch nicht nach unten zu schauen. Er tastete seinen Körper hinab und legte die Hände um den Kopf mit der samtigen Haut. Nun wagte er, seinen Liebhaber zu betrachten. Sie blickten sich tief in die Augen und er versank in Patallias grauviolettem Blick.

Er schreckte hoch. Daria neben ihm roch nach Schweiß und Sex. Was für ein verrückter Traum. Wieso Patallia? Ich vertraue ihm, dachte er noch und war wieder eingeschlafen.

Die Uhr präsentierte er ihr am nächsten Morgen. Bei ihrem Anblick stieß sogar die kühle Daria einen kleinen Freudenschrei aus. Nice war sofort klar, dass er genau ihren Geschmack getroffen hatte. In allem. Guter Sex samt Ansprache plus Geschenk. Sie lächelte, als sie die Uhr anlegte, mahnend auf das Ziffernblatt tippte, um ihn an seinen Arbeitsbeginn zu erinnern, und dann zur Tür hinaus stöckelte.

Das hatte geklappt. Nice musterte sich grinsend im Spiegel, während er das Haar auf der linken Kopfseite ordentlich bürstete, so dass es gleichmäßig und akkurat über den Stehkragen der schwarzen Uniform reichte. Er musste sich beeilen, Darias Uhr zu kontaktieren, so lange sie noch außerhalb der Firma war.

Seit er von seinen Schmerzen befreit war, liebte er es, sich schnell und gewandt zu bewegen. Nice eilte aus der Wohnung in die Tiefgarage und schwang sich in sein Auto. Jede Aktivität machte Spaß. Sein Körper gehorchte ihm wieder, was ihn mit einer solchen Kraft erfüllte, dass er zum ersten Mal seit Jahren so etwas wie Lebensfreude empfand. Das hatte er Patallia zu verdanken. Hatte er nicht von ihm geträumt? Einen erotischen ...? Verdammt, für derartige Gedanken hatte er keine Zeit.

103

Sofort nahm er Verbindung zum Bordrechner auf und gab dem Autopiloten den Befehl, ihn zum Westle Firmengebäude zu fahren. Er nutzte die Fahrt, um sich in den Chip in Darias Uhr einzuloggen. Gespannt wartete auf den Verbindungsaufbau. Bingo! Das hatte geklappt. Er programmierte den Mitschnitt der einzelnen Stimmen auf eine Minute. Das musste reichen, um die Muster zu bestimmen und zu hören, was Daria so trieb, denn der winzige Chip besaß natürlich keine große Speicherkapazität. Da sein eigener Rechner während der Arbeit blockiert war, konnte er diese Daten erst nach Verlassen der Firmenzentrale abrufen. Praktischerweise würde er das abends im Bett machen, wenn Daria samt der Uhr wieder in seiner Nähe waren.

David, ich finde dich, dachte er. Halte durch, Junge.

Schmerzen. David lag auf dem Bett, die Arme um die angezogenen Beine geschlungen. Der Hunger fraß sich wie ein gieriger Wolf in seine Eingeweide. Wenn er richtig gerechnet hatte, dauerte seine Gefangenschaft bereits zehn oder zwölf Tage, denn so oft war das Licht aufgeflammt. Aus Verzweiflung hatte er einige Bissen der Etonutride gegessen und diese unverdaut ausgeschieden. Sein Körper war nicht fähig, Nährstoffe aus so grober Nahrung zu filtern.

Nein, nein, ich gebe nicht auf! Sie werden kommen und mich hier herausholen! Wie oft hatte er Terv, Patallia, Nice und die Energetiker gedanklich schon gerufen? Unzählige Male. Ich muss durchhalten, sagte er sich wieder und wieder und presste die Beine fester an sich.

Im Gegensatz zu Tervenarius hatte er nie Angst um seine Psyche gehabt. Nun aber beschlich ihn in dieser erdrückenden Dunkelheit das Gefühl, allmählich verrückt zu werden.

Wie lange hatte er gelesen, geschlafen, tropfenweise Wasser getrunken und wieder die Papiere studiert? Terv wusste es nicht. Er hatte der Wurzel widerstanden, obwohl sein Körper und Geist nach ihr gierten. Sein Leib fühlte sich an, wie innerlich verbrannt, und er wusste, dass nur die Milch ihm Linderung versprach. Von Übelkeit gepeinigt, zitterte er in regelmäßigen, anfallartigen Abständen. Die Wurzelmilch enthielt eine Droge, das war ihm bewusst. Er war bereits in ihre Falle gelaufen und der Sucht verfallen. Erschöpft nahm der das vorletzte Blatt eines großen Stapels und hielt jäh inne. Ein Bildnis des Pilzes! Augenblicklich schob die Aufregung alle Probleme beiseite. Fieberhaft studierte er die Spezifikationen des Rottenpilzes. Das Papier entglitt seinen Händen und sank zu Boden. Es gab kein Gegenmittel.

Er beugte sich zu schnell, um das Dokument wieder aufzuheben. Das Zimmer drehte sich, als er sich aufrichtete. »Fuck!« Dieses irdische Schimpfwort klang fremd in diesem Raum, brachte ihn aber zur Besinnung. »Fuck! Fuck!« Das tat gut. Verzweifelt stierte auf den gezeichneten Rottenpilz. Oh doch, es gab jemanden, der mit dem Parasiten fertig wurde: eine befruchtete Königin. Diese besaß Enzyme in ihren Sporen, die ihre Umgebung sauber und frisch hielt, quasi steril für ihren Nachwuchs. »Eine befruchtete Königin. Woher soll ich die denn nehmen?«, fragte er laut. Seine Stimme klang fremd.

Frustriert stützte der die Stirn in die Hand. Er wusste nichts. Stand wieder am Anfang. Wer waren diese Bolataren? Er hatte dieses Wort noch nie gehört. Ein Volk, das irgendwo unterirdisch auf Sublimar lebte? Wenn von den Cavernern kein passendes Gegenstück gekommen war, dann waren diese vermutlich auch schon ausgestorben.

Nimm die Milch, sagte eine Stimme zu ihm. Danach wird es dir besser gehen. Sie heilt deinen Schmerz. »Eine Illusion ist keine Heilung«, antwortete er, und nahm, ohne weiter nachzudenken, das letzte Blatt des Stapels in die Hand.

»Lächerlich!«, kommentierte er das Schriftstück erbost. Es kam ihm vor wie der reine Hohn, dass in diesem Dokument die Begattung einer Prinzessin geschildert wurde. Gepeinigt von Übelkeit und erneutem Zittern, marschierte er wütend durch den Raum und las laut:»Der schlafende, weibliche Abkömmling erwacht erst bei seiner Befruchtung. Die Paarung erfolgt mit der Besamung durch die männlichen Sporen. Da es sich um eine Tri-Kopulation handelt, ist die Begattung nur vollständig, erreicht die Samenflüssigkeit die Mundöffnung, die Handflächen-Kapillaren und die Vagina der Prinzessin. Nach dem Erwachen erneuert die befruchtete Königin ihr Volk, bis ein männlicher oder weiblicher Genträger geboren wird.« Terv hielt inne und betrachtete die Zeichnung einer hochgewachsenen Frau, die ihm bis aufs Haar ähnelte, und die sich ein Fingerglied abbrach, um es in das Myzel einer Geburtshöhle einzubetten. Dann sank er zu Boden.

Der zweite Arbeitstag bei Westle war ebenso gleichförmig verlaufen wie der erste. Nices Aufgabe bestand darin, Sicherungs-Programme für die internationalen Standorte zu schreiben, da Westle über eine Unmenge Wasserlager, Tankwagen und Firmengelände weltweit verfügte, die allesamt den Angriffen der durstigen Menschen ausgesetzt waren. Wo seine Software letztendlich eingesetzt wurde, wusste er nicht. Um das zu erfahren, hätte er den Rechner seines nächsten Vorgesetzten hacken müssen, wozu keine Veranlassung bestand. Trotzdem machte er sich im Geist ständig Notizen über das firmeninterne Westle-Procedere.

Ihn störte nicht, dass er mit dieser Arbeit zum gehobeneren Fußvolk gehörte. Dank Daria hatte er nicht zu den schlechtesten Bedingungen einsteigen müssen. Er war ein Mensch Klasse zwei, während Daria sich zur Stufe neun zählen konnte. Nur Damien Scott lag mit seiner Zehn höher.

Tja, dachte Nice, als sich die Tür des Firmengebäudes hinter ihm schloss, zum niedrigen Volk zu gehören hat den Vorteil, dass man pünktlich Feierabend hat. Er war es gewöhnt, dass Daria ständig Überstunden machte. Gut für ihn, denn so wurde er nicht vermisst, als er an diesem Abend erneut den Weg in die Berge nahm.

Nice fand Patallia außergewöhnlich nervös vor. »Wir haben nur noch fünf Tage, Nice. Dann ist die Frist verstrichen.« Der sonst so ausgeglichene Mediziner stützte seine Hände auf die Fensterbank, drehte sich sofort wieder um und lief im Wohnzimmer auf und ab. Der schneeweiße Kittel wehte. »Ich werde wahnsinnig. Ich kann niemanden erreichen. Was für ein unhaltbarer Zustand.« Er fuhr zu Nice herum. Sein Blick flackerte. »Entschuldige. Ich weiß, du tust dein Bestes. Ich beklage im Moment die interne Organisation der Duo ...« Er brach ab. »Du verstehst es nicht, aber wie ist es möglich, dass ich hier allein vor diesem Problem stehe, während sich alle in der Weltgeschichte herumtreiben?«

»Wer sind denn alle?«, fragte Nice hellhörig geworden.

Patallia starrte ihn an. »Freunde«, stieß er kurz angebunden hervor. Er zögerte und Nice fühlte, dass er mit sich rang.

Hielt Pat ihn für unfähig? Er hatte in der Tat noch nicht viel vorzuweisen und die Zeit raste.

»Ich bekomme heute die ersten Ergebnisse«, teilte er dem Arzt mit, während er seinen Pullover über den Kopf zog. »Wenn wir ein Stimmmuster haben, und wissen, wer darin verstrickt ist, können wir denjenigen verfolgen. Oder ich kann dessen Rechner nach Hinweisen hacken.«

Patallia blickte zu Boden, die Arme hingen hilflos an ihm hinab. Er tat Nice leid. Der Mann hatte ihm nicht viel von Smu erzählt, aber in den wenigen Sätzen waren Liebe, Wärme und Gram enthalten gewesen. Patallia fühlte sich einsam. Nun war David fort. Und es konnte sein, dass er auch diesen Freund verloren hatte.

»Ich hasse es, so hilflos zu sein.« Patallia kniff die Lippen zusammen. »Was nützt mir nun mein ganzes medizinisches Können? Ich versuche, den Menschen zu helfen. Und was ist der Dank? Sie schänden meinen Liebsten und entführen meinen Freund aus niedrigen Motiven. Ich habe die Nase voll von ihnen.«

Frustriert ließ Nice sich auf das Sofa fallen, hielt den Pulli umklammert. Das verstand er gut. Er war ebenfalls ein Philanthrop. Aber in diesen harten Zeiten musste man eben klarkommen, so gut man konnte. Man war gezwungen zu lügen und zu betrügen, Skrupel waren fehl am Platz. Er blickte Pat an. Da standen sie nun, die beiden hilfsbereiten Menschenfreunde. Er dachte an Patallia, wie er aussah, wenn er lächelte. Der Mann hatte es verdient, ununterbrochen zu lächeln. Er besaß einen hohen Intellekt, eine beherrschte Sanftheit und eine angenehme Ausstrahlung. Einen Moment lang hasste Nice die verkommene Erde, die wertvolle Menschen wie ihn zerstörte. Was er besonders an Patallia schätzte, war seine Eleganz und die freundliche Zurückhaltung. Er wirkte maskulin, ohne aufgesetzt zu sein. Machogehabe schien ihm komplett fremd. Ob das an seiner Homosexualität lag? Sie blickten sich an, beide in Gedanken versunken.

»Entschuldige, ich will nicht klagen.« Mit einer fahrigen Bewegung zog Patallia seinen weißen Kittel aus und legte ihn auf das Sofa. Er ging die wenigen Schritte auf Nice zu, der sich beeilte, sein Shirt auszuziehen.

»Ich verstehe dich ja. An deiner Stelle wäre ich ebenfalls nervös. Du musst dich bezüglich deines besten Freundes auf die Hilfe eines Fremden verlassen. Das würde auch an mir zehren.«

»Du bist mir nicht fremd, Nice«, entgegnete Patallia mit weicher Stimme und legte die rechte Hand auf sein stoppeliges Haar. Streichelte der Arzt ihn? Es kam ihm vor, als berührte dieser ihn zärtlicher als sonst. Sollte er Patallia sagen, dass er nicht homosexuell war? Nun, so ganz stimmte das ja nicht. Er fühlte sich als Bisexueller, auch wenn er noch keine einschlägigen Erfahrungen mit dem eigenen Geschlecht vorzuweisen hatte. Vorstellen konnte er sich alles. Die sanfte Kraft, die seinen Schmerz aus seinem Leib zog, ließ ihn die Augen schließen. Dieses Mal blieb sein Schwanz unten, obwohl es ihm inzwischen nicht mehr wichtig war.

»Du hast wirklich heilende Hände.« Nice zog sein Shirt wieder an. »Das ist Magie, oder?«

Wie schön. Dieser Satz brachte seinen Wohltäter zum Lächeln. Fasziniert betrachtete Nice ihn. Vom unscheinbaren Mann zum strahlenden Gott, in dessen Gesicht sich Licht spiegelte, wie Sonnenstrahlen, die auf eine blitzende Wasserfläche fielen. Ich werde poetisch, dachte Nice verblüfft. Aber da war Patallia bereits wieder in die Normalität zurückgekehrt und stand mit ruhiger Miene da. Nur ein Funke des Lächelns blieb in seinen Augen zurück.

Ich brauche Hilfe. Das war sein erster Gedanke, als Terv zitternd im schummrigen Licht der Kammer erwachte. Entweder rufe ich Solutosan oder ich nehme noch etwas Milch zu mir. Ich darf nicht zu viel aus der Wurzel pressen. Nur eine winzige Menge, die meine Entzugserscheinungen hemmt, aber mich nicht wieder ins Nirvana entführt.

Schwerfällig rappelte er sich hoch. Er war gescheitert. Nun wusste er wohl allerhand über sein Volk und dessen Vermehrung, konnte jedoch den Pilz nicht bekämpfen.

Es lagen so viele weitere Schriftstücke ungelesen in den Regalen. Ich lese sie später, dachte er und schleppte sich zu seinem Rucksack. Er zog das Etui mit den Probenmesserchen hervor, entnahm ein Messer und schob sich wieder auf den Stuhl.

Die Wurzel gab weiterhin Milch her. Aber nun würde er nicht mehr so leichtsinnig sein, eine unbestimmte Menge einfach abzulecken. Vorsichtig streifte er so lange die weiße Flüssigkeit von der Messerspitze, bis nur noch ein Hauch davon übrig war – weniger als ein Tropfen. Er musste warten, bis ein weiterer zittriger Anfall vorüber war, dann wagte er es, die Substanz auf die Zunge zu streichen.

An den Rand des steinernen Tisches geklammert wartete er mit geschlossenen Augen. Das Zittern ließ nach. Wohlbefinden stellte sich ein. Nein, ein echtes Hochgefühl. Argwöhnisch öffnete er die Lider. Er lächelte. Wie angenehm und gemütlich der Raum plötzlich wirkte. Terv überprüfte seine Glieder, streckte die Beine und Arme und sprang auf.

Er fühlte sich kräftig und voller Schwung. Er brauchte keine Hilfe. Aber er musste nun fort.

Lächelnd packte er einige Wurzelstücke in seinen Rucksack und schulterte ihn. Er wollte sich einen Vorrat von der Droge sichern, bis er eine Lösung gefunden hatte. Es war ihm klar, dass er in die Höhlen zurückkehren würde, um noch mehr zu erfahren. Auf dem Weg Richtung Halle entdeckte er einen schmalen Seitengang. Er hatte bereits so viel Zeit vertändelt. Aber ein Blick konnte ja nicht schaden.

Es handelte sich nicht um einen Flur, sondern um den Zugang zu einer kleinen, dunklen Höhle. Du musst los, sagte seine innere Stimme, das kannst du doch später erforschen. Du solltest zurückgehen. Bental wartet. Frage Patallia nach seiner Meinung wegen der Milch. Oder bring ihn her.

Jaja, er grinste. Mache ich ja. Nur ein einziger Blick noch. In Hochstimmung bildete er einige Leuchtsporen und reckte den Arm in die Höhle.

Der Schreck fuhr ihm in die Glieder. Fast wären ihm die Sporen entglitten. Die kleine Grotte war nicht leer.

Eilig durchtrennte er das halb durchsichtige Myzel, das den Eingang verschloss, denn er hatte einen Körper gesehen, der, umgeben von einem Gespinst aus weiterer Pilzmasse, auf dem Grund der Höhle lag. Die weiße Gestalt glich ihm aufs Haar, jedoch konnte das faserige Myzel nicht verbergen, dass es sich um ein weibliches Wesen seiner Gattung handelte. Die bolatarische Prinzessin schlief und wartete auf ihren Begatter.

Wie gehofft, hatte seine Strategie zum Aufleben der Zärtlichkeit in ihrer Beziehung geführt. Ob man bereits von Liebe sprechen konnte, wagte Nice insgeheim zu bezweifeln. Daria behandelte ihn freundlich, lächelnd, liebevoll nachsichtig, fiel nach ihrem zwölfstündigen Arbeitstag neben ihn ins Bett und war sofort eingeschlafen. Das war ihm recht.

Vorsichtig schob Nice ihren Kopf von seiner linken Brustseite und stellte eine Verbindung zu ihrer Uhr her, die sie mit einer fast zärtlichen Gebärde auf ihren Nachttisch platziert hatte.

Sollte er wirklich so nah bei ihr die Mitschnitte überprüfen? Das erschien ihm plötzlich zu riskant. Also schob er sich vorsichtig aus dem Bett, ging ins Bad, schloss leise die Tür und setzte sich auf die Toilette. Der kleine Chip hatte Etliches aufgezeichnet – insgesamt zweiundfünfzig Stimmmuster. Er lauschte auf die Guten-Morgen- Grüße der Angestellten. Dann folgten Diskussionen über Einbrüche in Wasserreservoirs, Preisprobleme, Westle-Parolen. Er gähnte. Am liebsten hätte er die Kontrolle abgebrochen, so sehr ödete ihn das an. Während er schlief, konnte sein Rechner selbständig die Muster abgleichen, ob eines dem der Entführer ähnelte. Er würde am Morgen von der Übereinstimmung erfahren.

Eine arrogante Stimme: »Und er hat geschluckt, dass sein Partner ihn im Stich gelassen hat? Glaubst du ihm?«

Nice war mit einem Schlag hellwach. »Natürlich, Liebling. Die Mail hat ihn beruhigt.« Das war eindeutig Daria. »Ich habe ihn unter Kontrolle. Ich weiß immer, wo er ist. Stell dir vor, er ist nun sogar zur Familiengründung bereit.« Ein süffisanter Tonfall.

»Das solltest du dir überlegen, meine Liebe. Mit seinen Talenten kann er uns noch sehr nützlich sein. Diese würden sich auf deine Kinder vererben«, antwortete die kalte Männerstimme, die Nice nun erkannte. Damien Scott.

»Warum soll ich mich mit einer schmutzigen Pfütze abgeben, wenn ich doch in einem erhabenen, sauberen Fluss baden kann?« Stille.

»Ein vorzüglicher Vergleich. Du machst mir Lust darauf, wieder zu fließen.«

Pause! Dieser Befehl schnellte durch sein Gehirn und brachte den Rechner zum Verstummen. Das Gesülze dieses selbstgefälligen Arschlochs ließ seinen Magen rebellieren. Sie fickte mit ihrem Chef. Wie lange wohl schon? Nun erklärte sich ihre steile Karriere an die Spitze von Westle. Er verspürte große Lust, sie aus dem Bett zu zerren und ihr rechts und links in ihr verlogenes Gesicht zu schlagen.

Nice stand auf und ließ sich am Waschbecken etwas Wasser über die Pulsadern laufen, was ihn minimal abkühlte. Er hatte sie immer mit Sex versorgt. Diesen Vorwurf konnte er sich nicht machen. Aber was bedeutete das schon von einem Niemand wie ihm? Die Frage war, warum sie überhaupt noch an ihm festhielt. Prüfend blickte er in den Spiegel, fixierte seine ungleichen Augen. Er war der Mann für jeden Tag. Der Idiot, der sich ihre Alltagssorgen anhörte, und dem sie auftragen konnte, ihren Hosenanzug aus der Reinigung zu holen. Auch wenn er das dann meistens vergaß. Er war der „Ich-kann-nicht-alleine-sein-Mann". Damien stellte die Zuckerstange dar, an der die Dame gelegentlich heimlich lutschte. Schnell nahm Nice einen Schluck Wasser, um den Mageninhalt herunter zu drücken, der sauer seinen Schlund emporstieg.

Er hatte sie angelogen, sie bereits als eiskalte Schlange entlarvt. Aber offensichtlich hatte da doch noch ein Fünkchen Hoffnung bestanden, dass alles wieder so werden könnte wie vor Jahren. Dieser Funke war nun endgültig erloschen.

Er hatte verdammt schlecht geschlafen und war bereits um fünf Uhr wieder wach. Kein Wunder, dachte Nice, ich liege ja hier in einem Schlangennest, und betrachtete Darias aufgelöstes Haar, das sich auf dem Kopfkissen ringelte. Wie schaffe ich es nur, nach diesen Einblicken meine Maskerade aufrecht zu halten? Die Lust, mit ihr zu schlafen, war ihm gründlich vergangen. Sein Kopf hämmerte.

Die Sprachproben. Der Rechner war garantiert fertig mit dem Abgleich. Leise verließ er das Bett und ging ins Badezimmer, um sich kaltes Wasser ins Gesicht zu werfen. Er sah alt und grau aus. »Scheiße«, fluchte er gedämpft und gab seinem Computer den Befehl, die Ergebnisse anzuzeigen. Eine Übereinstimmung.

Erleichtert ließ er sich auf die Toilette sinken. Ein Fortschritt. Die Entführer gehörten zum Westle-Stab. Er hatte Glück, denn genauso gut wäre es denkbar gewesen, dass sie für diese Dreckarbeit eine Fremdfirma engagiert hätten. Aber nein, das widersprach der Firmenpolitik, die besagte, dass alles innerhalb der Westle-Familie geklärt werden sollte, um möglichst wenig nach außen dringen zu lassen.

Muster anzeigen. Der Rechner übertrug die Stimme in sein implantiertes Audiogerät. »Guten Morgen.« Das war alles. Er ließ die Aufzeichnung erneut wiedergeben. »Guten Morgen«. Verdammt, das konnte jeder sein, der Daria über den Weg gelaufen war. Eine Männerstimme. Na ja, das war keine große Offenbarung. Verzweifelt stützte er das Gesicht auf die Fäuste. Die Zeit lief ihm davon. Noch vier Tage. Danach erwarteten die Entführer die Kapitulation. Oder es würde David an den Kragen gehen. Wie konnte er am Abend zu Patallia fahren, diesen um einen weiteren Gefallen bitten und selbst ohne Ergebnis dazustehen? Nice erhob sich frustriert und hatte schon die Türklinke in der Hand, als ihm etwas einfiel.

Ein Befehl an den Rechner: *Spiele nicht nur Stimmmuster ab, sondern gesamte Datei.*

»Guten Morgen.«

Dann sofort Darias Stimme, die antwortete: »Guten Morgen, Devon.«

Uff! Schlagartig wich der Druck aus seiner Brust. Devon Balkan, der Sicherheitschef selbst. Wahnsinn! Er hatte ein Ziel. Nices Gehirn raste. Wie kam er in dessen Rechner? Irgendwo gab es sicher eine Spur, die zu Davids Aufenthaltsort führte. Vielleicht ein Befehl an die Untergebenen. Der Mann musste verfolgt werden. Das konnte Patallia übernehmen, den Balkan ja nicht kannte. Ob es ratsam war, nun den Chip aus Darias Uhr zu entfernen, um nicht doch noch entdeckt zu werden? Er entschied sich dagegen. Die Rolex war bereits zweimal ungehindert durch die Sicherheitschecks gekommen. Zumindest nahm er das an.

Oh Gott, vielleicht war das Ganze eine riesige Falle, und man wusste längst von seiner Zusammenarbeit mit Patallia und auch davon, dass er Daria abhörte? Dann war er hochgradig in Gefahr. Also doch raus mit dem Chip, der die Handschrift eines Profis trug. Es gab nur wenige Leute, die fähig waren, einen winzigen Drahtstift durch einen Mikrochip zu ersetzen. Das Ding war quasi ein Pfeil, der auf ihn zeigte.

Schaffte er das noch? Es war fünf Uhr dreißig. Daria stand um sechs Uhr dreißig auf. Er hatte eine Stunde, um ins Büro und wieder zurückzufahren und den Chip zu entfernen, denn dazu benötige er das Elektronenmikroskop.

Kurz entschlossen verließ er das Bad, schnappte sich auf dem Weg zum Bett seine Jeans und die Jacke vom Stuhl, nahm die Uhr von Darias Nachttisch und verschwand schnell und leise aus der Wohnung.

Die Straßen waren glücklicherweise noch menschenleer, so dass Nice den Weg ins Büro innerhalb von fünfzehn Minuten hinter sich brachte. Sofort stürzte er sich auf seinen Arbeitstisch. Nur nicht fahrig werden. Die Uhr war recht flott zerlegt. Nice hob die Hände und betrachtete sie. Kein Zittern, er war die Ruhe selbst. Er blickte sich um. Wo war denn der Briefumschlag mit dem alten Drahtstift?

Verdammtes Chaos! Nun schlug sein Herz doch bis zum Hals. Was war ihm durch den Kopf gegangen, als er den Umschlag verstaut hatte? Den legst du da hin, damit du ihn wiederfindest. Aber, wo zum Teufel, war dieser Platz? David räumte seine Arbeitsplätze ständig auf. Und er? Kreatives Chaos. Ja klar. Fuck! Ihm lief die Zeit davon. In Panik sprang er auf und begann in den Papieren, Computerteilen, Werkzeug und all dem Krimskrams zu wühlen.

Da stand die Dose mit seinen Etonutriden. Unter ihr lugte ein weißer Papierzipfel hervor. Der Stift? Ungeduldig zerrte er an dem Umschlag und warf dabei die Schachtel um, die sich öffnete und ihren Inhalt auf seiner Tastatur verteilte. Unwichtig. Er stürzte zurück zum Mikroskop. Nun schnell den Austausch vornehmen.

Er arbeitete konzentriert und ohne nachzudenken. Der letzte Klack, und die Uhr war wieder zusammengebaut. Nice sah nach der Zeit. Er hatte zehn Minuten, um in die Wohnung zurückzufahren. Das konnte knapp werden. Glücklicherweise begann der Berufsverkehr erst um sieben Uhr. Er hörte Darias Weckruf, als er die Haustür aufschloss, und hastete sofort ins Bad, um sich auszuziehen. Nur im Slip betrat er das gemeinsame Schlafzimmer und rieb sich die Augen.

»Guten Morgen, mein Liebling«, brummte er und wankte schlaftrunken zu seiner Bettseite.

Daria tastete nach ihm, erwischte seinen Hüftknochen und wollte seinen Po streicheln. »Du hast ja einen Slip an«, murrte sie.

Ja genau, dachte er, und in der Unterhose liegt vorne neben meinem Schwanz deine verdammte Rolex.

»Ich kann ihn gerne ausziehen.« Er bemühte sich, seiner Stimme einen halbwachen und einladend- kehligen Klang zu geben.

»Nein, lass mal.« Nun war Daria wach. »Ich muss doch los.« Sie grinste ihn an. »Aber nimm dir für heute Abend nichts vor.«

Als Antwort griff Nice nach ihr, streifte das dünne Nachthemd mit den Spagettiträgern tiefer und entblößte so ihre Brust. Elastisch und warm lag diese in seiner Hand. Du Luder, dachte er, du kannst den Hals wohl nicht voll bekommen. Er presste das weiche Fleisch stärker als beabsichtigt.

»Nice!« Daria entzog sich ihm und schlüpfte aus dem Bett. »Nicht so grob!« Ihre Stimme klang ärgerlich, drehte sich jedoch sofort »Du Lüstling.« Sie lachte leise auf und verschwand ins Bad.

Nein, dachte er, während er die Rolex aus seinem Slip zog und auf den Nachttisch zurücklegte. Unsere Beziehung stimmt absolut nicht. Eigentlich geht es nur noch darum, wer hier der bessere Schauspieler ist.

Auf dem Weg zur Arbeit überlegte Nice fieberhaft, wie er Patallia kontaktieren konnte, der unter Garantie abgehört wurde. An einer roten Ampel stehend, trommelte er nervös auf das Lenkrad. Da fiel ihm in der Häuserzeile der Shop eines kleinen Paketdienstes ins Auge. Das war eine Möglichkeit. Hatte er dafür noch Zeit? Das hatte in fünf Minuten zu geschehen, ansonsten kam er zu spät. Glücklicherweise fuhr in diesem Moment eine Frau in einem roten Fahrzeug vom Seitenstreifen und machte einen Parkplatz direkt vor dem Shop frei. Die Botschaft war so verflucht wichtig. Warum fand er ausgerechnet jetzt keinen Zettel in dem Durcheinander seines Wagens? Unter dem schmuddeligen Halstuch im Aufbewahrungsfach fummelte er einen Block hervor. Ein Stift klemmte im Fach der Fahrertür.

Bin in Eile, schrieb er etwas ungelenk, denn er war es nicht gewöhnt, von Hand zu schreiben. *Der Mann, den wir suchen, heißt Devon Balkan. Foto ist auf der Firmenhomepage. Verfolge ihn unauffällig. Ich komme heute Abend. N.*

Im Fußraum des Wagens fand er ein verschmutztes Auto-Magazin. Schnell schob er den Zettel dort hinein und sprang aus dem Fahrzeug. Das rothaarige Mädchen in der dunkelgrauen Unform des Paketdienstes strahlte, als sie ihn in seiner Westle-Uniform sah.

»Guten Morgen. Leider habe ich vergessen, meinem Freund sein Magazin wiederzugeben. Und er braucht es heute, weil er ein Auto kaufen will. Könnten Sie ihm die Zeitschrift sofort zustellen? Ich muss dringend zur Arbeit.«

»Per Bote? Das wird Sie aber ganz schön was kosten.«

»Das ist okay. Bitte geben Sie mir noch einen von den braunen Umschlägen. Seine Frau soll das Magazin nicht sehen. Ist ja eine Überraschung.«

Das Mädchen lächelte, nahm ihm die Illustrierte aus der Hand, steckte sie in ein Kuvert und notierte die Adresse.

»Wie wollen Sie bezahlen?«

Nice wollte auf seine Netzhaut deuten, als ihm einfiel, dass der Betrag dann ja abgebucht wurde. Zu riskant.

»Barzahlung. Moment.«

Er sah noch mit halbem Auge wie das Mädchen erstaunt die Braue hob, sprintete zu seinem Auto und griff unter den Sitz. Dort hatte er den Umschlag mit seinem Notgroschen geklebt. Der musste nun dran glauben ...

Erst sein heftig knurrender Magen machte Nice darauf aufmerksam, dass er vergessen hatte zu frühstücken. Diese lästige Musik begleitete ihn bis zur Mittagspause. Trotzdem hätte er auf diese Mahlzeit gern verzichtet. Mit Pokerface in dem hellen Speisesaal zu sitzen und den Kollegen Rede und Antwort zu stehen, war absolut nicht seins. Er hatte einfach zu viel im Kopf, denn neben seiner Arbeit suchte er ständig einen Weg, unauffällig in die nächsthöhere Ebene des Sicherheitsdienstes zu gelangen. Es war zu gefährlich, sich schriftliche Notizen zu machen, und sein Rechner stand nicht zur Verfügung. Also versuchte er, sich alle Schritte zu merken und legte sich im Geist bereits den passenden Hacker-Code zurecht.

Seufzend erhob er sich, um doch noch essen zu gehen. Er hasste es, seinen Verstand mit überflüssigem Smalltalk zu belasten. Aber es half nichts. Wenn er etwas zu sich nehmen wollte, musste er da durch.

Wie Gulasch zubereitete Etonutride stellten sein Leibgericht dar. Zufrieden packte sich Nice eine recht große Menge davon auf den Teller und gönnte sich noch ein Schäufelchen voller roter Kidneybohnen, um seinen Eiweißvorrat aufzufüllen. Der Mann neben ihm tat es ihm nach.

»Wie ich sehe, haben Sie sich bereits gut eingelebt und die Spezialität der Kantine entdeckt«, bemerkte der Blonde lächelnd.

»Ich bin begeistert.« Nice hob die Speise zur Nase. »Scheint delikat zubereitet«, er ließ den Teller sinken, »Herr ...?«

»Balkan, Devon Balkan. Wir haben ja bereits miteinander telefoniert.«

Aha, der Chef höchstselbst und sein Zielobjekt. Warum sprach er ihn an? Er würde es bestimmt erfahren.

Balkan folgte ihm an einen runden Metalltisch und sie setzten sich. Machte der Mann ihn nervös? Nice nahm eine Gabel voller Gulasch und betrachtete seinen dunkelhaarigen Vorgesetzten unauffällig. Seine Uniform saß perfekt, das Haar, millimetergenau geschnitten, reichte bis an deren Kragen. Ein bleiches Gesicht mit leichtem Bartschatten, feingliedrige Hände. Verbrecher sahen anders aus.

Nice war sich klar darüber, dass sein Gegenüber ihn gleichermaßen gecheckt hatte.

Der tupfte sich den Mund mit einer Serviette ab und nahm einen Schluck Wasser aus einem der mit dem Westle-Slogan bedruckten Gläser.

»Ich freue mich, dass wir Sie letztendlich für unser Unternehmen gewinnen konnten. Woher kommt der plötzliche Sinneswandel?«

Aha, daher pfiff der Wind. Nice brauchte nicht lange zu überlegen.

»Ich denke, da kamen viele Gründe zusammen«, antwortete er ernst. »Ich war in meinem Job nicht mehr zufrieden. Die Vorstellungen des Firmeninhabers und meine eigenen gingen doch oftmals weit auseinander. Besonders was den kommerziellen Erfolg unserer Sache anging. Ich halte es für wenig lukrativ, zahlungsunfähige Menschen zu unterstützen. Denn bei allem Idealismus möchte man ja bequem leben. Ein wichtiger Grund, wenn man so wie ich eine exquisite Frau sein eigenen nennen kann.« Er lächelte und wurde sofort wieder ernst. »Dazu kam, dass die Arbeitsfreude im Team doch sehr nachgelassen hatte. Der Besitzer von Tentasylum begab sich mir nichts dir nichts auf eine private Reise.«

Balkan Devon hatte ihm aufmerksam zugehört.

»Was ich suche, ist Sicherheit. Und diese kann Westle mir bieten. So einfach ist das«, sagte er abschließend. Gut gelogen, lobte er sich insgeheim.

»Verstehe. Eine klare Ansage für einen Mann in ihrem Alter. Zumal Sie bei uns über echte Aufstiegsmöglichkeiten verfügen. Wasser wird immer benötigt.«

Ihr widerlichen Halsabschneider, dachte Nice erbost und

nickte. »Und dafür werde ich mein Bestes tun.«

Das entlockte dem militärisch wirkenden Mann ein winziges Lächeln. »Ich freue mich auf unsere Zusammenarbeit.«

Mit diesen Worten erhob sich Devon Balkan, nahm seinen Teller und das Glas und verließ den Tisch.

Nachdenklich starrte Nice auf seinen schlanken Rücken in der Uniform. Plötzlich war er sich nicht ganz sicher, ob der Computer richtig gearbeitet hatte. Was, wenn Balkan überhaupt nicht der Kopf der Entführer war? Hatte der Rechner sich geirrt und die Sprach-Proben verkehrt ausgewertet? Dann war alles verloren und er hatte Patallia auf den Falschen angesetzt.

Nice fluchte, denn es war Nebel aufgezogen, was die Fahrt in die Berge in der Dunkelheit nicht einfacher machte. Aufgrund der schlechten Sicht war der Wagen bereits durch etliche tiefe Schlaglöcher gescheppert.

Der hinter ihm liegende Nachmittag war die reinste Folter gewesen. Er hatte auf heißen Kohlen gesessen, denn er wollte aktiv werden. Endlich hatten sie einen Namen. Und noch zwei Tage Zeit. Ob Patallia überhaupt zu Hause war? Vielleicht war er unterwegs. Immerhin hatte Nice ihn gebeten, Devon Balkan zu beschatten.

Der Hauscomputer ließ ihn auf das Grundstück. Der Nebel hatte sich in diesem Bereich verflüchtigt. Nice stieg aus dem Wagen, um die wenigen Schritte bis zur Haustür zu gehen. Roch es dort nicht nach Rauch? Er schnupperte und ging dem Geruch alarmiert nach. Da brannte etwas hinter dem Haus.

Erstaunt sah Nice Patallia auf eine Schaufel gestützt vor einem lichterloh brennenden Scheiterhaufen stehen. Mit Bestürzung sah er, dass der nach indianischem Vorbild gestapelte Holzhaufen in seiner Mitte einen menschlichen Körper enthielt. Entsetzt rannte Nice los. Patallia verbrannte Devon Balkan! Der Wahnsinnige hatte sich offensichtlich an dem Kerl gerächt!

»Was zum Teufel machst du da?« Patallias Anblick ließ ihn im Laufen verharren. Der Mann trug eine Jeans und ein kurzärmeliges, graues T-Shirt. Er war ein Android. Eindeutig zu erkennen an der transparenten Haut an den Armen, unter der etliche organische und vielleicht auch anorganische Maschinen lagen, die sich an einigen Stellen bewegten und pulsierten. Das Licht des flackernden Feuers gab ihm zusätzlich etwas Unheimliches. Der Mediziner wandte den Kopf. So viel Traurigkeit zu sehen, gab Nice einen Stich ins Herz.

»Ich verbrenne ihn. Zumindest das, was von ihm noch übrig ist. Damit ihn niemand mehr missbrauchen kann.« Patallias Augen wirkten riesig. Seine Lippen zitterten.

»Um Himmels willen!« Sofort war Nice klar, dass es sich nicht um den Sicherheitschef, sondern nur um Smus Überreste handeln konnte. Einerseits fiel ihm ein Stein vom Herzen, andererseits verstand er nicht, wieso Pat in diesem Moment eine Feuerbestattung betrieb, statt sich um Devon zu kümmern.

»Und Devon Balkan?«

Patallia sah ihn an, als höre er diesen Namen zum ersten Mal.

Entsetzt stürzte Nice auf ihn zu und packte ihn an den Oberarmen. Er fühlte sich weich und warm an, nicht so, wie man sich die Haut eines Androiden vorstellte.

»Pat! Der Sicherheitschef von Westle. Wo ist er?«

Patallia blickte ihn an.

Es war Nice, als würde die Zeit sich plötzlich im Schneckentempo bewegen. Etwas rührte sich in ihm. Entsetzen, Angst, Ungeduld – sie fielen von ihm ab und machten einem milden Gefühl Platz. Eine Welle von Mitgefühl und Zärtlichkeit für diesen Mann wogte warm durch seine Brust. Ein künstlicher Mensch mit riesigen Emotionen. Ihm war, als flöge sein Herz diesem andersartigen Wesen zu.

Die Zeit kehrte zum Normalzustand zurück.

»Ach der, der sitzt im Wohnzimmer.«

»Wie bitte?«

Nice bemerkte, dass er Patallia weh getan haben musste, und ließ ihn los.

Er drehte sich auf dem Absatz um und rannte zum Haus. »Lass mich rein«, schrie er dem Hauscomputer zu, der mit einem dumpfen Klacken die Haustür öffnete. Gehetzt stürzte er ins Wohnzimmer und blieb starr vor Staunen stehen. Da saß Devon Balkan tatsächlich auf der dunklen Wildledercouch und starrte in den Garten.

Der Sicherheitschef schien sein Eintreten nicht gehört zu haben, denn er reagierte nicht. Mit ein paar langen Schritten war Nice bei ihm. Frieden, anders konnte Nice es nicht bezeichnen. Auf Balkans Gesicht lag ein solcher Frieden, wie er ihn noch nie bei einem Menschen dieses maroden Zeitalters gesehen hatte.

»Herr Balkan?«, fragte er vorsichtig. Der Mann reagierte nicht.

»Er ist glücklich.« Patallias Stimme hinter ihm klang wie sonst auch. »Und er wird gleich losgehen und David freilassen.«

»Was?«

Wo war er denn hier gelandet? Die Szene wurde immer bizarrer. Nice stierte auf Patallias Arme, die weißhäutig und muskulös aus den Ärmeln seines Shirts ragten. Er hatte draußen definitiv anders ausgesehen. Konnten Androiden die Transparenz ihrer Haut verändern? Nices Blick irrte zu dem Mann auf dem Sofa zurück.

»Was hast du mit ihm gemacht, Patallia?«

Der war dabei, in aller Seelenruhe einen dunklen Pullover über den Kopf zu streifen. »Ich habe ihn überredet zu kooperieren.«

»Einfach so?«

»Ja, einfach so.«

»Willst du mitkommen, David abholen?«

Was für eine Frage. Er fuhr seinen Dolch ein Stückchen aus dem Handgelenk, um zu prüfen, ob dieser einsatzbereit war. Die Klinge blitzte kurz auf.

»Wir werden keine Waffen brauchen, Nice.«

Nice stand da wie vor den Kopf geschlagen und tat Patallia fast ein bisschen leid. Natürlich konnte der attraktive Mann nicht verstehen, welche Möglichkeiten Pat hatte, wusste er doch nichts von den Duocarns.

»Ich bin etwas in Hypnose bewandert«, versuchte Patallia zu erklären. »Aber wir sollten jetzt aufbrechen, denn sie hält nicht ewig.«

Sie stiegen in Davids gepanzertes Fahrzeug. »Wo müssen wir hin?«, fragte Patallia Devon Balkan, der entspannt neben ihm saß.

»Lagerhaus in New East.«

Nice auf dem Rücksitz stieß erstaunt die Luft aus.

»Gut.« Patallia gab dem Bordcomputer den entsprechenden Befehl.

»Sag mal, wie bist du denn so schnell an ihn herangekommen?«, fragte Nice interessiert.

»Ich habe auf ihn vor dem Westle Hauptsitz gewartet, und als er mit seinem Wagen herauskam, habe ich ihn angehalten und um ein Gespräch gebeten.«

Nice schnaufte. »Einfach so?«

»Ja, einfach so. Er war sogar sehr freundlich. Ich bin mir nicht sicher, ob er wusste, wer ich bin.«

Patallia wandte sich erneut an den Sicherheitchef. »Wer hat den Auftrag gegeben, David festzuhalten, Devon?«

»Die Order kam von ganz oben«, lautete die tonlose Antwort.

»Das war klar«, stieß Nice hervor. »Dieser Wichser von Damien Scott plus diese Hure Da ...« Er brach ab.

Interessiert wandte Patallia sich zu Nice um, der sich verlegen an der stoppeligen Kopfhälfte kratzte. Daria. Das war es wohl, was er hatte sagen wollen. Seine Freundin betrog ihn mit ihrem Boss. Eine Tatsache, die Nice offensichtlich zu schaffen machte.

»Bitte zieh dich aus, Nice. Ich muss mich nachher um David kümmern und werde keine Zeit für deine Schmerzbehandlung haben.«

Der Mann nickte mit gesenktem Kopf. Weinte er? Nein, aber seine ungleichen Augen schimmerten im diffusen Licht des vorbeiziehenden Verkehrs.

Tröstend legte Patallia die rechte Hand auf sein stoppeliges Haar, strich über Schulter und Brust, um die reizenden und entzündlichen Stoffe aus seinem Leib zu ziehen. Gleichzeitig entließ er ein duonalisches, schmerzstillendes Antibiotikum. Ihm war klar, dass seine Behandlung nur lindern konnte. Solange die Ursachen für seine Probleme nicht behoben waren, würde Nice Schmerzen haben.

Der blickte ihn dankbar an. Im Halbdunkel des Fahrzeugs konnte Pat sich für einige Sekunden eine Vorstellung davon machen, wie der Mann vor dem Attentat ausgesehen hatte. Er würde überall beste Chancen gehabt haben mit diesem Äußeren und dem brillanten Intellekt.

»Wir sind da.« Nices Stimme klang heiser.

Patallia musterte kurz das fensterlose Lagerhaus.

»Devon, du wirst nun gehen und folgenden Befehl ausführen: Damien Scott möchte den Gefangenen sehen. Du hast Order, ihn in die Zentrale zu geleiten. Gleichgültig, in welchem Zustand David Martinal ist – du bringst ihn in diesen Wagen. Und wenn du ihn tragen musst. Hast du verstanden?«

Devon Balkan nickte und verließ gehorsam das gepanzerte Fahrzeug.

Nice schnaufte. »Ich glaube es nicht. Und du denkst, das wird so gut gehen? Vielleicht kommen gleich sämtliche Wachmänner herausgestürzt, Pat.« Es war das erste Mal, dass Nice seinen Kurznamen benutzte.

Es gab ein minimales Restrisiko, das wusste Patallia. Aber er baute auf die Autorität des Sicherheitschefs und seinen hohen Rang. »Abwarten.«

Gemeinsam starrten sie auf das graue Metalltor, in dessen Seitentür Devon Balkan verschwunden war. Ein einzelner Scheinwerfer beleuchtete die kleine Tür von oben.

Patallia blickte auf die Uhr des Bordcomputers. Zehn Minuten waren verstrichen. Bisher lagen sie gut in der Zeit. Die

Hypnose wirkte höchstwahrscheinlich noch eine Stunde.

Die Seitentür öffnete sich und gab den Blick in einen dunklen Gang frei. Nun kam es darauf an. Zunächst geschah nichts. Dann tauchte Devon Balkan auf, der eine stolpernde Gestalt stützte. David!

Pat fühlte, wie Nice aus dem Wagen stürzen wollte.

»Halt! Lass mich das machen. – Bitte«, setzte er noch hinzu. Nice ließ sich schwer in den Sitz zurückfallen.

Die beiden Männer waren zwischenzeitlich beim Fahrzeug angekommen und Patallia öffnete per Computer die rechte hintere Tür.

»Bitte setz ihn auf die Rückbank«, befahl er Devon Balkan, »und danach kommst du hier neben mich.«

»Patallia?« Davids Stimme war voller Ungläubigkeit. Er blinzelte und hatte offensichtlich Schwierigkeiten etwas zu erkennen. Er tastete nach Nice. »Nice?«

»Ja, David«, antwortete Pat mahnend. »Bitte verhalte dich noch kurze Zeit ganz still. Wir müssen das hier in Ruhe zu Ende bringen.«

Innerlich aufgewühlt versuchte Patallia die Situation zu kontrollieren, obwohl er sich am liebsten sofort um David bemüht hätte. Der Freund brauchte Hilfe. Jedoch hatte nun Vorrang, sich des überflüssig gewordenen Devon Balkan zu entledigen.

Mit ruhigen Handgriffen gab er dem Computer den Weg in die Innenstadt ein, wo sie dessen Wagen zurückgelassen hatten. Der saß erneut völlig gelöst an seiner Seite.

Nicht mehr lange, sagte Pat sich, dann ist der Spuk vorüber.

Sie hielten auf dem Seitenstreifen neben dem Fahrzeug des Sicherheitschefs. Patallia wandte sich ihm zu.

»Ich danke dir für deine Kooperation. Du hast die Firmenzentrale verlassen und bist bis hierhin gefahren. Da es dir nicht gut ging, bist du ausgestiegen und spazieren gegangen. Nun wirst du in dein Auto steigen und nach Hause fahren. An mehr kannst du dich nicht erinnern, außer, dass du dich noch nie so gut gefühlt hast wie heute.«

Wie an Fäden gezogen stieg Devon Balkan aus und marschierte zu seinem Wagen. Patallia atmete auf, ließ den Motor an und scherte in den fließenden Verkehr ein.

»Bin ich frei?« David tastete nach Nices Händen.

»Ja.« Nice griff nach seinem Freund und umarmte ihn, soweit die Enge des Fahrzeugs es zuließ. David zitterte in seinen Armen und weinte vor Erleichterung.

»Im Dunklen«, schluchzte er. »Die ganze Zeit im Finsteren. Kein Essen. Ich ..., ich ...«

»Moment.« Patallia, der den Autopiloten eingeschaltet hatte, griff über die Rückenlehne und packte Davids Handgelenk. Der ließ es geschehen. Was passierte da? Nice konnte im Halbdunkel des Wagens nichts erkennen. Aber David schien zu wissen, was Patallia tat.

»Danke«, keuchte er erleichtert und Nice spürte ihn ruhiger werden. Das Zittern flaute ab.

»Wie lange war ich weg? Wo ist Terv?« Davids Augen wirkten lichtempfindlich, denn er kniff sie bei jedem Lichteinfall durch vorbeifahrende Fahrzeuge zusammen.

»Fast drei Wochen«, beantwortete Nice seine Frage. »Und sonst alles okay mit dir? Haben sie dir etwas angetan?«

Patallias Kopf fuhr herum. Er musterte David prüfend.

»Ich bin in Ordnung. Es gab Wasser. Aber ich bin fast umgekommen vor Hunger. Wo ist Tervenarius?«

»Diese Schweine«, zischte Nice erbost. »Das werden sie büßen!«

»Rache?« Die Frage kam von Patallia. »Darüber können wir später reden. Nun lass David erst einmal zu Kräften kommen. Terv ist noch unterwegs, David.«

Bei diesen Worten spürte Nice, wie David in sich zusammensackte, was ihm einen Stich ins Herz versetzte. Sein Freund fühlte sich von seinem Geliebten verlassen. Nice biss die Zähne zusammen.

Sie bogen in das vom Hauscomputer geöffnete Tor des Grundstücks inmitten der Berge ein.

»Und ich werde diesen Bunker noch mal extra sichern«, knurrte Nice. »Mach dir keine Sorgen, David. Du musst dich jetzt erholen. Den Rest übernehmen wir.« Er blickte zu Patallia, der bestätigend nickte.

David schreckte im Bett hoch und blickte sich um. Seine Furcht zerstob. Er war zu Hause. Die orangefarbene Lampe tauchte seine Schlafstatt, die Möbel und die zugezogenen Gardinen in ein sanftes Licht. Er war nicht mehr fähig, ohne Beleuchtung zu schlafen. Die Angst saß zu tief.

Der Platz an seiner Seite war leer, das Kissen unbenutzt. David schluckte, um die Tränen zu unterdrücken, die in ihm hochstiegen. Seine Brust schmerzte vor Sehnsucht nach Tervenarius.

Er ist auf Sublimar. Dort vergeht die Zeit langsamer, sagte er sich ununterbrochen. Terv kann nichts dafür. Er wird nicht wissen, wie lange er schon weg ist. Er wähnt mich in Sicherheit. Genau das war es, was Patallia ihm predigte, mit dem er ständig über die Sache sprach, aber der ohne energetischen Ring ebenso hilflos war wie er selbst. Nach diesem Zwischenfall stand eines ganz fest: Jeder der auf der Erde lebenden Duocarns musste einen Reif haben, um im Notfall Solutosan oder Ulquiorra rufen zu können. So ein Versäumnis würde ihnen nie wieder passieren.

Davids Arbeit lag brach, da er nicht wagte das Haus zu verlassen, aber auch weil Nice weiterhin für Westle arbeitete, um mehr Einblick in deren Systeme zu bekommen. Alle sannen auf Rache. Nice hatte ständig neue Ideen, wie man Westle schaden konnte. Er besuchte das Duocarns-Haus fast täglich, um Patallia zu sehen. Gelegentlich trafen Pat und er sich auch in Vancouver, irgendwo an einem verschwiegenen Ort, damit der Freund seine Schmerzen loswurde.

David zog Tervs Kopfkissen zu sich und schmiegte den Kopf daran. Nice hatte sich verändert. Ob nur er das bemerkte? Gelegentlich nahm er wahr, wie Nice Patallia auf eigentümliche Art ansah. Diese Blicke trafen Patallia meist in Momenten, wo dieser abgelenkt war. War Nice verliebt? Erstaunlich, da sein Kollege weiterhin mit der hinterhältigen Daria zusammenlebte. Ganz verständlich war ihm diese Sache nicht, aber er wollte nicht fragen, denn sie ging ihn nichts an. Nice hatte sich immer abgekapselt, was seine Beziehungen anging.

Sehnsüchtig drückte David das Kissen fester und rief Tervenarius zum wohl millionsten Mal in seinen Gedanken: Wo bist du, Liebster? Komm nach Hause!

Tervenarius bemühte sich, leise zu sein, als er abgekämpft mitten in der Nacht ihr gemeinsames Schlafzimmer in Vancouver betrat, sich auszog und unter die Dusche schlich. Der Spiegel im Badezimmer zeigte ihn schmutzverschmiert mit tiefliegenden, dunkel-goldenen Augen. Den Blick kannte er. Das war Alarmstufe rot. Er musste sich dringend beruhigen, denn er wollte David keinesfalls mit seinen Problemen überfallen. Das Wassersparprogramm der Dusche gab nicht viel Wasser her, aber das war ihm gleichgültig. Er war aufgekratzt und fühlte sich, als würden die Gedanken in seinem Schädel Karussell fahren. Nach den Erlebnissen auf Sublimar war klar, dass er mit David sprechen musste.

Solutosan hatte ihn zurückgebracht und ihm dabei berichtet, dass Bentals Squalis zwischenzeitlich gestorben waren und der Rottenpilz bereits ein Drittel des Squali-Bestandes infiziert hatte. Die Zeit drängte.

Er schämte sich, dass er Solutosan nicht die ganze Wahrheit gestanden und lediglich gesagt hatte, dass er an einer Lösung arbeite. Das, was ihm bevorstand, war zu intim und privat und ging nur David und ihn etwas an.

Seufzend trocknete Terv sich flüchtig ab und näherte sich dem Bett, in dem sein Liebster friedlich schlief. Der fuhr in die Höhe: »Geht weg! Lasst mich in Ruhe! Ich habe euch nichts getan!« Sein Schatz tastete verzweifelt unter dem

Kopfkissen. Suchte er eine Waffe?

Dann erkannte David ihn endlich im orangefarbenen Schein des Nachtlichts.

»Terv?« Ungläubigkeit in der Stimme.

»Ja natürlich«, knurrte er. Wieso war David so aufgescheucht? Wie lang war er denn eigentlich fort gewesen? Er rutschte zu David auf die Bettkante und schloss ihn schnell in die Arme. Nimm noch von der Wurzel, sagte seine innere Stimme, dann bist du leistungsfähiger. Er schob sie beiseite.

»Oh Gott, Terv!« David hielt ihn von sich weg und starrte ihn mit seinen kristallklaren Augen an, die sich allmählich mit Tränen füllten.

Er weinte? Was war denn nur geschehen? Gleichzeitig kam das Bild von David in seinem Gehirn an: der verwuschelte, dunkle Haarschopf, der Schmollmund, die blanke Brust und sein verführerischer Duft. Augenblicklich strebte Tervs Herz ihm zu. Er riss ihn in seine Arme. »Ich bin ja wieder da. Jetzt ist alles gut. Nicht weinen.« Er küsste Davids liebes Gesicht wie ein Verrückter, verschmierte die Tränen, blieb mit den Lippen auf Davids Mund. Seine Worte wurden unverständlich und er gab es auf, sprechen zu wollen.

Wie glücklich er war, wieder zu Hause zu sein. – Ihn im Arm zu halten. Sein Ansturm ließ David nach hinten in die Kissen kippen. Er erwiderte Tervs wilde Küsse und klammerte sich an ihn wie ein Ertrinkender. Terv hielt kurz inne. »Wie viele Tage war ich weg?«

»Zwei Monate«, kam die gepresste Antwort.

»Ihr Götter ...« Er hatte ihn zu lange allein gelassen.

Normalerweise filterte er Davids aphrodisierende Ausdünstung, damit sie ihn nicht zu heftig traf. Dazu war er nun nicht fähig. Er wollte wiedergutmachen, dass er sich um die verdammten Belange von anderen gekümmert hatte, statt um ihn.

Völlig entfesselt küsste Terv sein Gesicht, den Hals, das Haar, sog seinen Duft in sich ein, der sich wie eine rote Flamme in sein Gehirn fraß. Sie verbrannte sämtliche Gedanken an die Droge, entfachte eine unbezähmbare Gier, die auch David erfasste.

»Lass uns später reden, ja?«, keuchte er und presste seinen nackten Leib gegen seinen Liebsten, der fast unmerklich nickte. Ihre harten, pulsierenden Glieder berührten sich, was die Gier verstärkte. David strich ihm kurz über die Handfläche, um seine Sporenflüssigkeit zu nehmen, packte zu und presste ihre Schwänze gegeneinander, während Tervs gieriger Mund Davids Lippen teilten und seine Zunge Davids Mundhöhle eroberte.

Die Finger in dessen harte Pobacken gekrallt spürte Terv seines Geliebten Bereitschaft und gab sich selbst hin. Sie waren wieder vereint. Das Glied seines Liebsten, seine reibenden Hände, sie fühlten sich so wahnsinnig gut an. Er war entsetzlich hungrig. Wie sehr er David vermisst hatte, kam ihm jetzt erst zu Bewusstsein. Tervs Mund wanderte zu seinem Hals, biss hinein und inhalierte den Duft, der in der Halsbeuge am intensivsten war. Sein Schatz hielt ihn, molk ihn, zeigte ihm, wie geil, wie ungeheuer geladen ihre Glieder waren, die sich beide zur gleichen Zeit entluden. Ein Stöhnen aus ihren Kehlen, ein warmer Schwall auf seinem Bauch. Von David, von ihm selbst? Gleichgültig.

Keuchend kam er zu sich. Die Spannung war nicht ganz abgebaut. Sie rumorte weiterhin in ihm. Seine Lippen glitten höher, verschlossen Davids schwer atmenden Mund. »Ich habe noch Hunger«, flüsterte er undeutlich. »Mehr, bitte mehr.«

Statt zu antworten, umfasste David seinen Kopf mit beiden Händen, küsste ihn leidenschaftlich und zog das Bein an, um ihm den Weg zu erleichtern. »Tu es.« Auch seine Stimme klang verwischt.

Die Ejakulation hatte die Geilheit und Härte nicht geschmälert. Erst als er in Davids Leib versank, überkam Terv das Gefühl endlich zur Ruhe zu kommen. Die Wärme und Enge umfing ihn wohltuend. Nun war er angekommen.

Er hatte es nicht eilig, David zu stoßen, sondern wollte ihm seine Liebe zeigen, indem er ihn gemächlich massierte, zärtliche Worte flüsterte, ihn hielt und ihn tröstete, denn David weinte erneut. »Ich bin wieder da. Alles wird gut.« Terv bewegte sich langsam. »Ich liebe dich. Ich habe dich so vermisst. Die Zeit verstrich. Sie war einfach weg ...« Seine Beteuerungen gingen in metallisch schmeckenden Küssen unter. Der Orgasmus zwingend und wärmend durch seine Lenden, floss das Rückgrat hinauf und explodierte in seinem Schädel. Er strömte, hielt den schluchzenden Geliebten in den Armen, hilflos dieser Naturgewalt ausgeliefert, die ihm allen Stress aus dem Leib sog und ihn leer und erleichtert zurückließ.

David zu sehen, zu fühlen und zu riechen kam einer Urgewalt gleich, die alles verdrängte. Umso stärker packte Tervenarius danach der Entzug. Es schüttelte ihn so heftig, dass sein Körper sich versteifte und er die klappenden Zähne zusammenbiss. David wich mit einem Laut des Entsetzens zurück. »Was ist mit dir?«

Gepeinigt konnte und wollte Terv nicht antworten. Er hatte die Geschehnisse der vergangenen Monate selbst noch nicht verdaut und wünschte sich im Grunde nichts mehr, als sie einfach überdenken zu können. Aber zuerst musste er einen klaren Kopf bekommen.

»Es ist nichts Schlimmes, David«, erwiderte er mit klapperndem Gebiss und schälte sich zitternd aus dem Bett. »Ich brauche Medizin. Ich erkläre es dir nachher.« Sein Rucksack lag noch auf dem kleinen Seitentisch neben der Tür, wo sie alle wichtigen Dinge griffbereit aufhoben. Die Wurzel und das Messer waren schnell gefunden, die winzige Menge Milch auf die Zunge gestrichen. Ruhe durchstrahlte augenblicklich seinen Leib und er atmete auf. Zuerst war David dran, den er so lange allein gelassen hatte. Der brauchte seine Aufmerksamkeit. Und er selbst benötigte Zeit, um seine eigene Geschichte weiter sacken zu lassen.

Er wandte sich zum Bett, in dem David mit aufgerissenen Augen saß. Ihr Götter, sein Geliebter war schön. Wie hatte er das vergessen können? Die weiße, glatte Brust, die definierten Muskeln der Arme – ein Leib wie aus Marmor, gehauen vom begabtesten Bilderhauer der Welt. Das Gesicht, knabenhaft und doch anziehend maskulin, umrahmt von rabenschwarzem Haar, das sich, länger geworden an seine Schultern schmiegte.

Und dieser Mann gehörte ihm. Die Wirkung der Droge zusammen mit Davids Anblick entfachte ein echtes Hochgefühl. Ich könnte ihn jetzt erst einmal tagelang lieben, dachte Terv und spürte sein Glied erneut erhärten.

Davids Blick wurde fassungslos. »Was nimmst du da? Ein Aphrodisiakum?«

Mit ein paar Schritten war Terv am Bett und hatte den sich leicht sträubenden David in die Arme genommen. Beim Vraan, da war Erklärungsbedarf.

»Ich finde, dass du erst einmal erzählen solltest. Du bist länger allein gewesen als ich. Wie ist es dir ergangen?« Nun fiel ihm wieder ein, wie erschreckt David bei seiner Rückkehr reagiert hatte. Terv löste sich und tastete unter Davids Kopfkissen. Zu seiner Verblüffung fand er eine Strahlenpistole. »Du schläfst mit einer Waffe? Aber warum denn?«

David konnte nicht verhindern, dass sich seine Augen mit Tränen füllten. Da saß der, den er sich so herbeigesehnt hatte, blickte ihn besorgt und begehrlich an, und er hatte nichts Besseres zu tun als zu plärren wie ein kleines Kind, das man alleine gelassen hatte. Als Mann musste man doch so etwas wegstecken, oder nicht? Drei Wochen im Dunklen. Es gab Schlimmeres. Seine Tränen strömten über die Wangen, kullerten seinen Hals entlang.

»David!« Tervenarius riss ihn in seine Arme. »Aber warum?«

»Sie hatten mich entführt, Terv. Ich war zwanzig Tage lang im Dunklen eingesperrt, ohne Essen. Nice und Patallia haben mich rausgeholt.« David bemühte sich, klar zu sprechen.

»Wer?« Tervs Stimme knisterte wie gefrorene Eisschollen.

»Westle. Sie wollten Allglobalmeds erpressen, um es dann billig aufkaufen zu können.«

»Westle!«, stieß Terv verächtlich hervor und ließ die Arme fallen. »Die Firma scheint ihnen einiges wert zu sein, wenn sie zu solchen Methoden greifen.«

David sah, wie sein Verstand fieberhaft arbeitete.

»Das werden sie bereuen.« Der kalte Ton seiner Stimme ließ David einen Schauer über den Rücken laufen. Er wusste, wozu Tervenarius fähig war. Schaudernd sah er seinen Schatz durch die Firmenzentrale von Westle spazieren, während die gesamte Belegschaft starb – von seinen giftigsten Sporen vernichtet.

»Willst du sie alle umbringen?« David bemühte sich um einen festen Ton. »Und was kommt danach? Nicht lange, dann sind diese Schweine von noch größeren Halsabschneidern ersetzt worden. Nein, Terv. Uns schwebt etwas anderes vor.«

»Und das wäre?« Tervs Gesicht erschien ihm wie aus Stein gehauen. David wusste, was in ihm vorging. Sie hatten sein Liebstes verletzt. Und für dieses Vergehen gab es nur eine Strafe: den Tod. So ahndeten duonalische Krieger Untaten, die ihre Familie betrafen. Hatte er nicht sogar schon einmal einen Mann wegen ihm kastriert? Er musste Terv unbedingt von so einem unüberlegten Feldzug abbringen. Zumal – er erschien David verändert. Und das machte ihm Angst.

Sie knieten sich im Bett gegenüber. David auf den Fersen sitzend, Terv hoch aufgerichtet. Zwei echte Kerle auf Konfrontation, dachte David, und blöderweise brachte ihn das zum Grinsen.

Terv blickte ihn erstaunt an.

»Beruhige dich erst einmal«, lenkte David ein, ergriff seine Hände und zog ihn nach unten. »Komm, leg dich zu mir. Ich erkläre dir den Schlachtplan.«

Tervs Spannung wich. Er ließ es zu, dass David ihn neben sich zog und ihm das wirre Haar aus der Stirn strich.

»Westles Plan war, dass Allglobalmeds durch meine Entführung so stark unter Druck gesetzt würde, dass sie ihre Medikamente kostenlos an Bedürftige abgeben sollten. Dazu tarnten sich die Kidnapper mehr oder weniger schlecht als Aufständische. Nice kam ihnen auf die Schliche, was eigentlich nicht so schwer war, da seine Freundin Daria maßgeblich in die Sache verstrickt war. Als er das erkannte, hörte er sie ab und kam so an den Kopf der Entführer, Devon Balkan. Nice entlarvte ihn und Patallia übernahm den Rest. Er manipulierte den Mann auf seine altbekannte Art, damit dieser mich dann freiließ. Devon Balkan ist übrigens verschwunden, und ein anderer hat seinen Platz eingenommen. Der maßgebliche Drahtzieher heißt Damien Scott und ist der Firmenchef.«

Gespannt hatte Terv seinen Worten gelauscht. »Woher weißt du das mit Balkans Verschwinden?«

»Nice arbeitet für Westle.«

»Was?« Terv wollte erneut hochfahren, aber David hielt ihn zurück.

»Offiziell weiß Nice von alldem nichts. Er wohnt sogar noch bei der falschen Schlange Daria, ist allerdings jeden Abend kurz hier. Er wird von Patallia behandelt.«

»Wegen seiner Schmerzen?«

David nickte.

»Und der Plan?« Tervenarius ließ nicht locker.

»Aha ja, natürlich. Nice sammelt im Moment firmeninterne Informationen, so viele er bekommen kann. Haben wir die Möglichkeit, die Westle- Computer zu infiltrieren, veranlassen wir, dass alle Wasserpreise auf Null gesetzt werden. Gleichzeitig verbreiten wir diese Nachricht bei der Bevölkerung. Die werden Westle leer trinken.«

»Das betrifft dann nur die Wasservorräte in den Läden. Denk an die ganzen Reservoirs, die sie besitzen. Sie werden einen Schaden haben, aber diesen sehr schnell wieder auffangen«, wandte Terv nach einer Pause ein.

David nickte. »Genau. Deshalb müssen wir diesen Feldzug gut vorbereiten. Wir wollen keine Spuren hinterlassen und uns die Möglichkeit offen halten, diesen Coup wiederholen zu können. Uns ist klar, dass auch sie fitte Computerspezialisten besitzen. Aber Nice ist und bleibt der Beste. Und er hat eine echte Fangemeinde, die ihn gegebenenfalls unterstützt.

Solange er Daria vögelt – seine Rede – und pünktlich und zuverlässig seinen Job erledigt, werden sie ihn nicht als Maulwurf enttarnen.«

»Das ist trotzdem gefährlich, David. Was ist, wenn sie ihn hierhin verfolgen? Dann ist offensichtlich, dass er auf Seiten von Allglobalmeds beziehungsweise der Duocarns ist.«

»Dafür ist gesorgt«, unterbrach David ihn. »Sie hatten ihm schon vor einiger Zeit einen Peilsender ins Auto gesetzt. Der ist manipuliert, so dass er völlig andere Routen angibt.«

Terv blickte ihn nachdenklich an. »Mir gefällt der Plan insoweit, dass wir Westle auf so eine Art in die Hand bekommen können. Sie würden in Zukunft Kompromisse machen müssen, was ihre Wasserverteilung angeht. Eine humanitärere Führung des Unternehmens könnte viel Elend lindern.«

»Ganz genau.« David strahlte. Jedoch erlosch sein Lächeln sofort. »Ich habe allerdings noch etwas vor mir, Terv. Ich möchte einen Ring. Und auch Patallia will einen haben. Die Duocarns, die auf der Erde sind, sollten die Möglichkeit haben, jederzeit die Energetiker zu rufen.«

Terv hielt den Kopf auf seine Hand gestützt und blickte ihn an. Seine Löwenaugen schimmerten. Dann neigte er sich zu ihm und küsste zärtlich seine Lippen. »Mein süßer Duocarn«, flüsterte er. »Wie gut, dass du das endlich einsiehst. Der goldene Reif wird dir wunderbar stehen.«

Versonnen kraulte Tervenarius Davids Haaransatz. Der Kopf seines Geliebten ruhte auf seiner Brust und Terv fühlte, dass dieser ebenso in Gedanken versunken war wie er selbst. David war gequält worden, was ihn geschwächt hatte. Und nun kam er, Terv, von Sublimar mit einem Bündel Probleme. Wobei er seine Sucht als geringeres Übel empfand, als seine Verpflichtung, eine bolatarische Prinzessin begatten zu müssen, um dem Rottenpilz Einhalt zu gebieten.

Er hatte genügend Wurzelstücke mitgebracht, von denen

er Patallia Proben zur näheren Untersuchung geben wollte. Auf irgendeine Art mussten die helle und die dunkle Radix sich unterscheiden. Er konnte sich nicht vorstellen, dass die Nahrungsquelle in den Myzel-Brutstätten ebenfalls berauschende und halluzinogene Stoffe enthielt. Leichtsinnig war er in diese Falle getappt. Er, der Herr der Pilze. Der nicht fähig war, dem Rottenpilz etwas entgegenzusetzen. Dafür musste die Königin her. Er schluckte trocken.

War David eingeschlafen? Er streichelte seinen Schatz weiter, in der Hoffnung, sein Abenteuer noch nicht erzählen zu müssen. Aber David wäre nicht David gewesen, wenn er mit Sorgen hätte schlafen können.

»Und was ist mit dir? Seit wann brauchst du Medizin?« David hob den Kopf, um ihn anzusehen. »Du warst in über einhundert Jahren niemals krank.«

»In über tausend Jahren«, korrigierte Terv ihn.

Das machte David wütend. Er setzte sich auf. »Jetzt hör mal zu. Du kommst nach zwei Monaten einfach mitten in der Nacht hier an, vögelst mit mir und ich texte dich zu. Dann zitterst du mit klappernden Zähnen wie ein Junkie auf Entzug. Hältst du das für normal? Willst du nicht endlich mal auspacken, was auf Sublimar los war? Was ist mit der Pilzkrankheit? Wieso bist du krank?«

Tervenarius betrachtete Davids blitzende Augen und lächelte. Intuitiv hatte sein Schatz die richtigen Worte gewählt. Ja, ein Junkie. Das war er wohl geworden. Trotzdem liebte er David zutiefst. Auch wenn dieser wütend war und besorgt. Ihn entzückte jedes Härchen an ihm.

Kopfschüttelnd senkte David die Stimme. »Jetzt schau mich nicht so an. Da wird mir ja ganz warm.« In der Tat färbten sich seine Wangen zart silbrig – seine Art zu erröten.

»Nun gut«, Terv seufzte aus tiefster Brust. »Ich muss zurück nach Sublimar, denn da ist noch etwas unerledigt.«

Entsetzt stieß David die Luft aus. »Nein!«

»Lass mich zuerst erzählen. Ich habe auf Sublimar mein Volk gefunden. Genauer gesagt das, was davon übrig ist.« Nun, wo er angefangen hatte zu sprechen, fiel es ihm erstaunlicherweise leichter als gedacht. Er musste seine Sorgen loswerden.

»Was ich dir jetzt erzähle, konnte ich aus den Schriftstücken rekonstruieren, die ich in den unterirdischen Höhlen gefunden habe, die meine Leute ursprünglich bewohnt haben. Ich entstamme einem Volk, das sich Caverner nennt. Ja, und es stimmt wohl, ich bin in deren Sinn ein Prinz.« Er nahm Davids Hand und streichelte sie versonnen.

»Es gab damals zwei Volksstämme, die Bolataren und die Caverner. Ich konnte nicht herausfinden, wo die Bolataren ansässig sind. Sie besitzen, wie auch die Caverner, ein Königspaar. Dieses und deren Nachkommen sind für die Vermehrung zuständig. Die beiden Stämme tauschten offensichtlich gelegentlich ihre Sprösslinge, um Inzucht zu vermeiden. Die befruchtete Königin ist am Wichtigsten, denn sie teilt sich und setzt kleine Abkömmlinge in Myzel-Höhlen, die sich dort entwickeln und das eigentliche Volk bilden. Diese Nachkommen sind geschlechtslos. Sie leben und arbeiten. Die Königin ist außergewöhnlich. Sie ist die Mutter, besitzt einzigartige Sporen und sondert Stoffe ab, die das Volk gesund erhalten sowie Schädlinge wie zum Beispiel den Rottenpilz vernichten.«

Er lächelte, denn David nahm die Geschichte gefangen. Das war offensichtlich, so wie er ihn mit hellwachen, kristallklaren Augen anblickte.

»Du weißt, ich bin der einzig verbliebene Caverner, da Pallasidus meine Eltern getötet hat. Und ich wurde als Winzling nach Duonalia verschleppt.« Terv dachte kurz nach. »Ich stand also vor dem Problem, dass ich den Rottenpilz, der nicht nur die Squalis befallen hat, sondern sich auch in den Höhlen ausbreitet, nicht besiegen konnte. Es gibt nur eine einzige Person, die das kann.«

»Eine Königin«, erwiderte David atemlos.

»Ja, nicht zu vergessen, eine befruchtete Königin.«

»Wo sind denn nur diese Bolataren? Vielleicht ist dort noch eine. Konntest du das herausfinden?«

Terv verneinte mit gesenktem Kopf. »Aber ich fand eine jungfräuliche Königin. Sie schläft bis zu ihrer Bestimmung. Sie war offensichtlich als Baby in die Höhlen gebracht worden, um dem damals ebenfalls jungen Prinzen irgendwann einmal als Partnerin zu dienen.«

Er blickte auf und sah das Entsetzen in Davids Gesicht. »Dir!«, stieß er hervor.

»Ja.« Tervenarius nickte frustriert. »Eine Prinzessin für den schwulen Prinzen.«

»Unfassbar!« Überfordert rieb David sich die Stirn. »Du brauchst aber eine befruchtete Königin, denn sonst geht Sublimar den Bach runter.« Er blickte Terv an. »Du musst mit ihr vögeln«, stellte er ernüchtert fest. »Das sind allerdings Neuigkeiten.«

»Wenn du glaubst ...« Das Zittern traf Tervenarius unvorbereitet. Mit verdrehten Augen biss er sich auf die Zunge, ein Schmerz, den er kaum spürte. Hilflos lag er auf dem Bett, hörte Davids Rufe nur von Ferne. Von irgendwoher eine kühle Hand. »Patallia«, keuchte er. Dann war alles dunkel.

Ich weiß nicht, wie lange ich das noch aushalte, überlegte Nice. Er bewegte sich mechanisch und blickte dabei auf Darias schweißüberströmten Rücken, die wollüstig ihr Becken wand, um seinen Schwanz in jedem Winkel ihres Körpers spüren zu können. Nimmersattes Luder, dachte er und stieß fester zu. Sie fickt in der Erwartung, dass ich sie schwängere. Deshalb versucht sie, mich nun zum dritten Mal zum Abspritzen zu bewegen. In diesem Moment griff Daria nach unten und packte seine Hoden. Das löste den Knoten und er gab ihr emotionslos, wonach ihr gelüstete. Seit er wusste, dass sie es mit Damien Scott trieb, dauerten seine Orgasmen lediglich zwei Sekunden. Wasserhahn kurz auf- und wieder zudrehen. Um sie zu täuschen, garnierte er diese Abgänge mit einem Stöhnen, einem langen, tiefen Stoß und einem winzigen Zittern.

»Du bist so scharf«, keuchte er und entzog sich ihr. Um das Ganze zum Abschluss zu bringen, küsste er mit Hingabe beide Pobacken, was sie kichern ließ.

Ob sie wohl mit ihrem geliebten Damien mit Kondom schlief? Wahrscheinlich, denn sie war ja heiß auf die genialen Nice-Gene. Vergiss es, Mädel, dachte er und lächelte sie an, denn sie hatte sich zu ihm umgedreht.

Sie hatten nie wieder ein Wort über David gesprochen. Er ging brav zur Arbeit, bemühte sich dort allerdings kaum. Das hatte ihm bereits ein kritisches Gespräch mit seinem neuen Vorgesetzten eingebracht, der mehr Leistung forderte. Nein, er hatte nicht vor, sich für Westle den Arsch aufzureißen, zumal er dem Programm auf der Spur war, das seinen Rechner innerhalb der Firma lahmlegte.

Erschöpft ließ Nice sich neben sie fallen. Drei Nummern. Glücklicherweise machte Daria in der letzten Zeit so viele Überstunden, dass sie für solche Aktionen meist nur an den Wochenenden Energie aufbrachte. Er hasste Samstage und Sonntage. Es fiel ihm schwer, Ausreden zu erfinden, um in die Berge zu fahren. Deshalb hatte er Patallia den Code für die unübersichtliche Tiefgarage ihres Hauses gegeben. Er wusste, wo die Überwachungskameras hingen. Also trafen sie sich in einem der toten Winkel. Die Zusammenkünfte mit dem sanften Mann stellten seine einzigen Highlights dar, auch wenn sie sich nur anlächelten, Pat ihn kurz berührte und sie sich danach trennten.

Gewohnheitsmäßig zog er Daria näher an sich heran und flüsterte ein paar belanglose Komplimente. Er achtete nicht mehr darauf, ob sie sich vor den Implantaten ekelte. Emotionslos starrte er wieder an die Decke. Inzwischen wusste er, dass er sich in Patallia verliebt hatte. Aber das war eine Liebe ohne Zukunft, denn sie wurde nicht erwidert. Ja, er hatte es versucht, zaghaft, da er den Umgang mit seinem eigenen Geschlecht nicht gewöhnt war. An einem Nachmittag, als sie wieder allein im Wohnzimmer standen, hatte er Patallias Wange gestreichelt. Bevor er etwas sagen konnte, war Pat ihm zuvor gekommen. »Du solltest unsere Treffen nicht überbewerten, Nice«, hatte ihn dieser sanft zurechtgewiesen. »Sie haben einen medizinischen Hintergrund und keinen privaten. Ich möchte, dass du in Ruhe leben kannst. Das ist alles.«

Eindeutige Worte. Entmutigt schloss Nice die Augen.

Auf seinem Tisch im Labor stapelten sich die gefüllten Probenkästen, die Terv von Sublimar mitgebracht hatte. Davor lagen zwei Wurzelstücke, eine hellere und eine dunkle. Patallia nahm die dunkelbraune Radix und drehte sie in den Händen. Er hatte Tervs Attacke für einen epileptischen Anfall gehalten. Ich urteile bereits viel zu menschlich, dachte er. Ein Duocarn ist kein Humanoide. Er hatte trotzdem richtig reagiert und Terv erst einmal schachmatt gesetzt.

Wie gut, dass David nicht entgangen war, was Tervenarius zu sich genommen hatte. Nur hatte dieser leider im orangefarbenen Licht des Schlafzimmers nicht erkennen können, welche der beiden Wurzeln sein Freund in der Hand gehalten hatte.

Nun, inzwischen war ihm klar, dass es nur die dunkle gewesen sein konnte, denn sie enthielt halluzinogene Stoffe. Ein Drogenmix. Wenn er diesen mit irdischen Präparaten verglich, war Terv von einer Mischung aus Cannabis, Morphium, LSD, Crystal Meth und einigen außerirdischen Essenzen abhängig geworden. Eine teuflische Kombination. Im Gegensatz dazu beherbergte die helle Wurzel feinste, konzentrierte Nährstoffe. Die reinste Babynahrung.

Um neun Uhr hatte er einen Termin mit ihrem Geschäftsführer Steward Ross, den er von Westles Übernahmeversuch informieren musste. Danach würde er ans Werk gehen und einen Therapieplan für Tervenarius ausarbeiten. Das Ziel war, ihn langsam herunter zu dosieren. Dafür wollte er dem Freund ein Armband fertigen, das mikrofeine Mengen des Stoffes von sich gab und nach und nach verringerte. Nach seiner Berechnung konnte Terv auf diese Art innerhalb einiger Wochen giftfrei werden.

David wachte an Tervs Bett, jedoch hatte Pat dessen Betäubung so dosiert, dass dieser schlafen würde, bis er wieder im Duocarns-Haus war. Bis dahin musste das Armband fertig sein.

Ach ja, und dann kam um 20 Uhr auch noch Nice. Patallia starrte auf die Wurzel in seiner Hand, ohne sie zu sehen. Nice war sein Patient. Und zum ersten Mal in seinem langen Leben hatte sich ein solcher in ihn verliebt.

Er sah den Mann vor sich stehen: Halbnackt, ausgesprochen attraktiv, aber zerstört. Man hatte ihm nicht nur die Hälfte seines Körpers abgetrennt, sondern damit auch seine Seele verletzt. Nice war ein Chaot. Von brillantem Geist, jedoch unordentlich, unkonzentriert, störrisch, überheblich, mürrisch. Dann geschahen Momente, in denen Nice ihn in eine zarte Gefühlswelt blicken ließ, nur für Bruchteile von Sekunden. Der Mann hatte einen dicken Schutzwall um sich aufgebaut.

Patallia legte die Wurzel aus der Hand und erhob sich, um Steward Ross in seinem Büro aufzusuchen. Wahrscheinlich brauchte man in dieser so menschenverachtenden Umgebung eine starke Schutzmauer. Wie verschieden Nice und Smu waren. Smu, der wunderschöne Clown, der selbstbewusst und humorvoll das Leben gemeistert hatte, als sei es ein Spiel. Trotz dieser Leichtigkeit war Smu ein ordentlicher Mensch gewesen, der lediglich das kontrollierte Chaos liebte. Der Gedanke an ihn tat weh in der Brust, verursachte er doch ein so intensives Verlustgefühl, dass es Pat die Tränen in die Augen trieb.

Nein, er hatte keine Zeit seine Trauer auszuleben. Zuerst kamen die Geschäfte, dann Hilfe für Tervenarius, einen seiner besten Freunde seit Anbeginn der Duocarns.

Was ich hier mache, ist ein Drahtseilakt, dachte Nice. Sein Code war fertig. Er blickte sich in dem winzigen, abgetrennten Abteil des Großraumbüros um. Seine Kollegen saßen mit geneigten Köpfen, schienen beschäftigt. Die einzigen Geräusche bestanden aus einem gelegentlichen Tippen auf einer Tastatur, denn die meisten benutzten gedankliche Befehle, so wie er.

Okay, nun kam es darauf an: Programm starten. Keine Fehlermeldung. *Uhrzeit?*, fragte er den Computer in seinem Arm. Der Rechner schob ihm ein kleines Display ins rechte Auge: 11.36 Uhr. Bingo! Er hatte es geschafft und das »Matschprogramm«, wie er es bei sich nannte, ausgetrickst. Schnell beendete er den Kontakt zu seinem PC, denn er wusste nicht, wie fein die Überwachung bezüglich Fremdprogrammen eingestellt war.

Der erste Schritt war getan. Nice grinste. Das musste er feiern. Am besten am Abend mit David und Patallia.

Seit der Rückkehr von Tervenarius war David regelrecht aufgeblüht. Liebe ist wirklich ein Lebenselixier, überlegte Nice und loggte sich routiniert in die Sicherung eines Lagerhauses in Bahrain ein. Er dachte an Patallia. Hatte er sich in den Mann verliebt, weil dieser ihm so geheimnisvoll vorkam? Bisher hatte er sich nicht getraut, Pat zu fragen, ob er ein Android sei. Im Nachhinein erschien ihm diese Vermutung zu irreal. Künstliche Menschen konnten doch keine Emotionen haben, oder? Und Patallia hatte Gefühle, oh ja! Der faszinierende Mann trauerte. Das stand ihm zu. Smu und er mussten eine Ewigkeit zusammen verbracht haben. Also hatte er jedes Recht, sich in seine Trauer zu ergeben. Was sollte Pat mit einem verliebten, zerstörten Deppen wie ihm anfangen? Sex? Wohl kaum. Eine Freundschaft? Das schon eher, aber war er würdig, einen solchen Mann zum Freund zu haben? Wollte Patallia das überhaupt?

Meine Gedanken drehen sich im Kreis, dachte er verbittert. *Ich sollte mich an meinem Erfolg freuen, statt zu grübeln.* Er war ein Stück näher an sein Zielobjekt herangerückt. An Damien Scott, den korrupten Westle-Boss.

Tervenarius erwachte durch den Regen, der gegen das Fenster trommelte. Die wunderschönen Träume lächelten, verbeugten sich und huschten hinter den Vorhang in seinem

Geist, wie Schauspieler nach einer gelungenen Vorstellung. Er räkelte sich. Die Ruhe hatte ihm gut getan. Doch was hatte er da am Handgelenk? Terv hob den Arm und betrachtete das metallene Armband. So etwas hatte er noch nie getragen.

»Haben Durchlaucht gut geruht?« David stand mit einem Tablett in der Tür ihres Schlafzimmers, darauf zwei Gläser mit Kefir. Er musterte Terv und zwinkerte.

»Wie lange habe ich geschlafen?«

Behutsam stellte David die Getränke auf einen kleinen Beistelltisch und setzte sich auf den Rand der Matratze. »Zwei Tage.«

Nachdenklich schloss Tervenarius die Augen und versuchte sich zu erinnern. »Mich hat es umgehauen, stimmt's?«

»Ja, du hast mich ganz schön erschreckt. Glücklicherweise war Patallia sofort zur Stelle und hat dich schachmatt gesetzt.« David deutete auf das Armband. »Das sollst du in den kommenden Wochen tragen. Es enthält Spuren deiner Droge, die es nach und nach abgibt. So wirst du keinen Entzug haben, aber allmählich herunter dosiert.«

Das war gut. Terv betrachtete das Metallband erneut. »Danke«, erwiderte er erleichtert. Und das meinte er auch so. Er wollte die Stimme in seinem Kopf loswerden, die ihm ständig Stärke und süße Träume versprach. Er war bereits stark, und sein Traum von einem Mann saß an seinem Bett.

»Es tut mir sehr leid, dass ich so viele Probleme aus Sublimar mitgebracht und dich damit belastet habe. Du hast so gelitten und ich ...« Er brach ab, denn David schüttelte den Kopf, ergriff ein Glas und reichte es ihm. »Iss erst einmal. Du wirst deine Kraft bei der Prinzessin brauchen.«

Verblüfft starrte Terv ihn an. »Ich mache das nicht, David. Ich lasse mich nicht zum Zuchthengst degradieren. Außerdem denke ich mit Grauen an ihren weiblichen Körper. Weißt du, dass sie genau so aussieht wie ich? Nur mit anderen Körperformen. Es wäre ja, als würde ich mich selbst ... Ja, die Duocarns helfen, aber diese Hilfe hat auch Grenzen.«

Er blickte in Davids fassungsloses Gesicht. Der holte tief

Luft: »Du kannst die Auraner doch unmöglich im Stich lassen! Eine ganze Kultur, eine Spezies ist in Gefahr. Sie werden krepieren ohne ihre Squalis. Willst du dabei zuschauen? Es kann nicht dein Ernst sein, was du da sagst. Ich bin ..., ich bin ... enttäuscht von dir.«

So einen Satz hatte er noch nie von David gehört. Und es war das erste Mal, dass sie so etwas wie einen Streit ausfochten.

Um Zeit zu gewinnen, nahm Terv einen großen Schluck und blickte David über den Rand des Glases an. Natürlich wollte er helfen, aber die Sache war ihm zuwider. Er verstand, warum David so empfindlich war. Er sah seine eigene Spezies den Bach herunter gehen. Die Menschen saßen nach wie vor in ihrem Erden-Boot und bohrten mit aller Kraft Löcher in dessen Boden. Es war abzusehen, dass es irgendwann keine humanoide Bevölkerung mehr auf dem blauen Planeten geben würde. Und hier bot sich die Möglichkeit, eine ganze Rasse zu retten. Eine unschuldig in Not geratene Welt. Terv seufzte.

»Ich werde nicht einmal einen hochkriegen«, meinte er dann etwas verhalten und drehte den Kefir verlegen in den Händen.

»Ich helfe dir.« David rutschte so flott an ihn heran, dass ihm fast das Glas entglitt. Mit einem liebevollen Grinsen nahm sein Schatz es ihm ab und stellte es auf das Tischchen.

»Du hilfst mir«, echote Terv. Vor seinem inneren Auge erschienen drei nackte, weiße Körper in der mit weichem Myzel ausgepolsterten Höhle. David plante einen Dreier.

»Aber du hast so etwas immer abgelehnt«, gab Terv zu bedenken.

»Das hier ist eine Ausnahmesituation. Ich werde nicht eifersüchtig sein. Das ist eine einmalige Sache.« Seine Stimme verlor ihre Festigkeit. »Das ist es doch, nicht wahr?«

»Ja. Das ist es«, bestätigte Terv. »Wir verhelfen den Cavernern zu einem Neustart. Aber die Königin wird nicht nur das einfache Volk hervorbringen, sondern wieder eine Prinzessin oder einen Prinzen gebären, der für die Fortpflanzung zuständig ist. Es gibt jedoch keine Bolataren mehr.«

Sofort ergriff David seine Hände. »Das ist nicht bewiesen, Terv. Wichtig ist doch, dass wir erst einmal den Auranern helfen.«

»Schatz, dieses Kind wird mein Sohn oder meine Tochter sein. Du weißt, ich wollte das nie. Ich will keine Abkömmlinge.«

Das war ein neuer Aspekt für David. Er nagte nachdenklich an seiner Unterlippe. Waren ihm die Argumente ausgegangen?

»Die Frage ist, inwieweit du nach dem Zeugungsakt noch verpflichtet bist, dich um die Caverner zu kümmern«, sagte er schließlich.

Genau das war der zweite Aspekt, den Terv fürchtete. Das lief auf eine Art von Familiengründung heraus. Aber er wollte keine Familie, beziehungsweise betrachtete er David als eine solche. Und das genügte ihm. Unsterbliche sollten sich nicht an Sterbliche binden. Das gehörte zu seinen Grundsätzen. War das nicht seinerzeit auch einer der Gründe gewesen, warum er Davids Werben anfangs nicht nachgegeben hatte?

Kinder zu haben, bedeutete diese sterben zu sehen. Er konnte die Augen nicht davor verschließen, dass nach der Verbindung mit der Prinzessin ein Nachkomme von ihm auf Sublimar lebte. Und dass dieser keine Zukunft hatte. Tervenarius seufzte aus tiefster Brust.

»Eine Konferenz?« Nice blickte in die Runde. Das Wohnzimmer im Haus in den Bergen wirkte gemütlich im Licht der rotgoldenen Sonne, die soeben hinter den Berggipfeln versank. David, Tervenarius und Patallia hatten sich auf der Sitzgruppe niedergelassen, Gläser mit Milchgetränken in den Händen. Sein Eintreten hatte sie offensichtlich unterbrochen.

»Störe ich?«

»Nein«, erwiderte Patallia. »Wir haben uns eben beraten,

wie es weitergeht.«

»Dann komme ich ja genau richtig«, Nice lächelte in die Runde, »denn ich habe einen Fortschritt zu verzeichnen. Ich konnte das Kontroll-Programm knacken und bin nun fähig, meinen Rechner«, er legte die Hand auf seinen Arm, »auch innerhalb des Firmengebäudes zu benutzen.«

Diese Information rief allgemeines, anerkennendes Nicken hervor.

»Sollten wir das nicht feiern?« Nice blickte auf die Gläser. »Aber vielleicht nicht mit Joghurt.«

»Das ist Kefir, Nice«, belehrte Patallia ihn und erhob sich, um zu einem antiken Schrank in einer Ecke des Wohnzimmers zu gehen. Er kehrte mit einer braunen Flasche und einem Cognacschwenker in der Hand zurück. »Wir vertragen keine alkoholischen Getränke. Aber du kannst gern etwas hiervon trinken. Wir besitzen dies hier bereits seit ein ...«, er stockte, »seit einiger Zeit.« Der Mediziner reichte ihm die Cognacflasche und das Glas.

Verblüfft drehte Nice das verstaubte Gefäß in den Händen. »Der Cognac ist zweihundert Jahre alt!« Bei der Vorstellung, wie dieser schmecken könnte, lief ihm das Wasser im Mund zusammen. Nun verstand er, wieso David bei ihren seltenen Bar-Besuchen immer nur zaghaft an seinem Drink genippt hatte. Sollte er jetzt etwas dazu sagen?

Nice blickte in die erwartungsvoll lächelnden Gesichter der drei Männer.

»Nun gut, aber nur ganz wenig.« Er entkorkte die Flasche und schenkte sich etwas von der braungoldenen Flüssigkeit ein, die sich wie zähfließender Honig im Glas bewegte. »Wahnsinn!« Nice schnupperte, inhalierte den feinen, vollen Duft und nahm einen kleinen Schluck.

Das süße, würzige Aroma vollreifer Trauben lief seinen Schlund hinab, verbreitete sich als sanftes Feuer in seinem Magen. Der alte Cognac ähnelte mehr einem Gas als einer Flüssigkeit. »Genial«, er strahlte. Patallia, David und Tervenarius, die ihn interessiert beobachtet hatten, nickten zustimmend.

»Jetzt erzähl mal«, begann David voller Ungeduld. »Hast

du einen weiteren Plan?«

Versonnen ließ Nice den Cognac in dem Schwenker kreisen. »Ja, aber er hat noch einen kleinen Fehler.«

Er konzentrierte sich, um seine Gedanken auf einen Nenner zu bringen. »Mein Ziel ist Damien Scotts Eyevisor.« Nice grinste wissend und stellte das Glas auf die schwarze Marmorplatte des Couchtischs. »Ich habe gesehen, dass sich sein linkes Auge bewölkte, ein Zeichen, dass er den Visor benutzt. Ich möchte gern bis dorthin vordringen.«

Patallia runzelte die Stirn. »Also quasi bis in seinen Kopf.«

»Genau.« Nice nickte. »Ich will ihm einen Spion in den Schädel setzen, von dem er nichts weiß und der für uns arbeitet. So sollen die Preisänderungen von ihm persönlich kommen. Er wird lange brauchen, um herauszufinden, woran es liegt, dass sein Rechner falsche Befehle ausführt.« Nice sah vor sich hin. »Ich habe mal in einer Firma gearbeitet, die sich mit der Eyevisor-Technik auseinandergesetzt hat. In dieser Zeit habe ich verschiedene Hackercodes geschrieben, wie man diese Visoren manipulieren kann. Jetzt kommt das Problem.« Er blickte die Männer nacheinander an, die ihm aufmerksam lauschten. »Ich muss meinen kleinen Spion in einer körpereigenen Materie verstecken, in der er nicht gefunden wird. Er soll sich zum Beispiel in Scotts Nasennebenhöhle setzen. Ich schaffe es, ihn mikroklein zu gestalten, mit dem Organischen fehlt mir jedoch die Erfahrung. Ist er anorganisch, kann er entdeckt werden.«

»Ich habe wohl keine Ahnung, wie du den in seine Nase bugsieren willst«, warf Patallia ein, »aber biologische, strahlungsresistente Masse in so einer winzigen Menge zu produzieren, ist mir möglich.«

Wow! Ein neuer Beweis: Patallia war ein Android. Nur ein weit entwickeltes, hochtechnisiertes Wesen würde zu so etwas fähig sein. Nice musterte den Mediziner, Bewunderung im Blick. Ich muss ihn danach fragen, dachte er zum wiederholten Mal.

»Ich werde allerdings eine Weile brauchen«, fügte Patallia hinzu. »Denn hier liegt die Herausforderung in der Undurchdringlichkeit der Materie.«

»Daria ist für ein paar Tage auf Geschäftsreise«, informierte Nice den Arzt. »Wenn du Zeit hast, können wir das Ding zusammen entwickeln. Ich kann jetzt ohne Probleme nach Feierabend herkommen und mit dir daran arbeiten.«

Patallias tiefgründige Augen ruhten auf ihm. Seine Miene blieb unbewegt. Ich weiß, was er denkt, fuhr es Nice durch den Kopf. Er vermutet, dass ich diese Zusammenarbeit vielleicht benutze, um ihn anzubaggern. Das wird nicht passieren.

»Und wie willst du das Ding in seinen Schädel bekommen?«, unterbrach David die Stille. Während er das fragte, strich er über das silberne Armband, das Tervenarius neben ihm am Handgelenk trug.

»Durch zwei Küsse«, antwortete Nice spontan. Er hatte darüber noch nicht nachgedacht, aber fand die Idee plötzlich genial.

»Wie ihr ja wisst, unterhält meine Freundin Daria zu ihm ebenfalls ein Verhältnis.« Die Gesichter der drei Männer verwandelten sich bei diesem Satz in Pokerfaces. Es war Nice egal. Er musste gerade heraus sagen, was er dachte. »Da ich annehme, dass sie beim Verkehr ein Kondom benutzen, wird die beste Möglichkeit sein, dass ich Daria mit einem Kuss den Spion einsetze und zum Beispiel am Ende der Zahnreihe festklebe. Dem programmiere ich als Ziel die DNA von Damien Scott ein. So wandert er bei einem Kuss weiter zu ihm und nistet sich ein.«

Stille.

»Was für ein Abenteuer«, staunte David. »Und du glaubst, das schafft ihr?« Er blickte zu Patallia und dann wieder zu ihm. Wusste oder ahnte David etwas von seiner Sympathie für den Mediziner?

»Wir müssen es versuchen«, erwiderte Nice. »Bisher ist mir keine andere Möglichkeit eingefallen, wie wir Zugriff auf Westle bekommen können, der dauerhaft unentdeckt bleiben könnte. Ich brauche dann nur noch die DNA dieses Zielobjekts. Aber das ist ebenfalls zu schaffen.«

Tervenarius, der die ganze Zeit schweigend zugehört hatte, musterte ihn mit seinen Löwenaugen. »Eine Kuss-

Attacke.« Er grinste kurz und seine Zähne blitzten. Der Mann besaß in der Tat die Ausstrahlung eines Löwen: ruhig, gelassen, jedoch hintergründig stark und gefährlich. Nice hatte plötzlich das Gefühl, dass er dem Chef des Ganzen gegenübersaß. »Warum nicht?«, fuhr Tervenarius fort. »Wenn der Plan nicht klappt, bleibt es bei zwei harmlosen Küssen und der Spion wird verschluckt und verdaut.« Er wandte den Kopf und lächelte David an, der neben ihm saß und zustimmend nickte.

»Arbeitet zusammen, während wir fort sind«, bestätigte David. »Terv und ich müssen für eine bis zwei Wochen verreisen.«

Sie würden ihm nicht sagen wollen, wohin sie fuhren, das fühlte Nice. Aber es war auch nicht so wichtig. Hauptsache, ihr Rachefeldzug nahm Formen an.

Patallia lag allein in seinem Bett und starrte an die Zimmerdecke. Nun wusste er plötzlich, was ihn an Smu erinnerte, wenn er mit Nice zusammen war: Beide besaßen eine völlig unkonventionelle Art zu denken. Es gab für sie keine Hindernisse. Was von anderen Menschen als Verrücktheit abgetan wurde, gehörte bei Nice und Smu zur Normalität. Kuss-Attacke. Das hatte Terv richtig formuliert. Die ganze Sache war irre, aber erstaunlicherweise machbar. Der Nano-Spion würde in Darias Speichel zu seiner Ziel-DNA gelangen und sich anheften. Je nachdem, in welcher Position der Kuss geschah, konnte die Sonde sich bis in die Nasennebenhöhlen bewegen, was als das ideale Versteck anzusehen war. Mit seinem Hackerprogramm war Nice dann fähig eine Verbindung zwischen dem Eyevisor und der Gedankenbefehlskette herzustellen, die eng verknüpft waren. Die Daten aus dem Gehirn des Opfers zu ziehen und gleichzeitig zu manipulieren war ein Geniestreich. Patallia bezweifelte, dass dies einem gewöhnlichen Programmierer möglich gewesen wäre.

Ja, Nice war genial. Und gehörte es nicht dazu, dass solche

Genies chaotisch agierten und sich ständig am Rande des Wahnsinns bewegten? Patallia versuchte, sich Nice vor seinem Unfall vorzustellen. Ohne eingebauten Dolch und integriertes Computergehirn. Mit vollem, blondem Haar und blauen Augen. Nice war offensichtlich heterosexuell, aber hatte seine Vorliebe für ihn entdeckt. War er auf neue Erfahrungen aus? Vielleicht animiert durch die liebevolle Beziehung vor Terv und David?

Was würde Smu sagen? Patallia sah ihn im Geist vor sich stehen, frech grinsend mit blitzenden, grünen Augen. »Was hockst du wie ein Trauerkloß hier herum, Pat?«, hätte er gesagt. »Schnapp ihn dir, Tiger!«

»So einfach ist das nicht, Smu«, sagte Patallia in die Stille des Zimmers. »Du hast mein Herz mit dir genommen. Was soll ich Nice denn schenken? Da ist nichts mehr außer Leere und Schmerz.«

Er wartete, dass Smu antworten würde: »Hier hast du dein Herz zurück. Ich kann es nicht gebrauchen, da wo ich jetzt bin.«

Aber nichts geschah.

»Morgen geht es los«, Terv hob die Bettdecke, schlüpfte ins Bett und zog David an sich heran.

»Du willst Solutosan rufen?«

»Ja, David. Ich muss die Sache angehen.«

Versunken küsste Tervenarius seinen Hals und atmete tief ein. David war klar, was sein Schatz da tat: Er nahm eine kräftige Dosis des erotisierenden »David-Pheromons«, um sich abzulenken und auf ihn einzustimmen.

Nein, so einfach ging das nicht. David war völlig unklar, was genau auf Sublimar geschehen sollte.

Er streichelte Tervs federweiches Haar. »Erzähl mir, wie so eine Befruchtung bei den Cavernern funktioniert.« Er sagte bewusst nicht »bei deinem Volk«, um den Abstand zu wahren.

Tervenarius seufzte, legte die Arme auf seine Brust und sah ihn an. »Soweit ich die Dokumente in der Höhle verstanden habe, handelt es sich um eine triaktive Befruchtung. Du weißt, dass ich mein Sperma durch den Mund, die Hände und den Schwanz absondern kann. Und genau das ist bei dieser Begattung erforderlich.«

Das war heftig. Im Geist sah er Terv auf dieser weißen Frau liegen und der Hals wurde ihm trocken. Konnte er das aushalten? Vielleicht gab es ja doch noch einen Ausweg.

Es trieb ihn, weiterzufragen. »Was passiert danach?« Tervenarius, der die Augen geschlossen hatte, blickte ihn an. »Sie teilt sich. Ich habe Bilder davon gesehen. Sie bricht sich Fingerglieder ab. Das sind die winzigen Nachkömmlinge. Diese platziert sie in die Bruthöhlen. Dort wachsen sie in einem nahrhaften Myzel und ernähren sich von der Milch der hellbraunen Wurzeln, bis sie groß genug sind. Irgendwann gebiert die Königin dann ein zeugungsfähiges Kind. Laut der Zeichnung scheint das ähnlich wie bei den Menschen und Säugetieren zu funktionieren, denn die alten Schriften zeigen ein Kind zwischen ihren Beinen. Ich könnte mir vorstellen, dass sie dieses Baby ebenfalls in eine Bruthöhle bringt.«

Das war interessant. In David formte sich ein Plan.

»Kann man also davon ausgehen, dass durch die Befruchtung der Hände das normale Volk gebildet und mit der Besamung des Uterus der potente Nachkomme gezeugt wird? Wofür ist dann das Sperma im Mund?«, überlegte er laut.

Terv knurrte unwillig. Er hatte offensichtlich wenig Lust, sich mit dem leidigen Thema auseinanderzusetzen. »Keine Ahnung. Worauf willst du hinaus?«

David entzog sich Terv und setzte sich auf. Es war eine verrückte Idee, aber vielleicht stimmte sein Liebster ihm ja zu. »Dir ist diese ganze Situation zuwider, ich weiß. Gehe ich richtig in der Annahme, dass es dir am Unangenehmsten ist, sie zwischen den Beinen zu penetrieren und auch dieses Kind in die Welt zu setzen?«

Terv, der den Kopf in beide Hände gestützt hielt, nickte. »Ich habe dir Treue geschworen. Und ich will keine Nachkommen. Jedoch muss ich die Königin dazu bringen zu funktionieren. Sie muss ihre Stoffe absondern. Das macht sie, um ihre Brut zu schützen. Zum Beispiel vor dem Rottenpilz. Ich weiß nicht, was das für ein Pheromon oder für eine chemische Substanz ist. Ich kann sie jedenfalls nicht herstellen«, setzte er missmutig hinzu.

Das brachte David zum Grinsen. Da kam jemand, der dem Herrn der Pilze überlegen war. Die Idee war geboren. »Gut, dann wirst du nur eine Hand-Mund- Begattung vollziehen.«

Terv blickte verblüfft zu ihm auf. »Aber ...«

David unterbrach ihn. »Das könnte dich davor schützen, Vater zu werden.«

Nun hielt es Terv nicht mehr in seiner liegenden Position. Er kam ebenfalls hoch und zog die Beine unter den Leib. David sah, wie es in Tervenarius arbeitete. »Ich verstehe. Du versuchst, mir das Schlimmste zu ersparen. Aber ich glaube, du betrachtest das aus einer zu menschlichen Sicht. Wir haben zu wenig Informationen über die cavernische Fortpflanzung. Wie kann man einen Prozess manipulieren, der so viele unbekannte Aspekte hat? Wir wissen nicht, was im Körper der Prinzessin vor sich geht.«

Ein Blick in Tervs leidendes Gesicht zeigte David, wie es in ihm aussah, und sofort tat Tervenarius ihm leid.

»Ich besitze keine Vorstellung davon, in welchem Entwicklungsstadium die Königin ist, wenn sie erwacht«, fuhr Terv fort. »Ist sie klug? Ist sie fähig zu sprechen, denken und fühlen? Ich weiß es nicht. Hat sie die erforderlichen Schritte in ihren Genen oder muss sie erst lernen, was ihre Aufgabe ist? Das ist alles völlig unerforscht. Wir sollten noch unsere Übersetzer-Mikroben aktualisieren.«

Frustriert ließ er sich umkippen, legte seinen Kopf auf Davids Hüfte, nicht ohne zuerst die dünne Bettdecke zu entfernen. Sein weiches Haar kitzelte auf Davids Haut, was sich angenehm anfühlte.

Nachdenklich kraulte David Tervs Haaransatz. Leider hatte sein Schatz recht. Es gab keinen Ausweg aus dieser Situation. Sie mussten diese triaktive Nummer durchziehen. Und vielleicht waren sie danach sogar gezwungen, einer außerirdischen Prinzessin ihre Aufgaben zu erklären. David seufzte aus tiefster Brust.

Patallia wusste, was ihn erwartete: heftige, brennende Schmerzen. Sein Körper war im Grunde nicht dafür gemacht, einen energetischen Ring eingebrannt zu bekommen. Deshalb versuchte er, seine Brustmuskulatur aufzubauen, indem er stärkende Stoffe in diesen Bereich sandte. Keinesfalls durfte der Reif seine inneren Organe verletzen.

»Lasst uns die Energetiker rufen.« Tervenarius und David standen im Wohnzimmer, beide in schimmernde Serica-Gewänder gekleidet. Patallia betrachtete seine Freunde einen Moment: Terv in waldgrün, das ins Schwarze changierte und David in einem blauen Gewand, das bei jeder seiner Bewegungen eisgraue Lichter entfachte. Serica war in der Tat einer der exquisitesten Stoffe und die beiden sahen toll darin aus. Patallia lächelte und nickte zustimmend, während Terv die Hand auf den Ring in seiner Brust legte und einen der Energetiker rief.

Nun mussten sie einen Moment warten. Patallia trat ans Fenster und blickte in die Berge. In ihrem Anwesen in Seafair hatte das Wohnzimmer die Sicht auf einen winzigen, verwilderten Garten geboten. Dagegen war ihr jetziger Ausblick majestätisch. Trotzdem vermisste er manchmal das Domizil am Meer, das nun durch den Anstieg des Meeresspiegels unter Wasser lag. David hatte das neue Haus entworfen und bauen lassen. Ein zeitgemäßes Gebäude, das sich komplett selbst versorgte und zudem eine eigene Quelle besaß. Patallia blickte zu dem kleinen, sonnenbeschienenen Teich, neben dem Smu inzwischen in einer Urne ruhte. David und Terv unterhielten sich leise. Alles war ruhig und entspannt. Nice würde nachher noch kommen, um an der Sonde zu arbeiten. Hoffentlich waren seine Schmerzen bis dahin abgeklungen.

Ein energetischer Ring erschien in der Mitte des Raumes, wurde stärker und bildete einen goldenen, rotierenden Kreis. Mit einem Schritt traten Solutosan und Ulquiorra Seite an Seite hervor, nackt. Sie grinsten verlegen.

»Wir waren in unserer Energieform, als eurer Ruf eintraf«, erklärte Solutosan. Er wandte sich an Ulquiorra. »Wo haben wir denn etwas zum Anziehen?«

»Auf Duonalia?«, antwortete Ulquiorra zweifelnd.

Patallia, David und Terv brachen in schallendes Gelächter aus, in das die Energetiker mit einstimmten. Fürwahr, die beiden Reisenden befanden sich inzwischen fernab von allem Weltlichen.

Es war schön, den goldenen Solutosan wiederzusehen und die Freunde zu umarmen. Auch David und Terv war die Freude anzumerken. Überall strahlende Gesichter.

»Wollt ihr etwas zum Anziehen?«, fragte David lächelnd.

»Kommt drauf an, wie lange wir auf der Erde sind«, antwortete Solutosan und zwinkerte. »Worum geht's?«

Alle setzten sich bis auf Ulquiorra, der zum Fenster ging, um die Aussicht zu bewundern und den anderen so einen Blick auf seinen muskulösen, schwarzen Po gönnte. Ein Berg von einem Mann. Die goldenen Schlieren seiner Haut bewegten sich und blitzten gelegentlich im Sonnenlicht auf. Auch Solutosan verharrte einen Moment, um diesen Anblick in sich aufzunehmen. Das ist schön, dachte Patallia. Noch eine funktionierende Beziehung. Er schluckte.

»Die Erde ist ein unsicherer Ort geworden«, begann Tervenarius das Gespräch. »Die hier lebenden Duocarns sollten jeder einen Ring haben, um euch in Notfällen zu rufen. Es hat sich gezeigt, dass, wenn ich einmal fort bin, die anderen in Gefahr geraten können. Wir haben alles im Griff, keine Sorge«, setzte er hinzu.

»Selbstverständlich!« Ulquiorra wandte sich um. »Am besten wir zögern nicht lange. Bitte komm zu mir, Pat.«

Patallia gehorchte. Gebannt sah er zu wie Ulquiorra Energie aus seinen Handflächen löste, zu einem handtellergroßen Reif drehte und materialisierte.

»Ja, ich weiß, der Schmerz ist schnell vorüber«, kam er Ulquiorra zuvor und zog sein schwarzes Shirt hoch. Ohne ein weiteres Wort drückte der Energetiker ihm den Ring in die Brust. Uff! Patallia stieß die Luft aus. Das tat enorm weh. Aber er wollte es nicht zeigen, um David keine Angst zu machen. »Halb so schlimm.« Er zwang sich zu einem Lächeln.

David, der ihnen mit großen Augen zugesehen hatte, öffnete vorne sein Gewand und nahm Solutosans Ring in Empfang. »Au verdammt!« Sofort krümmte er sich vor Schmerzen. »Nicht schlimm?«, knirschte er. »Das ist die Untertreibung des Tages.«

Mit einer beruhigenden Geste legte Terv den Arm um ihn, den er jedoch wegschob. »Ich schaffe das schon«, knurrte er, ganz untypisch für ihn. Das brachte Patallia trotz der heftigen Pein zum Grinsen. Er kannte das zärtliche Verhältnis der beiden, und David würde sich bestimmt in trauter Zweisamkeit ausgiebig trösten lassen. Vor den Energetikern wollte dieser offensichtlich keine Schwäche zeigen.

Tervenarius lächelte nachsichtig. »Wir müssen nach Sublimar«, erklärte er Solutosan. »Es tut mir leid, dass ich mich nicht früher gemeldet habe, aber ich musste vorab einige Dinge mit David klären.« Er blickte in die Runde. Die Männer waren ernst geworden. »Ich habe das Mittel gegen den Rottenpilz gefunden. Nur eine cavernische oder bolatarische Königin besitzt reinigende Stoffe, die den Pilz vernichten. Ich weiß, wo diese Königin ist, und werde sie aktivieren.«

Das war interessant. Patallia spitzte die Ohren. »Was bedeutet aktivieren?« Er fühlte, wie Tervenarius verlegen wurde.

»Sie schläft, und ich wecke sie. Sie wird die befallenen Bereiche reinigen und uns sicherlich helfen. Ich denke da an eine Impfung der Squalis mit ihren Substanzen.«

Patallia blickte in Davids bleiches, ernstes Gesicht. Bei dieser Sache gab es noch mehr und ihm war klar, dass Tervenarius ihnen nur die notwendigsten Informationen gab.

»Ich habe genügend Injektionsspritzen mitgenommen«,

fuhr Terv fort und deutete auf einen neben dem Sofa stehenden Beutel. »Sie werden reichen.«

Solutosan nickte bedächtig. »Das hatte ich gehofft. Es ist günstig, dass die Zeit auf Sublimar fast stillsteht. Ich denke, wir kommen rechtzeitig mit dem Gegenmittel, um zu vermeiden, dass der gesamte Bestand erkrankt und stirbt.« Er blickte Terv ins Gesicht. »Gute Arbeit.« Seine Sternenaugen blitzten.

Das brachte Patallia zum Schmunzeln. Der ehemalige Chef der Duocarns lobte seinen Nachfolger.

Der aristokratische Tervenarius in seinem Gewand und der kraftvolle, nackte Solutosan standen sich gegenüber. Sie blickten sich an. Die besten Freunde – ewige Freundschaft.

Der Einfachheit halber hatten sie sich von Solutosan bis direkt vor den Höhleneingang bringen lassen, denn dieser war im Energetikon verzeichnet. Solutosan hatte ihnen aufmunternd auf die Schulter geklopft, gefragt, ob sie Hilfe bräuchten, und war dann wieder in seinem flirrenden Ring verschwunden.

Fasziniert blickte David sich um und vergaß offensichtlich für einen Moment, weshalb sie hergekommen waren. »Es ist wunderschön! Wie in einem Fantasyfilm.« Er holte begeistert Luft. »Jetzt weiß ich, woran mich das erinnert«, verkündete er jubelnd. »An diesen Film *Avatar*. Der spielte auf einer Welt namens Pandora. Die hatten einen Mutterbaum, der so aussah. Und hier sind so viele davon!« Er bekam sich vor Begeisterung kaum ein.

»Mimiran, das ist ewig lange her«, versuchte Terv ihn zu beruhigen. »Außerdem lebten die Caverner in diesem Höhlensystem.« Er deutete auf den Eingang. »Komm, ich zeige dir, was ich bisher entdeckt habe.«

Terv bildete eine Handvoll Leuchtpilze und hielt sie hoch, um ihren Weg zu erhellen. Sie passierten den tief in den Berg reichenden Gang bis zu der ausladenden Haupthöhle und ließen dort die Leuchtsporen zurück. Die glimmenden Flechten spendeten genügend Licht, um die steil aufragenden Wände und die darin befindlichen Bruthöhlen zu erkennen. Allerdings kam es Terv so vor, als hätte der Befall des Rottenpilzes zugenommen. Es war dunkler als bei seinem ersten Besuch.

David betrachtete die Felswände, die mittige, steinerne Sitzgruppe. »Kommt mir wie ein Thronsaal vor«, bemerkte er leise, »oder ein Bienenstock. In der Mitte saß die Königin, beziehungsweise die Königsfamilie.« Er blickte sich um. »Und wo ist sie?«

Es war klar, wen David meinte.

»Hier entlang.«

Tervenarius hatte den Lageplan noch genau im Kopf. Er geleitete David zu der Grotte des Gelehrten. »Das sind die Schriften«, er deutete auf die Höhlendecke, »und die Gewächse, denen ich dummerweise zum Opfer gefallen bin.«

Nickend musterte David kurz die bis auf den glatten Felsboden reichenden Wurzeln, danach sein Armband.

»Komm mit.«

Mit beklommenem Herzen führte er seinen Gefährten zu der abseits liegenden Bruthöhle.

Terv schob den weichen Pflanzen-Vorhang beiseite, bildete erneut Leuchtsporen, um David einen Blick auf die Szene zu ermöglichen. »Darf ich vorstellen? Die Prinzessin der Bolataren.«

Es war alles unabänderlich. David und er standen Schulter an Schulter und betrachteten die bleiche, schlanke Frau mit dem langen Haar, das in die Flechten verwoben schien. Nein, sie sah nicht genau so aus wie er, war ihm jedoch sehr ähnlich. Sie besaß weichere Gesichtszüge, die im grünlichen Schein seiner Pilze sanft schimmerten.

»Sie hat keine Brüste«, flüsterte David.

»Natürlich nicht«, erwiderte Terv. »Sie ist ja weder Mensch noch Säugetier.« Er sprach laut. Ihm war klar, dass es nur eine einzige Möglichkeit gab, die Frau zu wecken.

Er musterte David genau. Verließ seinen Schatz beim Anblick der Prinzessin der Mut? Offensichtlich nicht, denn

David überprüfte die Grotte auf ihre Größe. »Da passen wir noch bequem mit rein.« Er begann, sein Gewand abzustreifen und nahm ihm die Leuchtsporen aus der Hand.

Terv zögerte.

»Was ist?« David drehte sich fragend zu ihm um.

»Du willst das wirklich durchziehen?«

»Ja, war das nicht beschlossene Sache?« Sein Liebster stand vor ihm, nackt mit übergroßen Augen, hielt das grüne Licht vor sich wie ein Geschenk. »Ich finde nur, wir sollten es uns so bequem wie möglich machen.« Er kletterte auf den schenkelhohen Höhlenrand, stieg vorsichtig über die schlafende Gestalt und kniete sich auf den Boden der Höhle. »Der Untergrund ist angenehm weich. Hier werden wir nicht leiden. Und wohlig warm ist es auch.«

Wie angewachsen stand Terv vor der Bruthöhle und betrachtete die beiden weißen Leiber im Inneren.

»Kommst du?« Davids Stimme klang, als wären sie zu Hause in Vancouver und er wollte ihn ins Bett locken. »Nur Mut. Komm, wir lassen es uns gut gehen.«

Für einen Moment schien es Terv, als sei David der Prinz und er der zaudernde Mensch, der vor dieser fremden Welt zurückschreckte.

Nice war noch nie im Keller des Hauses in den Bergen gewesen. Interessiert folgte er Patallia durch einen langen Gang mit etlichen Türen.

»Das Labor«, erklärte Pat knapp und öffnete eine Tür.

Das Licht flammte auf und Nices Herz machte einen Sprung. Patallia besaß eine Ausstattung, die jedes Forscherherz höher schlagen ließ. Das erkannte Nice, obwohl er nicht fähig war, sämtlichen Geräten sofort eine Bestimmung zuzuordnen.

»Genial!« Er begann, die an den Seitenwänden installierten Vorrichtungen abzulaufen. »Erklärst du mir, wofür das alles ist?«

Patallia in seinem weißen Kittel nickte.

»Uff!« Nice ließ sich auf einen der Bürostühle fallen und sah auf die Wanduhr neben der Tür. Patallia und er waren geschlagene vier Stunden durch das Labor gelaufen. Er hatte ununterbrochen gefragt und sein Gehirn mit neuem Wissen vollgestopft. Patallia verfügte über eine umfassende Sachkenntnis in Medizin, Chemie und Physik. Diesen hatte seine intensive Fragerei wohl gleichermaßen erschöpft, denn er war ebenfalls auf einen Stuhl gefallen und rieb sich die Stirn.

»Sorry, wenn ich dich zu sehr gelöchert habe«, sagte Nice. Nun war die Gelegenheit, die ihm so wichtige Frage zu stellen. »Bist du ein Android?«

Patallia blickte ihn erstaunt an. »Wie kommst du denn auf die Idee?«

Tja, wie kam er auf den Gedanken? »Ich dachte, weil du über Fähigkeiten verfügst, die ich noch nie bei einem Menschen gesehen habe. Niemand zuvor konnte mir einfach durch Handauflegen helfen. Du hast David sofort beruhigt, die bei Allglobalmeds entwickelten Medikamente haben ungewöhnliche Zusammensetzungen – dazu das Labor ...« Er stockte. »Nicht, dass mich das etwas angeht. Ich fände es faszinierend. Zumal du ja emotional reagierst.«

Patallia hatte ihn während seiner Rede interessiert betrachtet. Er durchdrang ihn regelrecht mit seinen tiefgründigen Augen. Nice sah, wie es in ihm arbeitete.

»Und deine Schlussfolgerung ist, dass ich ein künstlich erschaffener Mensch bin«, stellte Patallia fest. »Eine Art Roboter. Und du wunderst dich, dass ich Gefühle habe.«

Zu seinem größten Erstaunen fühlte Nice, wie ihm das Blut ins Gesicht schoss. Er konnte sich nicht erinnern, wann er das letzte Mal rot geworden war. »Entschuldige«, stieß er hervor, beschämt und verunsichert. Hätte er nur sein Maul gehalten! Er ärgerte sich über sich selbst.

»Nein, das ist okay«, erwiderte Patallia, rollte mit seinem Stuhl näher an einen der Rechner und startete ihn. Nice sah, dass er Zeit gewinnen wollte.

»Ich bin das Ergebnis eines Gen-Experiments und bin

künstlich geschaffen worden. Dadurch besitze ich Fähigkeiten, die nicht jeder hat.« Patallia blickte auf. »Ich hoffe, das reicht dir als Information. Können wir jetzt anfangen zu arbeiten?«

David hatte recht. Der Untergrund, auf den Tervenarius sich sinken ließ, fühlte sich an wie weiches Moos. Sein Geliebter klebte die leuchtenden Sporen gleichmäßig an die Wände, die so die Höhle in ein gemütliches Licht tauchten.

»Ein richtiges Liebesnest«, wisperte David und zog ihn in seine Arme.

Das stimmt, dachte Terv, wenn da nicht die dritte Person mit im Spiel gewesen wäre.

»Denk nicht daran«, flüsterte David an seinem Ohr und küsste sein besorgtes Gesicht liebevoll. »Das sind nur Sekunden. Wir sind wichtig.«

Terv riss sich zusammen. Ja, er wollte seinen Mann stehen. Bei David und bei der Prinzessin. Sein Geliebter machte es ihm leicht, obwohl er ihm höchstwahrscheinlich einen schwer zu ertragenden Anblick bieten würde.

David sah traumhaft schön aus, wie er sich in dem weichen Myzel räkelte, seine Augen schimmerten. Was habe ich für ein verdammtes Glück, dachte Terv. Ich werde ihn verwöhnen. Meinetwegen darf er so laut stöhnen, dass die Dame neben uns davon doch noch aufwacht.

Terv stürzte sich auf seinen halb geöffneten Schmollmund. Heute ist ein besonderer Tag, ging es ihm durch den Kopf. Ich wähle Orange mit Honig. Das passt zu diesem Anlass: süß, fruchtig und etwas säuerlich. Er aromatisierte seinen Kuss und verteilte den Duft mit der Zunge liebevoll in Davids Mund. Ja, es schien ihm zu gefallen, denn er erwiderte den Kuss mit Hingabe.

»Schatz«, raunte der, »du bist der Prinz. Und als solcher wirst du heute umsorgt.« Lächelnd packte David ihn an den Schultern und drehte ihn auf den Rücken. Das war es, was er so liebte. Er mochte es, die männliche Stärke seines Partners zu fühlen. Natürlich war er selbst kräftiger, aber David war beileibe kein Schwächling und besaß einen schlanken, durchtrainierten Leib. Diesen ließ er Terv nun mit seinem ganzen Gewicht spüren, rieb seine weiche Haut und den hart erregten Schwanz an ihm.

»Aber der Prinz möchte nicht untätig sein«, raunte Terv. Er packte David, legte ihn an seine Seite und drehte sich, so dass er Davids Glied nah vor seinen Mund bekam und sein Liebster ihn ebenfalls verwöhnen konnte.

Ich werde wohl nie genug von ihm bekommen, dachte Terv und leckte sanft über Davids prallen Hodensack, knabberte an der Haut und genoss Lippen und Hände seines Partner auf seinem Geschlecht.

Sie versanken. Es gab nur noch sie beide. Wen interessierte die schlafende Gestalt in der Höhle? Davids berauschender Duft, die zarte Flüssigkeit aus seinem Glied, die Terv gierig in sich aufnahm, ließ ihn erregt pulsieren. Wollüstig rutschte Terv ein Stückchen höher und öffnete Davids Beine. Nun erreichte er auch den weichen Eingang, den er mit der Zunge umschmeichelte und sanft penetrierte. Verdammt, dieser Reiz war zu viel gewesen. Er spürte, wie sich die Kraft in seinem Unterleib bündelte.

Es war Zeit zu gehen. Er musste schnell sein.

Eine weitere Drehung. »Ich bin gleich wieder da«, keuchte er David ins Ohr.

Der Leib der Prinzessin war angenehm warm. Terv schob ihre Beine auseinander. Nicht nachdenken, mahnte er sich, packte ihre Hände und drückte seine Handflächen auf ihre, er stieß zu und presste gleichzeitig seinen Mund auf ihre weichen Lippen.

Er fühlte sein Sperma entweichen. Zunächst kam keine Reaktion von seiner Partnerin. Plötzlich eine Erwärmung der Hände, des Mundes und des Schoßes. Sie saugte sich an ihm fest. Schlagartig verlor Terv seinen Verstand. Er glitt hinweg. Eine Vision. Die Prinzessin nahm ihn mit in ihre Träume. Lächelnde Gesichter, weiche Arme. Niemals hatte er so viel Liebe, Freude, Zuneigung, Sanftmut und Verbundenheit gefühlt. Das war jedoch nicht sie allein. Er spürte die vollkommene Harmonie eines ganzen Volkes, seines Volkes. Es umarmte ihn und hieß ihn willkommen. Er schwebte, von seiner Bestimmung getragen. Dafür war er geschaffen worden; um sein Erbe weiterzugeben. Er fühlte seinen Körper beben, was ihn wieder zu Bewusstsein brachte. Waren es Sekunden gewesen? Stunden? David!

Benommen entzog er sich der Prinzessin und rollte sich an die Seite seines Geliebten, zog ihn rasch in die Arme. An seiner Erwiderung merkte Terv, dass er nicht lange fort gewesen sein konnte. »Das war schnell«, wisperte David zur Bestätigung

Nein, er wollte jetzt nicht darüber nachdenken, was er gefühlt hatte. Terv küsste seinen Schatz innig, klammerte sich an ihn. »Ich liebe dich«, flüsterte er. »Ich danke dir. Dafür werde ich dir ewig dankbar sein.«

Er glitt an Davids Leib hinab, um zu beenden, was er angefangen hatte. Erst als David zuckend seinen Saft in seinen Mund ausstieß, fühlte er Erlösung. Den Kopf in Davids Schoß gepresst, seine Lenden umklammert, begann Tervenarius lautlos zu weinen.

Er war eingeschlafen. Nice erwachte in einer unbequemen Haltung, mit der Wange auf dem Labortisch. Ächzend rieb er sich die Halswirbelsäule und bedachte den neben ihm stehenden Patallia mit einem missmutigen Seitenblick. »Du hättest mich ruhig früher wecken können, bevor ich hier festfriere.«

»Du hast den Schlaf gebraucht«, stellte Patallia fest. »Aber du solltest jetzt entweder nach Hause fahren oder in einem der Gästezimmer weiterschlafen. Hast du Schmerzen?«

Prüfend reckte Nice den rechten Arm in die Höhe. Der war mit der Schulter und dem verrenkten Hals zu einem schmerzenden Konglomerat erstarrt. Er nickte vorsichtig.

»Zieh mal den Pullover aus.«

Das ließ er sich natürlich nicht zweimal sagen. Er zerrte Pulli und Shirt über den Kopf und präsentierte Patallia seinen halbnackten Körper. Die Behandlung war so unendlich wichtig für ihn geworden. Seine Lebensqualität hatte sich seitdem von Null auf Hundert gesteigert. Ob er das dem Mediziner einmal sagen sollte? Er hatte sich nie bedankt.

Nice schloss die Augen und genoss Pats Berührung. Er hatte Sex mit Daria, aber sie streichelte ihn so gut wie nie. Dabei fühlte er wie ein verschmuster Kater. Er liebte es, wenn jemand besänftigend über den Kopf strich, so wie seine verstorbene Mutter es getan hatte. Das gab ihm Frieden.

»Ich bin dir sehr dankbar, Pat«, hob er an. »Die Behandlungen helfen enorm. Ich ...« Sollte er weiter reden? Oder verstand der Mediziner ihn auch so?

Patallia nickte und ließ den Arm sinken.

Wie angenehm, er musste nicht so ausschweifend ausholen wie zum Beispiel bei Daria. Frauen brauchten immer so viele Worte. Bei Männern untereinander galt wortloses Verstehen. Nice blickte Patallia dankbar an.

»Ich denke, ich werde die kleine Sonde bis morgen programmiert haben, Pat. Gut, dass der Code für den Eye-Visor schon recht ausgereift ist.« Nice zog sein Shirt und den Pullover wieder an. Dabei nahm sich zum x-ten Mal vor, in Zukunft seine Programme zu Ende zu führen und nicht nach anfänglicher Begeisterung als Datenschrott auf dem Rechner zu belassen.

»Du solltest auf deinen Computer gut aufpassen, Nice«, mahnte Patallia. »Hast du von den Dateien Sicherungskopien?«

»Nein«, er schüttelte den Kopf. »Wo sollte ich die speichern, damit sie in Sicherheit sind? Eine Festplatte im Wald vergraben?«, setzte er leicht spöttisch hinzu.

Patallia antwortete nicht. Er stand nur nachdenklich neben seinem Stuhl. Nice ahnte, was der Mediziner sagen wollte.

»Du hast recht«, bekannte Nice. »Man sollte seine Gegner nie unterschätzen. Westle hat fähige Leute. Das, was wir hier gerade machen, wäre denen gleichermaßen zuzutrauen.« Er überlegte. »Ich besitze ebenfalls einen Eye-Visor, auch wenn ich den nur selten benutze«, dachte er laut.

»Wie gut, dass du begreifst, dass du in Gefahr bist, solange du mit einer Schlange in deinem Bett schläfst«, antwortete Patallia und Nice blickte ihn prüfend an. Was hatte dieser Satz zu bedeuten? War Pat der Meinung, dass er besser die Natter Daria aus seinem Schlafzimmer entfernen sollte?

Augenblicklich reifte ein Entschluss in ihm. »Wenn wir unseren ersten Rachfeldzug durchgezogen haben, ziehe ich dort aus, Pat.« Er grinste. »Das wird quasi mein Abschiedskuss.«

Er blickte Patallia von unten an, konnte jedoch dessen steinernen Gesichtsausdruck nicht deuten.

»Wer seid Ihr? ...« Die Stimme klang hoch und leicht brüchig. Davids Hand, mit der er Tervs Haar gestreichelt hatte, hielt inne. Terv in seinem Schoß hob den Kopf. Auch David wandte sich erstaunt um. Die Prinzessin saß aufgerichtet und blickte sie an. Im grünen Licht der Leuchtsporen glommen ihre Augen in einem leuchtenden Orange.

»Ich kann sie verstehen«, sagte David halblaut zu Terv, denn das war der erste Satz, der ihm in den Sinn kam. Ach ja, natürlich. Die Übersetzer-Mikroben taten ihren Dienst. Daran würde er sich wohl nie gewöhnen können.

Terv hatte sich aufgerichtet, hockte auf den Fersen. Er neigte leicht den Kopf. »Ich bin dein Prinz«, antwortete er. »Man nennt mich Tervenarius.«

»Ungewöhnlich«, murmelte die Prinzessin.

»Ähm ...« David räusperte sich. Wieso hatte Terv vergessen, ihn vorzustellen? War das nicht sehr unhöflich? Doch der saß nur da und fixierte die weiße, nackte Frau. Sein Brustkorb hob und senkte sich stark.

Allmählich wich die Verwirrung der Prinzessin. Sie blickte an ihrem Leib hinab, strich mit den Händen darüber, betrachtete dann ihre Finger. Danach griff sie ohne Scham zwischen ihre Beine. »Ich bin begattet«, stellte sie fest. »Wo ist meine Mutter? Wo sind denn alle?« Sie lugte prüfend durch den Flechten-Vorhang.

»Wie heißt du?«, fragte David. Im gleichen Moment war er sich nicht sicher, ob er die richtige Anrede für eine Herrscherin gewählt hatte. »Wie ist Euer Name?«, korrigierte er sich.

Die Prinzessin, die dabei war, sich von den Wurzel- und Myzelresten zu befreien, hielt inne. Ihr Blick traf Terv, der weiterhin steif neben ihm hockte. Sie neigte den Kopf. »Mein Name ist Diva, Prinzessin des bolatarischen Volkes«, entgegnete sie. »Ich freue mich, Euch kennenzulernen, Tervenarius.«

Sah sie ihn nicht? Oder wieso sprach sie nur mit Terv?

»Ihr werdet viele Fragen haben.« Tervs Stimme klang rau. Ohne David zu beachten, sprang er aus der Höhle und half der Königin heraus. David sah noch, wie Terv Divas Hand ergriff. Dann waren die beiden verschwunden.

Völlig perplex saß David allein in der Höhle. Was geschah da? Wie betäubt krabbelte er aus der Grotte. Da lagen ihre beiden Gewänder auf dem Boden. Er schüttelte verwirrt den Kopf. Er hatte das alles nicht geträumt. Terv war wirklich einfach mit der Königin verschwunden. Verdammt! Was hatte die für einen Einfluss auf seinen Schatz? Schnell streifte David sein Serica-Gewand über, berührte dabei den Ring in seiner Brust. Dem Himmel sei Dank, er konnte jederzeit Hilfe rufen, falls alles schief lief. Er musste Terv suchen gehen, und dachte mit Grauen an die vielen, verschlungenen Gänge. Aber es half ja nichts. Er nahm Tervs Gewand vom Boden und ging los, versuchte, sich an den Weg zu erinnern. Ah ja, da lag der Raum mit den Schriften im Halbdunkel. Wo war die große Halle? David spähte in etliche Flure. Sie konnte nur dort sein, wo am meisten Helligkeit herkam. Moment mal. Im Verlies des Gelehrten schien etwas verändert. Was war es? Der Bewuchs an der Wand und an den Regalen sah anders aus. Vorsichtig tippte er gegen die ehemals rote Pilzmatte. Sie zerbröselte, trocken und tot. Fasziniert lief er zur gegenüberliegenden Felswand. Dort war es das Gleiche. Die Prinzessin sonderte also bereits ihre Stoffe ab und musste in diesem Raum gewesen sein. Ob Terv das bemerkt hatte? Wo war er?

David lauschte, ob er irgendwo ein Geräusch hören konnte. Nein. Okay, also dann in die Halle. Von dort aus traute er sich zu, den Rückweg ins Freie zu finden.

Glücklicherweise hatte seine Erinnerung ihn nicht getrogen. Mit einem Schritt war er aus dem Gang und stand in dem riesigen Saal. War dieser nicht heller als zuvor? In der Mitte zwei Gestalten. Diva und Terv. Uff, was für ein Glück. Sie saßen sich auf steinernen Stühlen gegenüber und blickten sich an. Während David auf die beiden zuging, wurde ihm klar, dass sie sich unterhielten. Oh, verdammte Telepathie! Zum tausendsten Mal verfluchte er das Sternentor, das ihm diese Gabe nicht verliehen hatte. Wie schon so oft blieb er außen vor und konnte die Gespräche nicht verfolgen.

Na okay, er versuchte munter zu klingen. »Habt ihr mich vergessen?«, fragte er und blickte von einem zum anderen. Die beiden schienen ihn nicht wahrzunehmen. »Terv!«

Keine Reaktion. David schluckte. Das machte ihm langsam Angst. Er legte Tervenarius die Hand auf die Schulter. »Terv, hörst du mich?«

Sein Liebster drehte den Kopf. Er sah jedoch einfach durch ihn hindurch. Dann wandte er sich wieder der Königin zu. Das stille Gespräch schien sich fortzusetzen.

Was nun? Frustriert ließ David sich auf einen kleineren Stuhl fallen. Nun war es eindeutig: Tervenarius war dem Bann der Bolatarin verfallen. Davids Gehirn arbeitete fieberhaft. Er musterte Diva mit zusammengezogenen Brauen. Ich werde dir Terv nicht kampflos überlassen, du bleiches Miststück, dachte er. Du und deine Absonderungen, denn, so wie er Tervenarius kannte, konnten es nur ihre Duftstoffe sein, die ihn beeinflussten.

Fieberhaft überlegte er. Das musste er unterbinden. Wie?

Terv die Nase zuhalten? Das würde er sich nicht gefallen lassen. Ihn mit einem Felsbrocken K.O. schlagen und aus der Höhle zerren? Um Himmels willen, so etwas hatte er noch nie gemacht. Wie sollte er ihn danach durch die Gänge bekommen? Tervenarius war schwerer als er selbst. Solutosan, der war seine Rettung. David tastete nach dem Ring unter seinem Gewand. Aber halt! Was, wenn der Duocarn der Meinung war, dass man Terv bei seinem Volk belassen sollte? Dieser Gedanke schnürte ihm die Kehle zu. Was tun? Welche Möglichkeiten gab es noch? Hatte er etwas übersehen? Ja, den Sack mit den Spritzen. Wo war der? Wahrscheinlich bei der Bruthöhle.

David sprang auf und rannte los. Er fand die Höhle sofort und da war auch der Jutesack in einer Ecke. Mit fliegenden Händen knüpfte er ihn auf und leerte ihn auf den Boden aus. Injektionsspritzen. Hunderte. David wühlte in dem Haufen. Sonst gab es nichts darin, das ihm helfen konnte? Nein.

Er musste zurück in den Saal. Nicht, dass das neu erschaffene Königspaar auf die Idee kam, innerhalb des Höhlengewirrs zu verschwinden. Oh Gott, der Gedanke schnürte ihm den Hals zu.

Hilflos betrachtete er die Spritzen. Er musste Terv schachmatt setzen. Im Geiste sah er seinen Schatz in der Halle sitzen. Nackt, nur mit dem Armband ...

Das war's! Die Droge! Besser eine Überdosis als ein zerschmetterter Schädel. Und der Abtransport? Wie stark waren denn die Flechten, die überall an den Wänden wucherten? David zerrte an einem Bündel. Die fühlten sich recht stabil an. Sein Plan stand.

Mit einer Injektionsspritze in der Hand rannte David in den Raum des Gelehrten und riss eine der dunklen Wurzeln von der Wand, die brach und weiße Milch absonderte. Prima. Er zog die Flüssigkeit in die Spritze auf und ließ diese in der Tasche seines Gewandes verschwinden. Auf dem Weg in die

Halle rupfte er Flechten und Wurzelenden von den Felswänden. Die Arme voll Pflanzenmaterial, betrat er den Saal mit den Bruthöhlen. Waren die beiden noch da?

Sein Herz machte einen Satz. Ja, jedoch kniete Terv nun vor der Königin und war offensichtlich weiterhin in ein Gespräch vertieft. Sie beachteten ihn wieder nicht. Gut so.

Eilig flocht David die Flechten zu dicken Zöpfen. Nun das Ganze zusammenbinden zu einer Bahre, die er über den Boden schleifen konnte. Diese Bastelarbeit dauerte lange. Er ließ das Paar dabei nicht aus dem Blick. Er konzentrierte sich, um seine nervösen Hände zu kontrollieren. Die Zeit lief ihm davon, das fühlte er.

Fertig! Testweise zog David an der stabilen, geflochtenen Schlaufe, zu der er die Enden der Flechten verknotet hatte. Die Bahre war recht klein, aber würde ihren Dienst tun.

Keinen Augenblick zu früh, denn das Pärchen erhob sich, um zu gehen. »Nicht so eilig!« David nahm all seinen Mut zusammen. Er musste um Terv kämpfen. Der Mann gehörte ihm!

Mit einem Satz war er bei seinem Schatz, setzte die Spritze an seinen Hals, wo er die Hauptschlagader vermutete und drückte ab.

Bitte, betete er, bitte, lass es wirken.

Tervenarius machte noch drei Schritte, dann sackte er in die Knie. Entsetzt stieß Diva einen schrillen Schrei aus.

David blickte sie hasserfüllt an. Ich habe in meinem Leben nie jemanden geschlagen, fuhr es ihm durch den Kopf, und schon gar keine Frau. Aber jetzt ist es so weit. Er holte aus, um Diva eine heftige Ohrfeige zu verpassen, sah in ihr Gesicht und ließ den Arm sinken.

Die Königin war überrascht, schockiert und, David erkannte es genau, hilflos. Sie stand bewegungslos da.

Gut, dachte David, bevor du es dir anders überlegst ... Er sprintete los, holte die Bahre und rollte den stöhnenden Terv darauf.

Er hatte Glück, dass der Boden glatt und wie blank poliert war. David zog mit aller Kraft. Nichts wie raus hier. David blickte kurz zurück und sah Diva zum Ölgötzen erstarrt auf den leeren Platz zu ihren Füßen starren. Sie begriff offensichtlich nicht, dass er dabei war, ihren Gesprächspartner zu entführen.

Terv war schwer, aber der Wille seinen Liebsten in Sicherheit zu bringen, verlieh ihm Bärenkräfte. Es gab nur einen Weg hinaus. Entschlossen zerrte David die Bahre durch den endlos scheinenden Flur, der nun bergan führte. Das machte ihm nichts aus. Er stapfte voran, denn vor ihm schimmerte das Tageslicht.

Und so spie die dunkle Höhlen-Öffnung des cavernischen Volkes den keuchenden David mit seiner schweren Last in die pastellfarbene, verzauberte Sumpflandschaft von Sublimar.

»Wir haben sie erweckt, Solutosan.« David stand kämpferisch vor dem großen Energetiker, bereit, seine Tat zu verteidigen. »Dann hat sie Tervenarius mit ihren Pheromonen in ihren Bann geschlagen. Das konnte ich nicht zulassen. Ich empfinde das Ganze als eine gemeine Falle für Terv. Zuerst ist er dort süchtig geworden, und nun sollte er Bestandteil dieses Volkes werden, ohne selbst entscheiden zu können. Nein!« Er blickte in Solutosans dunkle Sternenaugen, in seine sanfte Miene.

Es schien nicht so, als wollte der Energetiker ihn tadeln. Terv war wieder zu Hause in Vancouver, lag auf einem von Patallias Labortischen und wurde dort ärztlich versorgt.

»Möchtest du mir erzählen, was genau passiert ist?« David schluckte und schüttelte den Kopf. Er hatte die ganze Geschichte selbst noch nicht richtig verdaut. Er hatte spontan und instinktiv reagiert. Das zu erklären fiel ihm schwer.

»Ich weiß nur, dass er in Gefahr war. Ich musste ihn dort herausholen. Die Königin funktioniert. Ich habe gesehen, wie der rote Pilz in den Gewölben bereits krepiert. Er wird braun und vertrocknet. Nun muss jemand anders zu den Cavernern hingehen und Diva bitten, die Squalis zu behandeln«, entgegnete er leicht trotzig.

Solutosan musterte ihn, blickte auf seine geballten Fäuste und lächelte. »Diva ist ihr Name? Gut. Beruhige dich, Mercuran. Du bist ein Duocarn und der Lebensgefährte von Tervenarius. Niemand zweifelt an deinem Urteilsvermögen. Ihr habt das Wichtigste geschafft. Wir haben ein Gegenmittel. Ich werde die Königin besuchen und sie bitten, die Squalis zu heilen.«

Die Anspannung wich. Es war lange her, dass ihn jemand bei seinem Duocarns-Namen genannt hatte. Für Terv war er immer David geblieben. Ja, er hatte in der Tat vergessen, dass er gleichberechtigt in den Kreis der Duocarns aufgenommen worden war, auch ohne deren besondere Fähigkeiten zu besitzen.

Er spürte, wie Patallia lautlos das Wohnzimmer hinter seinem Rücken betrat.

»Er schläft. Ich schätze mal für zwei Tage.« In der Stimme des Mediziners lag kein Vorwurf. »Die Dosis hätte ihn wahrscheinlich für längere Zeit ins Land der Träume geschickt, wäre er nicht an diese Droge gewöhnt gewesen.«

David machte drei Schritte zum Sofa und sank darauf. Er hatte keine andere Möglichkeit gehabt, als so zu handeln.

Patallia trat zu ihm und setzte sich an seine Seite. »Niemand kann Terv umbringen, vergiss das nicht.« Er tätschelte beruhigend Davids Hände. »Ich würde allerdings gerne wissen, was genau geschehen ist.«

»Ich denke, das werden wir später erfahren«, tönte Solutosans sonore Stimme. »Ich gehe nun und kläre den Rest, bevor noch mehr Squalis verenden.« Er nickte ihnen zu, erschuf seinen Ring und verschwand.

Mit einem Schlag fühlte David sich müde. »Ich glaube, ich muss nun erst einmal schlafen, Pat«, bekannte er. »Es war grauenvoll.« Und weiß Gott, das stimmte.

Nice betrachtete Daria, wie sie ihre Koffer auf den Boden

stellte, den Kopf hob und ihn anlächelte. Von wegen Geschäftsreise dachte er. Sie wird in Texas gewesen sein, aber garantiert nicht allein.

Er strahlte sie an, erhob sich und ging mit ausgebreiteten Armen auf sie zu. Stell dir vor, du seist ein gezähmtes Männchen, fuhr es ihm durch den Kopf. Was würde so jemand sagen? »Ich freue mich ja so, dass du wieder da bist, mein Schatz. Die Zeit war endlos lang ohne dich.« Er legte die Hände auf ihre vollen Brüste und küsste sie.

»Aber das waren doch nur vier Tage.« Daria lachte und ließ sich von ihm abküssen. »Ich bin jetzt nur sehr müde. Entschuldige.« Sie drückte ihn von sich.

Sanft lächelnd bückte er sich zu den Koffern. »Wohin soll ich sie dir tragen?«, fragte er demütig. »Es tut mir leid, dass ich nicht da war, um dich abzuholen, ich musste ja arbeiten.« Gezähmte Männchen reden gern von ihrem Job, dachte er. »Du kannst dir nicht vorstellen, wie anspruchsvoll meine Aufgaben geworden sind. Aber ich habe es wirklich nicht bereut, bei Westle eingestiegen zu sein.«

Daria unterdrückte ein Gähnen, winkte ab und verschwand im Bad.

Noch zwei Tage, dachte Nice, dann bin ich dich los, du Miststück. Er wusste wohl nicht, wo er danach wohnen sollte, aber die Hauptsache war, dass er ihr den Mikroorganismus verpasste. Vorübergehend konnte er ja im Büro nächtigen. Das würde schon gehen.

Sie hatten den schlafenden Terv in ihrem gemeinsamen Bett untergebracht. David saß auf der Bettkante und strich ihm zärtlich das Haar zurück. Sein Liebster hatte sich im Schlaf herumgeworfen und die Haarsträhnen verteilten sich wirr über das Kopfkissen.

Mit einem Mal fuhr David der Schreck in die Glieder, denn Terv hatte ihn völlig unvorbereitet am Hals gepackt. Das tat weh! Mit aufgerissenen Augen stierte sein Schatz ihn an, die

Iris eher orange, statt wie sonst in dem ruhigen Honiggelb. »Du hast mich entführt«, zischte er. »Hast mich meinem Volk entrissen.« Tervs zweite Hand kam dazu und umklammerte seine Kehle. »Wo ist sie? Sie trägt die Kinder! Wohin hast du mich verschleppt?«

»Terv, ich bin's«, röchelte David und versuchte die Umklammerung zu lösen, die immer fester und schmerzhafter wurde. Wie gut, dass er keinen Sauerstoff benötigte. Trotzdem war Tervs Würgegriff äußerst qualvoll. Das war ein tätlicher Angriff. Was hatte David in seinen unzähligen Selbstverteidigungsstunden gelernt? Es war an der Zeit, das Wissen anzuwenden. David ließ sich mit größtmöglichem Schwung nach vorne auf den Körper seines Freundes kippen, drehte sich so aus dem Haltegriff, rollte über die Matratze und stand sofort auf den Beinen. Mit einem riesigen Satz kam Terv aus dem Bett, folgte ihm und streckte ihn mit einem Faustschlag nieder. David lag auf dem Boden, nahe daran das Bewusstsein zu verlieren. »Wo ist sie?«, zischte Tervenarius drohend. Eine Wolke weißer Sporen entströmte seinem Körper. Sie drangen in Davids Nase, bohrten sich in den Kopf. Er musste husten.

Mit verschwommenem Blick sah David die Tür aufgehen und Patallia eintreten. Der war sofort bei ihnen und legte die Hand an Tervs Hals. Dessen Leib fiel wie ein gefällter Baum zusammen und begrub David unter sich.

Er wusste nicht, was ihn geweckt hatte. Seine Augen fühlten sich an wie zugeklebt. Terv wollte die Hand heben, aber sie schien fixiert zu sein. Mühsam öffnete er die Lider. Eine weiße Zimmerdecke. Wo war er? Mit Anstrengung drehte er den Kopf. Eine Fensterfront mit halb geöffneten Jalousien, die nur wenig Sonnenlicht hindurch ließen. Er war in Vancouver in einem der Gästezimmer. Wie war er dort hingekommen?

Erschöpft schloss er die Augen, versuchte erneut, die Arme zu bewegen. Keine Chance. Sie schienen am Bettgestell fixiert. Wieso lag er gefesselt im Bett? Was war mit seinen Beinen? Er wollte die Füße anziehen. Nein, das war ebenfalls nicht möglich. Was war passiert?

»Patallia?«, fragte er telepathisch. »Bist du im Haus?«

»Ja, Terv«, kam die Antwort. »Ich bin sofort bei dir.«

Gut, das war gut.

Mühsam versuchte er, sich zu erinnern. David. Sublimar. Die Königin. Ihr Götter! Bei dem Gedanken an das Erlebnis in der Höhle wurde ihm heiß und kalt. Die Befruchtung hatte ihn in Sphären geführt, die er im Nachhinein kaum nachvollziehen konnte. Er hatte sie alle gefühlt, die Ahnen und Urahnen. Was für eine liebevolle Begrüßung. Niemals hatte er ein freundlicheres Volk als das seine getroffen. Die Königin hatte ihn in ihre Träume gezogen. Er war zu Hause gewesen, am Anbeginn. Er war als einer der Ihren willkommen geheißen worden. Aber dann waren da David und sein altes Leben gewesen. Er erinnerte sich an die Zerrissenheit, den Stress, der ihn hatte in Tränen ausbrechen lassen, denn er hatte kein anderes Ventil dafür gefunden. Und danach? Diva war ihr Name. Diva ... Hatte sie mit ihm gesprochen? Er wusste es nicht mehr. Warum schmerzte sein Kopf so?

Gequält blickte er hoch und sah in Patallias besorgtes Gesicht. »Was ist geschehen? Wieso bin ich gefesselt?«

»Du hast David angegriffen.«

»Ich habe WAS?«

»Du warst nicht bei Sinnen, Terv.« Patallia setzte sich auf den Rand der Matratze.

»Was genau habe ich getan?«, fragte Terv entsetzt.

»Du hast ihn gewürgt und ihm fast das Genick gebrochen. Außerdem hatte er eine Vergiftung.«

»Ihr Götter.« Das musste er erst einmal verdauen.

»Einen normalen Menschen hättest du damit umgebracht«, fuhr Patallia ernst fort.

Wie konnte es sein, dass er seinem Geliebten Gewalt angetan hatte? Der Gedanke daran ließ ihm die Tränen in die Augen schießen.

»Wo ist er? Ich will ihn sehen!«

»*Nein.*« Patallia schüttelte den Kopf. »*David ist in Vancouver. Er hat dort mit Nice etwas zu erledigen. Du musst ihm Zeit geben, Terv. Er hat jede Menge zu verarbeiten. Ich kenne nun die ganze Geschichte.*«

War da Mitleid in Patallias feinem Gesicht?

»*Bitte mach mich los.*«

»*Nein, erst wenn du mir versprichst, dass du ihm diese Zeit geben und ihm nicht sofort hinterherfahren wirst.*«

Das war eine machbare Auflage, obwohl es ihn drängte zu erklären, um Verzeihung zu bitten, Gründe zu finden ...

Er nickte. »*Einverstanden.*«

Seufzend stand Patallia auf, holte einen Schlüssel aus seiner Kitteltasche und begann, die Fußfesseln zu öffnen.

Er hätte David umgebracht, wenn dieser nicht unsterblich wäre. Terv lag still da. Er hatte es schon immer gewusst. Er war ein Monster. Die Duonalier hatten recht gehabt, Angst vor ihm zu haben.

»*Ich bin gefährlich, Pat. Man kann mir nicht trauen. Mein Training und meine Selbstkontrolle helfen nicht*«, bekannte er verzweifelt. »*Ich werde immer ein Risiko für die Wesen um mich herum sein. Es sei denn ...?*«

Patallia hatte nun auch die Handfesseln gelöst und er rieb sich die Handgelenke.

»*Was wäre die Alternative?*« Patallia setzte sich wieder auf den Bettrand, Sorge im Blick.

»*Es sei denn, ich gehe nach Sublimar zu meinem Volk. Da kann ich niemandem schaden. Sie sind so wie ich. Ich bin ihr König, oder?*«

Patallia blickte ihn an. »*Du willst zurück? Um was zu tun? Welche Aufgaben hat ein cavernischer Regent? Du möchtest dich wirklich dort vergraben?*«

»*Ein König kümmert sich zusammen mit der Königin um die Brut. Er sorgt für sie, denn sie sind ein feines Volk. Niemals sah ich sanftere Wesen. Auch lehrt er ...*« Terv brach ab.

Es fiel ihm wie Schuppen von den Augen. »*Jetzt weiß ich, was Diva mir erzählt hat.*« Terv schlug die Hand vor die Stirn.

Er richtete sich auf und blickte Patallia an. »*Ich war in der Höhle des Schamanen und habe dort in den Schriften gelesen.*«

»Ja?« Patallia horchte auf.

»*Die cavernische Königin gebiert immer zwei Kinder. Den Prinzen oder die Prinzessin, die für die Fortpflanzung bestimmt sind und den Gelehrten, der dem Volk Weisheit vermittelt. Er ist stets männlich und ist der Einzige, der es versteht, die Schriften zu entziffern.*« Terv holte tief Luft. »*Ich konnte sie lesen, also bin ich nicht der Prinz.*« Diese Erkenntnis ließ ihm einen Stein vom Herzen fallen. »*Ich bin es nicht!*«

»*Trotzdem hast du sie geschwängert*«, unterbrach ihn Pat sachlich. »*Wozu ich sagen muss, dass ich dich bewundere. Ich wäre zu dem, was du dort getan hast, nicht fähig gewesen.*«

»*Ich konnte doch die Auraner nicht ihrem Schicksal überlassen*«, erwiderte Terv nachdenklich. »*David hat mich in allem unterstützt.*« Während er das sagte, tat ihm die Brust weh vor Sehnsucht. »*Wenn ich nicht der Prinz bin, was ist wohl aus ihm geworden?*«

»*Ich weiß es nicht. Vielleicht ist er mitsamt dem Volk untergegangen. Die Sage erzählt von* **einem** *Kind, das der Sumpfkönig mit in Pallasidus' Palast gebracht hat?*«

Terv nickte bestätigend.

»*Wer weiß, eventuell war der Prinz auch mit dabei, aber es ist nicht überliefert.*«

Sein Leben war ein verdammtes Puzzlespiel. Terv seufzte. Jedoch das Schlimmste war, dass sein Schatz ihn vielleicht jetzt hasste oder ihm nicht mehr vertraute. Wie konnte er das alles wieder gut machen? Würde David ihm jemals verzeihen? Es störte ihn, dass er sich nicht ganz an das Gespräch mit Diva erinnern konnte. Ich gehe noch einmal hin, schütze mich gegen ihren Einfluss und spreche erneut mit ihr, dachte er. Wenn ich der Gelehrte bin, dann habe ich eine Aufgabe. Sonst bleibt das Volk ohne Lehrer. Verdammt, ich wusste es, dass die Hilfsaktion weitere Verpflichtungen nach sich ziehen würde. Diva steht nun allein mit ihren Problemen. Und ich habe das verursacht.

»*Ich hole dir mal etwas zu essen.*« Pat erhob sich. »*Bitte bleib noch für ein bis zwei Stunden liegen. David hat dir eine dicke Dosis verpasst, und ich musste dich ebenfalls mit der chemischen Keule schachmatt setzen. Also lass dir Zeit.*« Patallia durchdrang ihn mit seinem Blick. *»Mit allem.«*

»Fuck! Wir haben ein Problem, Pat.« Nice hatte an diesem Abend einige freie Stunden herausschlagen können, indem er Daria vorgelogen hatte, das Auto updaten zu müssen. Gespannt saß er nun vor der fertigen Sonde, die im Elektronenmikroskop phantastisch aussah. Er betrachtete sie voller Stolz.

Patallia trat zu seinem Arbeitstisch. »Und das wäre?«

»Ich will ihr das Ding ja mit einem Kuss verabreichen. Grundsätzlich eine gute Idee. Nur ist sie zu klein, als dass ich sie im Mund spüren und dann platzieren könnte. Ich wollte ihr das Teil eigentlich heute Abend oder spätestens morgen früh einimpfen, da sie danach auf eine angebliche Geschäftsreise fährt.« Er blickte zu Patallia hoch. »Ich denke, dass sie diese Reise nicht allein machen wird.«

»Das heißt, dass wir dich sensibilisieren müssten.«

»Und das bedeutet?«

»Ich kann dich empfindlicher machen. Dann sind deine Sinne geschärft, auch dein Tast- und Geruchssinn.«

Nice sah den Mediziner mit offenem Mund an. »Das meinst du doch nicht im Ernst. Also werde ich quasi zum Vampir?«

Das brachte Patallia zum Lachen, und Nice freute sich. Sein Herz schlug nach wie vor für den außergewöhnlichen Mann. Ihm war es nicht wichtig, ob dieser das Ergebnis eines Gen-Experiments war. Das machte ihn um so interessanter.

»Nice«, begann Patallia geduldig. »Ich sensibilisiere dich nur für einige Stunden. Das wird ungewohnt sein, aber so kannst du die Sonde spüren und platzieren.« Es schien einen Moment, als würde Patallias Haut beim folgenden Satz etwas transparenter. »Dann fühlst du dich so wie ich im Normalzustand.«

»Wow!« Es war Nice noch nie in den Sinn gekommen, dass Patallia vielleicht anders empfand als normale Menschen.

Das hieß Hypersensibilität. Der Arzt spürte offensichtlich Berührungen stärker, nahm Gerüche intensiver wahr, all seine Wahrnehmungsfähigkeiten mussten geschärft sein. Ob das auf der maroden Erde unbedingt von Vorteil war, wagte Nice zu bezweifeln.

»Ach, deshalb lebst du so zurückgezogen«, bemerkte Nice ohne nachzudenken. Er ärgerte sich sofort über diese Bemerkung und fügte hinzu. »Nicht, dass mich das etwas anginge.«

Patallia tat seinen Kommentar jedoch mit einem Achselzucken ab. »Ich bin daran gewöhnt. Es erleichtert mir meine Diagnosen.«

Nice konnte nicht umhin, sein Gegenüber mit einem bewundernden Blick zu mustern. »Na gut, und wie willst du das bei mir machen?«

Mit einem sanften Lächeln ergriff Patallia sein Handgelenk des linken Armes. Die feinen Einstiche taten nicht weh. Der Arzt ließ ihn los.

»Das war's schon?«

»Ja. Ich schätze, die Wirkung wird vier bis fünf Stunden anhalten. Pass in dieser Zeit gut auf dich auf. Platziere die Sonde am Ende der Zahnreihe. Dort kann sie warten, bis ihr „Opfer" vorbeikommt.«

Das brachte Nice zum Grinsen. Er nahm das Papierstück mit dem winzigen Gerät und faltete es. »Ich lecke das Papier einfach ganz ab. So erwische ich sie auf jeden Fall.«

»Du wirst sie bemerken, mein Lieber.«

Auch Patallia musste grinsen, was ihm gut stand, fand Nice.

Ich war ja schon immer auf eine bestimmte Art verrückt, dachte Nice auf seinem Weg von den Bergen zurück nach Vancouver. Aber das, was ich die letzte Zeit treibe, toppt irgendwie alles. Was soll's. Was Patallia nur mit Sensibilisierung meinte? Bisher fühlte Nice sich unverändert.

Daria war noch nicht zu Hause, als er die Wohnung betrat. Was roch denn dort so entsetzlich? Nice schnupperte in die Luft. Der Geruch schien aus der Küche zu kommen, also folgte er ihm zielstrebig. Der Kühlschrank. Als er den öffnete, strömte ihm fauliger Verwesungsgeruch entgegen, der ihn angeekelt zurückweichen ließ. Er nahm Darias weich gepolstertes Ei heraus. Das hatte sie offensichtlich vergessen zu essen, denn es war faul geworden. Nice schnupperte an der Schale und rümpfte die Nase. Dann entsorgte er das Ei schnellstens in den Recycler. Wieso hatte er das durch die Eischale riechen können? Ah ja, das war es, was Patallia mit Sensibilisierung meinte. Wie schmeckten jetzt seine Etonutrid-Riegel? Neugierig nahm er einen aus dem Kühlschrank, riss die Verpackung auf und biss hinein. Wahnsinn! Ein nussiges, süßliches Aroma. So intensiv hatte er diese Nahrung noch nie wahrgenommen. Seine Gedanken schweiften zu der vor ihm liegenden Begegnung. Wie Daria wohl roch?

Kauend verließ er die Küche und ging ins Bad, um zu duschen, zog sich aus und stellte sich nackt vor den Spiegel. Grinste. Er sah aus wie immer. Merkwürdig.

Als die ersten Wassertropfen auf seiner Haut aufprallten, lachte Nice laut auf. Was für ein prickelndes Gefühl. Er schäumte sich rasch mit Seife ein. Überrascht hielt er mit der Hand auf dem Leib inne. Fuck! Was war das für ein geiles Feeling? Sich nur den Bauch zu massieren, verursachte bereits einen Harten. Er mochte sich kaum vorstellen, wie sein Schwanz nur reagieren würde, und fasste vorsichtig nach unten.

Er hatte definitiv alle Sensoren ausgefahren, denn diese Berührung ließ ihn mit dem Rücken gegen die geflieste Wand prallen. Wahnsinn! War das geil! Er war kaum fähig ihn wieder loszulassen.

In diesem Zustand konnte er unmöglich mit Daria vögeln. Ihm war sofort klar, dass er bereits beim Vorspiel platzen würde.

Er hörte trotz des laufenden Wassers die Tür gehen. Nun besaß er wirklich das Gehör einer Fledermaus. Und – er schnupperte in die Luft – einen Geruchssinn wie ein Schäferhund, denn er nahm Darias Parfüm sofort wahr. Bislang hatte es ihm immer gefallen. Nun aber konnte er die einzelnen Komponenten riechen. Offensichtlich enthielt es einen chemisch erstellten Zuckerstoff, der stank wie übersüßes Saccharin. Bäh! Nice drehte die Dusche ab und rümpfte die Nase. Über all diesen Geruchserlebnissen hatte er fast das Wichtigste vergessen.

Er hob seine Hose vom Boden auf und zog das Papier aus der Tasche. Rasch leckte er über die entfaltete Mitte, spürte die Sonde und verstaute sie in der rechten Wangentasche. Nur nicht verschlucken, denn dann war alles umsonst.

»Nice, bist du da?«

Natürlich war er da. Und das wusste sie auch.

Daria öffnete die Badezimmertür, als er gerade dabei war das Stück Papier in der Chemikalie der Toilette zu entsorgen.

»Hallo, mein Engel! Er strahlte und wunderte sich über den Klang seiner Stimme.

Daria in ihrem schwarzen Westle-Kostüm musterte ihn von oben bis unten. Ihr Blick blieb an seinem steifen Glied kleben.

»Na?«, fragte sie ironisch. »War die Dusche schön?«

Grinsend ergriff Nice ein Handtuch und drückte sich tropfnass an ihr vorbei ins Schlafzimmer. Wie konnte er den Sex mit ihr vermeiden? Mit einem lüsternen Funkeln in den Augen kam sie näher, sah ihm beim Abtrocknen zu.

»Wie schade, dass ich heute Abend noch einen Termin habe«, gurrte sie. »Ich muss mich nur umziehen, dann ...«

Wunderbar! Er jubelte innerlich. Das traf sich ja bestens. »Aber für einen Kuss wird die Zeit doch wohl reichen, Schatz.« Er packte sie um die Taille und begann sie zu küssen. Es war ihr letzter Kuss. Ihre Lippen schmeckten nach Lippenstift mit einem künstlichen Pfirsicharoma. Er hielt inne. Darias Körper roch unangenehm und abstoßend. Scharf und leicht moderig. Puh, das war ihr ureigener Geruch. Er kannte ihn, aber hatte ihn bisher noch nie so intensiv wahrgenommen. Das war nun gleichgültig. Er küsste weiter, eroberte mit der Zunge ihre Mundhöhle, streichelte sie, nahm die Sonde und klebte sie ans Ende von Darias Zahnreihe, so wie Patallia es ihm empfohlen hatte. Den würde ich jetzt gerne riechen, dachte Nice und leckte Daria zart über die Lippen.

»Wow, was für ein Kuss! Da überlege ich mir ja direkt, ob ich den Termin nicht abblase.«

Er ließ sie los, froh von ihrem stinkenden Körper wegzukommen. »Wann musst du denn morgen los? Da bleibt uns doch sicher etwas Zeit.« Er lächelte. Sie würde Damien Scott an diesem Abend noch treffen. Das roch er förmlich. Das warf seinen Plan wohl über den Haufen, aber das war nicht weiter schlimm. Er war vorbereitet, den Firmenchef zu infiltrieren. Nun geschah es lediglich schneller als geplant.

»Du bist so süß!« Offensichtlich schien sie das sogar ehrlich zu meinen. »Ich muss morgen um zehn Uhr am Flughafen sein. Natürlich haben wir davor noch Zeit, mein Schätzchen.« Sie wandte sich um und steuerte ihren Kleiderschrank an. »Ich gehe jetzt packen und duschen ...«

»Okay!« Nackt wie er war steuerte er Richtung Bett. »Ich schaue mir einen Film an und werde später schlafen. Es war richtig viel Arbeit das Auto zu reparieren.« Er warf sich auf die Matratze.

Nicht mehr lange, dann war er sie los. Sie wollte nur noch duschen und ... Nice fuhr senkrecht hoch. Und sie würde sich die Zähne putzen! Mit der elektrischen Zahnbürste! Danach war die Sonde futsch! Das musste er verhindern!

Mit einem Satz war er aus dem Bett und sprintete ins Badezimmer. Daria folgte seiner Aktion mit erstauntem Blick. Die Zahnbürste, da stand sie. Schnell schaltete er das Handgerät ein. Der Bürstenkopf rotierte. Das musste er ihm abgewöhnen. In Panik versuchte er die Verkleidung zu öffnen. Eine Schraube versperrte den Weg ins Innere. Eilig fuhr er seinen Dolch aus und drehte sie damit heraus. Drähte und Elektroden quollen ihm entgegen. Hektisch stocherte er mit der Waffe in dem Gerät herum, übersah fast Daria, die mit weit aufgerissenen Augen in der Tür stand. »Sie hat nicht funktioniert, Schatz«, bekannte er lahm. »Deshalb wollte ich sie für dich reparieren.«

»Auf diese Art?« Daria war fassungslos.

»Ähm ja.« Er drehte den zerstörten Apparat in den Händen. »Ich glaube, ich muss morgen eine neue kaufen. Du darfst gern meine Bürste benutzen.« Er wusste, dass sie das niemals tun würde.

»Sag mal, bist du von allen guten Geistern verlassen?« Darias Stimme vibrierte. »Hast du wieder zu viele von diesen Tabletten geschluckt? Ich fasse es nicht!« Sie stöckelte zu ihren Koffern zurück.

Uff! Nice stellte die Zahnbürste auf den Boden neben das Klo. Das war gerade noch mal gut gegangen. Darias Zähne blieben ungeputzt, die Sonde ungeschoren.

Nice schlüpfte wieder ins Bett. »Wo findet dein Meeting denn statt?«

Eine Frage, die Daria offensichtlich nicht gefiel. »Warum willst du das wissen?«

Verdammt! Er überlegte fieberhaft. »Weil du mir vielleicht noch einen Eto-Burger mitbringen könntest. Das wäre fein.«

»Im Hilton gibt es keine Burger«, antwortete sie mit Verachtung in der Stimme. »Außerdem werde ich dafür keine Zeit haben.« Du insektenfressender Prolet, dachte sie, aber sprach es nicht aus. Ihm war trotzdem klar, was in ihrem Kopf vorging.

»Schade.« Er deckte sich zu. Am liebsten hätte er die Decke auch über seine Nase gezogen, denn der Ärger hatte ihre Körperausdünstung verstärkt.

Bald bin ich dich los, dachte er. Was habe ich doch für ein Glück. Ich kenne Kerle wie diesen Scott. Er wird für euren kleinen Fick ein Zimmer im Hotel gemietet haben. Das Hilton ist in der Nähe des Büros. So weit reicht der Sender der Sonde. Ich werde also meine Sachen packen, Patallia anrufen, ins Büro fahren, und dann geben wir diesem Westle-Verein, was ihm gebührt.

»Wo ist Terv, Patallia?« David stand in der Küchentür und musterte Pat, der dabei war, die Kefirpilze zu versorgen. »Er ist nicht in seinem Bett.«

»David.« Patallia hob den Kopf. »Ich habe ihm davon abgeraten, aber er ist nach Sublimar zurück.«

»Was?« Es war David, als hätte ihm jemand mit dem Hammer vor den Schädel geschlagen. Er ließ sich auf einen der Küchenstühle fallen. Bestürzt suchte er nach Gründen. Terv war weg. Zu seinem Volk. Er hatte ihn verlassen. Der Druck in seiner Brust nahm derartig zu, dass es David die Tränen aus den Augen trieb.

»Warte, David. Nein, er kommt wieder.« Patallia war sofort bei ihm und ergriff seine Hände. »Das hat er hoch und heilig versprochen. Ich soll dir sagen, dass er dich liebt. Er hat dort nur etwas zu klären.«

»Mit Diva«, erwiderte David tonlos. »Na toll. Dieses verdammte Weib, das nichts anderes zu tun hat, als ihn wieder in ihren Bann zu schlagen!« Wut kam in ihm hoch. »Man sollte diese cavernische Höhle in die Luft sprengen!« Er sprang auf und schlug mit der Faust gegen den Kühlschrank.

»Beruhige dich.« Aber der sanfte Ton von Patallias Stimme beschwichtigte ihn nicht. »Ich glaube, er weiß, was er tut. Ich hätte ihn sonst aufgehalten.«

»Ach ...«

»Du vertraust mir wohl nicht.«

Dieser Satz kühle David ab. »Doch Pat. Das tue ich. Ich bin nur überrascht und schockiert, dass er wieder fort ist.«

»Bitte warte einfach, ja? Ich ...«

Patallias Handy meldete sich und er blickte kurz auf das Display. »Nice. Es ist soweit. Kommst du mit? Jetzt bekommt Westle die süße Rache der Duocarns zu spüren.«

Oh ja, das war eine Aktion nach seinem Geschmack. Und die kam genau zur richtigen Zeit. Er hatte nicht vor, zu Hause zu sitzen und auf den feinen Prinzen zu warten, bis Hoheit sich herabließ, ihn zu sehen.

»Selbstverständlich komme ich mit.«

Tervenarius hatte darauf verzichtet, sich umzuziehen. In schwarzer Jeans und dunkelgrünem Shirt lief er zielstrebig den langen Gang hinunter. Er wollte als das erscheinen, was er war: ein Erdenbewohner. Diva musste verstehen, dass er gekommen war, um Sublimar zu retten, jedoch nicht, um ein eventuelles Erbe anzutreten.

Er fand sie in der großen Halle. Erstaunlicherweise schwebte sie vor einer der Bruthöhlen im dritten Stock, getragen von hellen Flechten, aus denen ihr Gewand ebenfalls zu bestehen schien. Das weiße Haar hing lang ihren Rücken hinunter. Sie war wunderschön. Das musste Terv sich eingestehen. Sie lächelte, als sie ihn erblickte, und glitt gemächlich auf den Boden hinab.

Klugerweise hatte er sich geschützt, indem er seine Atemwege verschlossen hielt. Als Unsterblicher brauchte er nicht zu atmen und er rechnete damit, dass Diva davon keine Kenntnis besaß. Ihr Lächeln wirkte siegessicher.

»Ihr seid wieder da, das ist schön. Ich wusste es. Wie Ihr seht, habe ich unsere Brut bereits angelegt. Es wird jedoch noch etliche Zyklen dauern, bis ich Euch die potente und weise Generation präsentieren kann.«

»Ich werde nicht zugegen sein, um das zu erleben«, erwiderte Tervenarius. *»Ich kam aus einem fernen Sternensystem, um Sublimar zu retten. Nur das war mein Ziel. Ich musste Euch erwecken. Bitte helft dem Planeten, wieder gesund zu werden, denn die Caverner sind nicht das einzige Volk.«*

Er bedauerte, Diva weh tun zu müssen, die ihn mit großen Augen anblickte, zu ihrem Thron schritt und sich darauf sinken ließ. *»Ich hatte einen Besucher. Einen Sternenwanderer. Er berichtete mir bereits von der Krankheit der braven Tiere, die symbiotisch mit den Auranern leben. Ich gab ihm Sporen, die Heilung versprechen. Wie Ihr seht, hat sich so Euer Wunsch erfüllt.«*

Die Königin legte die Hände in den Schoß. *»Ich verstehe nicht, wieso Ihr Euren Pflichten nicht nachkommen wollt. Ihr habt bereits den Dienst des Prinzen versehen. Dafür bin ich Euch dank-*

bar. Bald jedoch wird Euer Volk hier auf Eure Unterweisung warten. Sie brauchen Euch und Euer Wissen. Die Schriften müssen verbreitet werden. Ihr seid der Gelehrte. Auch werdet Ihr in Euren Visionen die Zukunft der Caverner erblicken.«

Das hatte Terv erwartet. Er setzte sich auf den Stuhl des Prinzen. »Ich besitze keine Kenntnis über den Inhalt der Dokumente, Diva. Und die Droge bekommt mir nicht. Ich habe ein Leben auf dem anderen Planeten. Seht mich an. Sehe ich aus wie ein cavernischer Schamane?«

Das brachte Diva zum Lächeln. »Ja, das tut Ihr. Bis auf diese eigentümliche Kleidung.«

Terv blickte auf seine gefalteten Hände. Er wusste keinen Ausweg. Er konnte nur auf Zeit spielen. »Wie lange benötigt die Brut, bis sie groß genug ist, um Wissen anzunehmen?«

Bei diesem Satz leuchtete Divas Augen hoffnungsvoll auf. »Es wird einige Zyklen dauern. Irgendwann fangen sie an zu fragen, Tervenarius. Und dann brauchen sie Antworten. Und ich kann Euch versichern, sie sind es wert, diese zu erhalten.«

Es war hoffnungslos. Wozu sollte er eine sterbende Rasse unterweisen? »Diva, die Bolataren sind ausgestorben. Die Reise unserer Völker ist hier zu Ende. Die neuen fruchtbaren Nachkommen werden keine Partner mehr finden.«

»Seid Ihr Euch dessen ganz gewiss?«

Nein, er war es nicht. »Wo lebten die Bolataren? Wisst Ihr, von welchem Ort man Euch herbrachte?«

»Das ist mir nicht bekannt.« Divas Stimme zitterte leicht. »Aber die Schriften werden es Euch bestimmt verraten.«

Beim Vraan! Hier biss die Katze sich in den Schwanz. Wie er es drehte und wendete, er musste in Zukunft Zeit auf die Dokumente verwenden. Vielleicht konnte er diese mitnehmen.

Als hätte Diva seine Gedanken gelesen, klärte sie ihn auf. »Die Schriften sind auf pflanzlichem Material geschrieben. Dieses kann nur unter den Bedingungen in unseren Höhlen existieren. Ihr werdet sie nicht entfernen können.«

Verdammt. Terv sprang auf. Das passte ihm alles nicht. Er hatte sich ein ganzes Volk an den Hals gehängt. Und er konnte es nur loswerden, indem er dafür sorgte, dass es funktionstüchtig wurde – ohne ihn als Prinzen oder Gelehrten.

Er setze sich wieder, da er bemerkte, dass er Diva ängstigte. Sie war die Sanftheit in Person. Und ebenso behutsam musste er ihr begegnen, damit sie ihn verstand.

»*Meine Königin*«, begann er ruhig. »*Ich muss versuchen, all meine Verpflichtungen zu ordnen. Ich war auf dies hier nicht vorbereitet. Bitte gebt mir Zeit. Ich werde Euch nicht im Stich lassen.*« Er erhob sich, um zu gehen.

»*Ich habe nichts anderes von Euch erwartet, Edoculus.*«

»Vielleicht werden wir die ganze Nacht warten müssen.« Nice aktivierte den Rechner in seinem Arm und wählte das Zugangsprogramm der Sonde. »Wir wissen nicht, wie lang sich das offizielle Essen mit Unlimited Springwater hinzieht und wann sie auf das Zimmer gehen. Es kann eine Weile dauern, bis sie sich küssen.«

David, der sich neben Patallia auf einen Bürostuhl im Büro von Tentasylum gesetzt hatte, beugte sich vor. »Siehst du, wenn die Sonde ihr Ziel erreicht hat?«

Nice nickte und warf einen langen Blick auf seinen Kollegen. David sah angeschlagen aus.

»Kein Problem.« Patallia kramte eine medizinische Fachzeitschrift aus seiner mitgebrachten Aktentasche und legte die Füße auf den nächstbesten Stuhl. »Das ist mir die Sache wert.« Er blickte Nice über den Rand der Zeitung an. »Du darfst danach endgültig nicht mehr in die Wohnung und in den Job zurück, Nice. Westle wird vermuten, dass du mit der Angelegenheit zu tun hast. Auch wenn sie ewig brauchen werden, um die Details herauszufinden. Es ist viel zu gefährlich.«

»Ja, ich habe schon meine Sachen mitgenommen«, Nice deutete auf eine vollgestopfte Reisetasche. »Ich bleibe im Büro. Hier ist es sicher. Den Peilsender, den sie mir ans Auto geklebt haben, habe ich tot geschaltet.«

David, der mit dem Stuhl zu seinem Rechner gerollt war, wandte sich um. »Das kommt ja gar nicht in Frage. Du wirst bei uns wohnen. Das Haus ist groß genug, dass wir dort sogar weiter an den Zelten arbeiten können. Stimmt's Pat?«

Patallia zögerte nur einen Moment. »Ich habe nichts dagegen. Zumal wir zwei uns ja sowieso ein Mal täglich treffen müssen wegen der Behandlung.«

Hatte er das gehofft? Wenn er ehrlich zu sich selbst war, ja. Nice mochte nicht nur das Haus in den Bergen, sondern auch dessen Bewohner. Lediglich Tervenarius kam ihm immer noch reichlich suspekt vor.

Irritiert bemerkte er, wie David auf seinem Stuhl herumrutschte. In gleichen Moment sprang dieser auf und schnappte seine Jacke. »Jungs, so gerne, wie ich das jetzt miterleben würde, ich habe keine Ruhe. Ich fahre nach Hause.« Er blickte ihn an, die Augen wie flüssiger Kristall. »Ich habe da noch eine unerledigte Sache. Sorry, Nice.«

Mit diesen Worten war er zur Tür hinaus.

»Was war denn das?«, fragte Nice verblüfft.

Patallia las ungerührt weiter. »David hat im Moment ein paar private Probleme. Lass ihn ziehen. Wir regeln das ohne ihn.«

Hm, das sah nach einer Beziehungskrise aus. Und er kam in Kürze ins Haus. Keine so tolle Voraussetzung für ein harmonisches Zusammenleben.

Nice überprüfte noch einmal die Daten seines Hacker-Programms. Hoffentlich konnte David die Probleme klären.

David war auf dem Heimweg so grauenvoll zumute, dass er am liebsten laut geschrien hätte. Warum tat er das nicht? Da er sich auf einer schmalen Straße durch den Wald befand, fuhr er auf den mit Unkraut überwucherten Seitenstreifen. Er hatte zusehen müssen, wie Terv die Königin mit einigen wuchtigen Stößen begattet hatte. Das Bild hatte sich mit quälender Intensität in sein Gedächtnis gebrannt. Welch eine Erleichterung, als sein Liebster zu ihm zurückgekehrt war; keine Sekunde länger als nötig bei Diva verharrt hatte. Es war ihm nicht klar gewesen, dass Tervenarius in diesem Moment bereits unter ihrem Bann gestanden hatte.

David umklammerte so heftig das Lenkrad, dass sich seine Fingernägel in sein Fleisch bohrten. Ich hatte verdammtes Glück, überlegte er. Die Aktion in der Bruthöhle hätte auch anders verlaufen können. Tervenarius ist stark und hätte sich auf jeden Fall mit allen Mitteln zur Wehr gesetzt. Es hat nur geklappt, weil das Überraschungsmoment auf meiner Seite war. In Vancouver ist mir Patallia zu Hilfe gekommen, als ich niedergestreckt am Boden lag.

Wie ging es ihm nach diesen Erlebnissen? David horchte in sich hinein. Fürchtete er Tervenarius? Nein, denn er hatte von Anfang an gewusst, mit wem er sich einließ. Er kannte Tervs Selbstzweifel, seine Angst, sich nicht kontrollieren zu können. Divas Fangnetz hatte sich völlig überraschend über seinen Liebsten geworfen.

Er rief sich Tervs schmerzhaften Angriff ins Gedächtnis zurück. Verzieh er ihm? In dem Moment, wo David sich diese Frage stellte, wusste er, dass er Tervenarius alles verzeihen würde, gleichgültig, wie sehr er auch gelitten hatte.

Und Terv? Wie fühlte sich sein Geliebter nach all dem? David wusste es nicht. Ich hätte nicht abhauen, sondern mit ihm reden sollen. Nun ist er fort ... Nein, es drängte ihn nicht mehr, zu schreien. Trauer und Verzweiflung schnürten ihm den Hals zusammen und verdichteten sich zu einem steinharten Klumpen in seiner Brust.

Vielleicht ist er ja zurückgekommen, so wie Patallia gesagt hat. Entschlossen ließ David den Motor an.

Er fühlte sich fiebrig, konnte nicht schnell genug das Auto in der Garage unterbringen und rannte durch das stille Haus, die Treppe hinauf in ihr Zimmer. David riss die Tür auf.

Tervenarius saß zusammengesunken auf dem Bett und

hob bei seinem Eintritt den Kopf. Zärtlichkeit und Freude spiegelten sich in seiner Miene. Er verzog den Mund zu einem unsicheren Lächeln.

Davids Herz flog ihm zu, seinen Körper warf er hinterher, so dass Terv durch seinen Ansturm rücklinks auf die Matratze kippte. Aller Unmut, Vorwürfe und Zweifel zerstoben. Auf seinen Oberschenkeln sitzend küsste er unendlich glücklich Tervs Gesicht, die Stirn, die Augenlider, Wangen, sogar die Nase und verharrte auf seinem Mund. Ich kann auf ihn nicht verzichten. Ich brauche ihn. Mein Leben ist nichts wert ohne ihn.

Terv erwiderte den innigen Kuss. »Du bist mir nicht böse?«, raunte er an Davids Lippen. Um ihn ansehen zu können, hielt Tervenarius ihn auf Armeslänge von sich. »Ich bin ein Monster, David. Kannst du mich wirklich immer noch lieben? Was ich getan habe, ist unverzeihlich. Ich ...«

»Du warst nicht bei Sinnen«, beharrte David. »Diva war es, die Schlange.« Er wollte jetzt nicht diskutieren, sondern nur eng bei ihm sein. Mit einem Ruck zog er Terv wieder zurück, um seinen Leib zu spüren. Er brauchte das so.

»Nein, hör mir zu. Sie ist kein hinterhältiges Luder.« Erneut drückte Terv ihn von sich.

»Interessiert mich nicht!« David zog an seinen Schultern, um ihn zu küssen, wurde jedoch von seinen steifen, kräftigen Armen zurückgehalten.

»David, ich bin stärker als du. Das können wir noch stundenlang machen. Bis du mich endlich ausreden lässt.«

»Okay.« David erhob sich von seinem Schoß und warf sich trotzig auf das Bett. »Dann sprich.«

Geduldig wandte Terv sich ihm zu. »Diva, sowie alle Caverner, sind das Sanfteste und Freundlichste, das ich jemals erlebt habe. Sie kann nichts für ihre Genetik. Sie strahlt diese Pheromone aus, um ihr Volk zusammenzuhalten. Zu diesem gehören auch der Prinz und der Schamane.«

David horchte auf. »Hm? Was denn für ein Schamane?«

»Erinnere dich an den Raum mit den Dokumenten und den dunklen Wurzeln. Das ist die Höhle des Gelehrten, Wissenschaftlers, Zauberers der Caverner. Bei ihnen heißt er

Edoculus. Ich war im Irrtum, als ich glaubte, der Prinz zu sein. Die Königin gebiert zwei Kinder. Den Prinzen oder die Prinzessin, die zu den Bolataren verheiratet werden, und den Gelehrten, der für die Bildung des Volkes zuständig ist. Nur er kann die Schriften lesen.«

»Ach du meine Güte. Dann hast du Pflichten erfüllt, die eigentlich nicht für dich vorgesehen waren.«

»Das stimmt. Aber das ist nicht weiter wichtig. Diva hat sich dafür bei mir bedankt. Nun kommt das Problem. Sie erwartet, dass ich ihre Brut unterrichte, wenn sie groß genug ist. Bevor ich deren Wissen weitergeben kann, muss ich die Dokumente studieren. Mir scheint, dass der Edoculus sein Bewusstsein erweitert, indem er mit Hilfe der dunklen Wurzeln spirituelle Reisen unternimmt, um in der Vergangenheit oder Zukunft zu forschen.« Tervenarius seufzte. »Ich habe das Ganze begonnen und nun muss ich die Konsequenzen ziehen.«

David trocknete schlagartig der Hals aus. »Du willst nach Sublimar gehen.«

»Von wollen kann gar keine Rede sein, David«, entgegnete Terv missmutig. »Es ist nicht möglich, die Dokumente aus den Höhlen zu entfernen. Ich plane also ein Mal pro Woche einen Tag bei den Cavernern zu verbringen, um die Schriften zu studieren. Sie brauchen einen Lehrer, und ich möchte sie nicht im Stich lassen. Willst du nicht mitkommen und in dieser Zeit die Gegend erforschen?« Er sah David bittend an. »Nur ich kann die Schriften lesen oder vielleicht ein Sprachgen ...«

Sie blickten sich an. Zwei Männer, ein Gedanke. »Patallia!«, stießen sie beide wie aus einem Mund hervor.

Im Büro von Tentasylum war Patallia eingedöst.

»Bingo!« Nices hellwache Stimme durchbrach die Stille und ließ Pats Kopf hochfahren. »Die Show geht los. Gleich siehst du etwas, das noch nie jemand gemacht hat. Eine

Premiere«, freute sich Nice. »Jetzt schauen wir durch die Augen unseres Opfers.« Er verschob den virtuellen Mauszeiger per Gedankenbefehl auf dem holographischen Screen seines Arm-Rechners.

»Voilà!«

Patallia blinzelte, nahm schnell die Füße vom Stuhl und rollte näher an Nice heran. »Warte, ich kann das auf den stationären Computer übertragen.« Der große Bildschirm auf dem Arbeitstisch flimmerte, dann erschien das Bild: die Welt durch die Augen von Damien Scott. Ein Hotelzimmer. Vor den zugezogenen Vorhängen eine Frau, die sich langsam und lasziv entkleidete. Daria.

»Haben wir auch Ton?«, erkundigte sich Patallia.

»Leider nein, aber darum geht es hier ja nicht. Ich hacke mich jetzt von dem Eyevisor in die Befehlskontrolle zu seinem Rechner ein.«

»Wo ist der?«, fragte Patallia fasziniert.

»Wie ich Scott kenne, trägt er ihn immer in der Jackentasche mit sich. Und das Ding ist mit dem Westle Rechenzentrum verbunden. Der Impuls des Eye-Visors kann in etwa zehn Meter Entfernung überbrücken. Hat er die Jacke im Zimmer, müsste es klappen.«

Mittlerweile benutzte Nice zusätzlich die Tastatur, kombiniert mit seinen Gedankenbefehlen.

Patallia hätte gern noch weitere Fragen gestellt, bemerkte aber, dass er damit Nices Konzentration störte, und ließ es.

Nein, er war kein Spanner und er stand nicht auf Frauen. Durch die Augen eines anderen zu blicken war reizvoll und faszinierend. Damien Scott hatte sich offensichtlich hingesetzt, um die Show zu genießen, denn Patallia sah über dessen hochglanzpolierten Schuhspitzen hinweg auf die sich windende Daria. Nun verstand er, was Nice die ganzen Jahre an dieser Frau gefesselt hatte.

»Ja«, bemerkte Nice, mit einem flüchtigen Blick auf den Screen. »Sie hat was, das muss man ihr lassen. Und die Brüste sind sogar echt.« Er grinste schief und wandte sich seiner Arbeit zu.

Gebannt blickte Patallia auf das Bild, das sich ihm bot. Er

war sich nicht sicher, ob er dem gesamten Liebesakt der beiden beiwohnen wollte, war jedoch nicht fähig, den Blick zur Seite zu wenden. Er betrachtete Daria, die den Schwanz des Mannes verwöhnte. War es für Nice nicht quälend, dabei zuzusehen? Der beachtete den Bildschirm nicht, sondern war völlig eingetaucht in die Codes, die über seinen holographischen Screen flimmerten und die Pat nicht zu deuten vermochte.

Daria schien ihr Geschäft zu verstehen, denn Scott schloss die Augen und versperrte so Patallia die Sicht auf das weitere Geschehen. Das war auch gut so. Der Anblick des genießerischen Gesichts und der vollen Lippen um das Glied des Mannes hatten ihn erregt. Patallia wandte sich ab, um sich abzukühlen, schlug die Beine übereinander, um seinen Schwanz nach unten zu drücken. Er wollte in Nices Anwesenheit keine sexuellen Reaktionen zeigen und hoffte, dass dieser es nicht bemerkt hatte.

Stille. Lediglich Nices gelegentliches Tippen auf der Tastatur. Patallia nahm seine Zeitschrift wieder hoch, ignorierte das Geschehen auf dem Bildschirm.

»So«, Nice drehte sich zu ihm um. »Ich habe sämtliche Wasserpreise von Westle auf Null gesetzt und meinen Fans auf der ganzen Welt Bescheid gesagt, dass es ab sofort Westle-Wasser umsonst gibt. Die Läden haben noch einige Stunden geöffnet. Die Leute werden denen die Bude leersaufen.« Er grinste. »Jetzt verwische ich meine Spuren. Das dauert etwa zehn Minuten. Dann können wir gehen. Rache ist süß!«

Er wandte sich wieder seinem Rechner zu, während Patallia kurz Darias schweißglänzenden Rücken und ihre runden Hüften betrachtete, die sich, von zwei sehnigen Männerhänden umklammert, rhythmisch bewegten.

»Gute Arbeit, Nice. Wirklich gute Arbeit!«

Die Sonne schien in sein Bett. Zunächst war Nice verwirrt und fand sich nicht zurecht. Wo war er? Wieso gab es Fenster in dem weiß gestrichenen, schlichten Raum? Ach ja, er war im Haus in den Bergen. Und er würde nie wieder in die Wohnung zu Daria und zu seinem Westle-Job zurückkehren. Das bedeutete, er stand am Nullpunkt. Aber das war ihm die Sache wert gewesen.

War die Sensibilisierung abgeklungen? Nice betastete seinen Arm. Ja, alles normal. Er empfand ein leises Bedauern darüber, denn zumindest das Körpergefühl hatte ihm gefallen.

Aber nur wollte er erst einmal wissen, was ihr Coup für Auswirkungen hatte. Wie schön, David hatte auch in den Gästezimmern an eine kleine Entertainment-Station gedacht. TV, Musikanlage und ein Laptop befanden sich direkt neben seinem Bett in der Wand. Auf dem Nachttisch lag die Fernbedienung. Gespannt schaltete Nice den regionalen, von den Konzernen finanzierten TV Sender an. Nichts. Keine Nachricht über die Wasserpreise. Aber wozu gab es die freien und die Piratensender? Ja, da kamen sie, die Bilder von dem Chaos, das er verursacht hatte. Menschen mit strahlenden Gesichtern, die Wasserflaschen schleppten, aus den Angeln gerissene Türen der Westle-Läden. Die Stimmen der Sprecher überschlugen sich. Und dann Damien Scott höchstpersönlich, der in einem Interview von einem Geschenk an die Armen sprach und dass dieses selbstverständlich gern geschehen wäre. Nice kicherte.

Es klopfte leise an die Tür. »Ich bin es, Pat.«

»Komm rein.«

Nice strahlte Patallia entgegen. »Hast du das gehört? Westle hat neuerdings eine soziale Ader. Ich könnte mich amüsieren. Die werden sie in Zukunft öfter zeigen. Na zumindest so lange, bis der liebe Damien den kleinen Gast in seinem Schädel entdeckt.«

Übermütig schlug er die Bettdecke zurück, um aufzuspringen, und hätte beinahe vergessen, dass er nackt war. Also wickelte er sich die Decke um den Leib und stapfte damit Richtung Bad. »Ich bin gleich wieder da.«

Selbst pinkeln machte Spaß an so einem sonnigen Tag wie diesem. Er wusch sich Gesicht und Hände und kam erfrischt ins Zimmer zurück. »Warum guckst du denn so ernst? Hat doch alles geklappt, oder?«

»Ja natürlich. Nice, das war gute Arbeit. Du bist unglaublich talentiert.« Patallia ging zum Fenster und blickte hinaus. »Ich muss wegen etwas Anderem mit dir sprechen.« Er wandte sich um. »Du hast alles für die Sache riskiert. Uns ist völlig klar, dass du jetzt vor dem Nichts stehst.«

»Uns?«

»Ja, Tervenarius, David und mir.«

»Okay.« Nice verstand nicht, wo das Problem lag. »Ich hatte doch mit David besprochen, dass wir zunächst hier weiter für Tentasylum arbeiten. Wenn sich der ganze Trubel gelegt hat, kehren wir ins Büro in der Stadt zurück. Ist das nicht mehr aktuell?« Er runzelte die Stirn. »Warum sagt David mir das dann nicht selbst?«

»Nur die Ruhe, Nice. Komm, wir setzen uns.« Er deutete auf die beiden hellen Korbstühle mit dem Tischchen in der Ecke. Jetzt erst sah Nice, dass Patallia offensichtlich einen Teller mit Etonutrid-Schnitten und ein Glas mit einer weißen Flüssigkeit mitgebracht hatte. »Frühstück, das ist prima.«

Nice setzte sich, nahm das Glas in die Hand und drehte es. »Lass mich raten: Kefir.«

Patallia nickte. »Sorry, wir haben nichts anderes.«

»Hm. Schon okay.« Er testete vorsichtig das Getränk. Es schmeckte süß und nach Vanille. »Hey, das ist ja richtig geil.« Nun merkte er, was er für einen Hunger hatte. Die Schnitten waren frisch, weich und köstlich. »Und«, fragte er kauend. »Wo ist dein Problem?«

»Ich muss fort.«

Nice holte Luft um etwas zu antworten, verschluckte sich und hustete. Das war gar nicht gut. Nein, absolut nicht. »Für wie lange?«

»Ich weiß es nicht.«

»Und meine Behandlung?« Er legte das Essen auf den Tisch. Sein Magen fühlte sich an wie zugeschnürt.

»Mir ist klar, dass du mein Patient bist.« Die Situation machte Patallia offensichtlich nervös, denn er drückte die

Daumen der verschränkten Hände gegeneinander, bewegte sie unruhig.

»Es gibt da Einiges, das du nicht weißt. Über uns, über David. Und wir haben lange beratschlagt, was wir tun sollen. Du bist mein Patient und brauchst mich täglich. Außerdem hast du David nicht nur befreit, sondern sogar gerächt, ohne Rücksicht auf dein eigenes Wohl.«

Patallias Augen durchdrangen ihn. »Wie wichtig ist dir die Arbeit bei Tentasylum?«

»Hm.« Nice fühlte sich plötzlich nackt, was er ja auch war, und zerrte an der Bettdecke, um seine Brust zu schützen.

»Zieh dich ruhig an, wenn du dich unwohl fühlst.«

Das war lächerlich. Er hatte sicher nichts, das Patallia nicht schon gesehen hatte. »Nein, ist okay.« Er überlegte kurz. »Für mich ist das ein Job. Aber ich nage ständig am Hungertuch und bin auf Daria angewiesen, weil ich dabei nichts verdiene.« Allmählich kam ihm die Hoffnungslosigkeit seiner Lage zu Bewusstsein. »Zu Daria gehe ich nicht zurück. Ich glaube, ich muss mir einen anderen Job suchen. Vielleicht in Seattle«, setzte er zweifelnd hinzu. Wenn er kein Geld verdiente und Patallia fortging, sah es übel aus. Dann hatte er nicht einmal die Mittel für seine teuren Schmerztabletten. Irgendwie hatte er alles in den Sand gesetzt. Aber das war nicht das erste Mal. Bisher hatte er sich immer wieder berappelt.

Patallia schüttelte bedächtig den Kopf. »Nein, die Duocarns bedanken sich nicht für Hilfe, indem sie die Leute abservieren.«

»Duocarns?«

»Ja, so nennt sich unsere Organisation.« Es fiel Patallia offensichtlich schwer, darüber zu sprechen.

»Ich möchte dir den Vorschlag machen, mich zu begleiten. Und nicht nur das. Ich kenne eine Möglichkeit, wie du geheilt werden kannst.«

Nice, der erneut eine Etonutrid-Schnitte in die Hand genommen hatte, drückte sie vor Überraschung zusammen. Sie verklumpte in seiner Faust.

»Die gibt es nicht.« Der Mann wollte ihn veraschen. »Na

ja«, setzte Nice voller Ironie hinzu. »Auf jeden Fall nicht auf diesem Planeten.«

Patallia blickte ihn ungerührt an. »Genau, und deshalb werden wir das auf einem anderen Planeten vornehmen lassen.«

Nice sah ihn ungläubig an. Dann brach er in schallendes Gelächter aus. »Ahahaha, in dem Sauerstoffzelt auf dem Mars? Ahahaha!« Er bekam sich fast nicht mehr ein. »Die sind doch froh, wenn sie überhaupt Luft zum Atmen oder etwas zum Futtern haben. Wie sollen die mir denn helfen? Ah, jetzt weiß ich. Sie haben endlich Marsmännchen gefunden. Mit Antennen auf dem Kopf. Die können zaubern.« Er warf die zerbröselte Schnitte auf den Teller. Die Bettdecke war verrutscht und gab seinen Unterleib frei, aber er beachtete es nicht.

Allmählich stieg Wut in ihm hoch. Er biss die Zähne zusammen und starrte Patallia finster an.

»Nein, ich nehme dich zunächst mit nach Sublimar, wo ich bei dem Volk der Caverner Schriften überprüfen muss. Kann ich sie entziffern, bleiben wir länger dort und kommen regelmäßig dorthin zurück, denn ich will Tervenarius unterstützen, der so etwas wie ein Lehrer ist. Danach plane ich, mit dir nach Duonalia zu gehen, um deine Implantate entfernen zu lassen. Wir haben in Duonalia-Stadt vorzügliche Prothesenmacher, die dir eine echte Alternative schaffen können. Ich bezweifle allerdings, dass du den Computer und den Dolch im Arm behalten kannst. Dafür wirst du wieder völlig intakt werden.«

Wie vom Blitz gerührt hatte Nice dem Mediziner gelauscht. »Du bist nicht das Ergebnis eines Gen-Experiments«, schlussfolgerte er. »Du bist ein Alien.«

Patallia blickte ihn ernst an. »Ich bin das Ergebnis eines außerirdischen Gen-Experiments. Ich habe dich also nicht angelogen.«

Das war unglaublich. »Und David und sein Freund?«

»Die beiden sind Duocarns, wie ich.«

»Und was zeichnet diese Duocarns aus?«, fragte er. Ihm war klar, dass er eine bizarre Antwort erhalten würde.

»Unter anderem sind wir unsterblich, Nice.«

»Das meinst du ernst?«

Patallia nickte.

»Bescheuert! Völlig bekloppt! Nice sprang auf, warf die Bettdecke auf das Bett und stapfte zu seiner Tasche, um einen Slip daraus hervorzuzerren. »Ich gehe. Das hier ist ein Haus voller Verrückter!« Er zerrte den blauen Slip nach oben über den Po. »Ich frage mich nur, was das für eine perverse Art von Dank sein soll. Mir solch irrwitzige Versprechungen zu machen.«

Er stierte Patallia wütend an.

Der lächelte. Nice stand wie angewurzelt und starrte ihn an. Sah erneut diese Verwandlung in den Gott des Lichts, blickte in dieses strahlend schöne Gesicht.

Pat sagt die Wahrheit, dämmerte es ihm. Urplötzlich fühlte er, wie sich einige Puzzlesteinchen klackend in seinem Gehirn zusammensetzten. Was Patallia da erzählte, konnte wahr sein. Der geheimnisvolle Tervenarius, David, der etliche Ungereimtheiten aufwies, die er nie hatte erklären können. Seine eigene wundersame Behandlung, die durch eine Berührung geschah, Menschen, die Patallia nach Belieben beeinflussen konnte.

»Ich sehe, du verstehst endlich.« Patallia lächelte weiterhin, was Nices Herz bis an den Hals schlagen ließ. Es gab eine Chance, ganz geheilt zu werden. Er musste nur diesen Mann begleiten.

Nice sank auf das Bett. »Werde ich auch zum unsterblichen Duocarn?«

»Nein.« Patallias Lächeln blieb bestehen. »Aber es kommt ein ganz großes Abenteuer auf dich zu.«

Epilog

»Das war ein schönes Buch, Terv.«

Tervenarius, der sich im Bad das Haar bürstete, nickte, obwohl er wusste, dass David ihn nicht sehen konnte. Er legte die Bürste zur Seite und trat aus dem Bad.

Die Sonne von Sublimar badete Davids entblößten Leib auf dem Bett, und Terv fühlte sich in der Zeit zurück versetzt, bevor all der Unbill mit der Entführung und den cavernischen Problemen begann. Er kniete sich auf die Bettkante und betrachtete den sanft schimmernden Reif in Davids Brust.

»Ich bin froh, dass du nun den Ring hast. Du wirst nicht nur die Energetiker rufen, sondern mir auch auf jeden Planeten folgen können.« Um mich eventuell einmal aus der Patsche zu befreien, dachte er weiter und blickte David an.

Ihm war klar, dass sein Schatz seine Gedanken gelesen hatte. Der lachte, aber schob kurz darauf die Unterlippe vor. »Was mir an der Story nicht gefallen hat, war deine Sucht. Wie konntest du dieser Milch denn einfach so verfallen? Du bist doch sonst nicht derartig vertrauensselig.«

»Hm.« Terv ließ sich neben ihn auf die Matratze fallen und stützte den Kopf in die Hand. »Ich wusste, dass ich diese Nahrung bereits als kleines Kind zu mir genommen hatte. Aber mir war natürlich nicht klar, dass es auch noch das Elixier des Schamanen gab. Du hast die Wurzeln ja gesehen. Sie unterscheiden sich lediglich in der Farbe. Es war bestechend: Sich einfach hinzulegen und sich die Milch in den Mund laufen zu lassen, um daraufhin in süße Träume zu versinken.«

David, der ihm ruhig zugehört hatte, hob den Kopf. Seine Mundwinkel zuckten amüsiert. »Das hättest du auch bei mir haben können.«

Völlig perplex sah Terv ihn an. Dann brach er in lautes Lachen aus. »Du hübscher, verdorbener Verführer!«

David stimmte in sein Gelächter mit ein, und es war Terv, als würden sämtlichen Sorgen und Probleme der letzten Zeit von ihm abfallen. Er war so unendlich glücklich, dass Patallia bereit war, die Verpflichtung bei den Cavernern mit ihm zu teilen, bis sein eigener Sohn alt genug war zu lehren. Seine beiden Kinder. Auch ihm stand noch ein Abenteuer bevor. Aber das war in Ordnung, solange David und er zusammenhielten.

Er stürzte sich auf seinen Schatz, packte seine Ohren und verschloss ihm den lachenden Mund mit einem zärtlichen Kuss. Die geile Szene mit Davids Milch geisterte weiterhin bildhaft in seinem Kopf umher.

»Hm, hm.« David wollte noch einmal zu Wort kommen. »Was mir übrigens auch nicht gefallen hat, ist, dass unklar blieb, was aus Nice und Pat wird. Sie ziehen zusammen los. Als Freunde? Wären die nicht ein schönes Pärchen?«

Das war Terv in diesem Moment völlig schnuppe. Er kaute versunken an Davids Ohrläppchen. »Kommt denn nicht noch ein neunter Teil?«, nuschelte er und ließ von David ab. »Ich finde, wir sollten jetzt erst mal ein paar Tage Urlaub machen, Mimiran.«

»Au ja!« Davids Hand, die auf dem Weg in Tervs untere Gefilde war, hielt bedauerlicherweise inne. »Und wo?«

Terv grinste. »Da gibt es für zwei Milch-Fans wie uns doch nur einen Ort: Renovamion.«

Mit einem leisen Begeisterungsschrei fuhr David hoch, packte Terv an den Schultern, drehte ihn auf den Rücken und war mit einem Rutsch auf ihm. Es war angenehm, seinen nackten Leib so zu spüren. »Schild-Schafe melken. Haben die dort nicht auch diese Reittiere mit den Hörnern, die fast so aussehen wie die Viecher aus Star Wars? Du weißt schon, die Wesen, die solche Laute von sich geben?« David entließ ein dunkles Röhren aus der Tiefe seiner Brust.

Nun konnte Terv sich nicht mehr halten vor Lachen. »Ja, Schatz. Das machen wir. Und die Leser nehmen wir mit, okay? Aber nun müssen sie gehen, denn wir lassen uns ja schließlich nicht jedes Mal zuschauen ...«

David, der dabei war, sein Gesicht abzuküssen, lächelte, griff hinter sich und zog den Vorhang vors Bett.

Personenliste:

Die Duocarns:

Solutosan – der Sternenkrieger (verbittet sich Abkürzungen und Nicknames) ehemaliger Chef der Duocarns, goldhäutig, weißes, langes Haar, sternenäugig, Energetiker, bisexuell, dominant, humorvoll, sensibel, Waffe aber auch Aphrodisiakum: Sternenstaub.

Ulquiorra – Sohn von Xanmeran, Energetiker, trägt den Körper seines Vaters Xanmeran, schwarze Haut mit goldenen Schlieren, mächtig und stark, schwarze Augen, ruhig, sanft, ausgeglichen, intelligent.

Tervenarius – der Giftige (Spitzname: Terv)
Krieger, Chef der Duocarns, homosexuell, goldene Augen, silbern-weiße Mähne, fungider Hybride. Er kann seine Pilzhaut nach Belieben verdicken und im Kampf Pilzsporen von sich geben. Er simuliert fast alle Pilzarten.

David Martinal/Mercuran – schlanker, dunkelhaariger Gefährte von Tervenarius, unsterblich, Quecksilber statt Blut, metallisch-weiße Haut, stahlblaue Augen, hartnäckig, sensibel, homosexuell.

Meodern – der Schnelle (Spitzname Meo)
Krieger, heterosexuell, blonde, stachelige Haare, grünäugig, goldhäutig, Frauenheld, kann seinen Körper zum Vibrieren bringen, Schnelligkeit bis Lichtgeschwindigkeit. Meoderns zweite Gabe ist seine tiefe Verbindung zu Pflanzen.

Patallia – der Heiler (Spitzname Pat)
Mediziner, homosexuell, grau/violette Augen, Glatze, weißhäutig bis durchsichtig je nach Emotion. Er kann sämtliche Medikamente in seinem Körper herstellen und per Hand verabreichen und hat ein Sprachtalent.

Die Erdlinge:

Samuel Goldstein – (Spitzname Smu), Jude, Privatdetektiv, blond (wenn nicht gerade verrückt gefärbt), grüne Augen, gepierct, frech und unkonventionell.

John Balton – (Spitzname Nice), Computer-Spezialist, Hacker, (Hacker-Name Ghost), kompliziert, mürrisch, verwegen, verletzt, unkonventionell

Daria Lefotè– Freundin von Nice, dunkelhaarig und attraktiv, zielstrebig und verschlagen, arbeitet für Westle

Damien Scott – Chef von Westle, groß und schlank, dunkelhaarig, militant, korrupt, rücksichtslos, machthungrig, zielstrebig

Devon Balkan – Sicherheitschef von Westle, ruhig, intelligent, gelassen, ordnungshörig

Die Auraner/Piscanier

Troyan – Halbbruder von Solutosan und Sohn einer Sirene, berückende Schönheit, silberschuppige Haut, waldgrünes Haar, kritisch, ruhig, kühl, edel, verführerische Gesangsstimme.

Das Duocarns-Universum:
Alle Bücher sind als Taschenbücher u. E-Books erhältlich.

Band 1 - "Duocarns – Die Ankunft"
ISBN: 978-3-943764-05-5 – 218 Seiten

Band 2 - "Duocarns - Schlingen der Liebe"
ISBN: 978-3-943764-00-0 – 198 Seiten

Band 3 - "Duocarns - Die Drei Könige"
ISBN: 978-3-943764-10-9 – 212 Seiten

Band 4 - "Duocarns - Adam, der Ägypter"
ISBN: 978-3-943764-02-4 – 204 Seiten

Band 5 - "Duocarns - Liebe hat Klauen"
ISBN: 978-3-943764-13-0 – 216 Seiten

Band 6 - "Duocarns – Ewige Liebe"
ISBN: 978-3-943764-14-7 – 228 Seiten

Band 7 - "Duocarns - Alien War Planet"
ISBN: 978-3-943764-17-8 – 288 Seiten

Band 8 - "Duocarns – Nice Game"
ISBN: 978-3-943764-49-9 – 288 Seiten

Band 9 - "Duocarns – Edoculus"
erscheint im Sommer 2014

Eigenständiges Buch:
"Duocarns – David & Tervenarius"
ISBN: 978-3-943764-42-0 – 240 Seiten

Die Kurzgeschichten zu den Duocarns:
"Duocarns – Suspiricons"
ISBN: 978-3-943764-43-7 – 116 Seiten

Der schwarze Fürst der Liebe

Mittelalterlicher Liebesroman über eine
Magierin, Zauberbücher, zwei Männer, Freundschaft, Liebe und Gewalt

ISBN 9783943764291 – 356 Seiten
als eBook und Taschenbuch

Leseprobe:

Matthias wollte losrennen in Richtung des Jahrmarktes, zwang sich dann aber gemäßigt zu gehen – er war schließlich kein Kind mehr. Mortiferius schritt neben ihm in seiner gewohnt schwarzen Kleidung, mit der warmen Schlaffelljacke, das Haar zu einem Zopf geflochten. Der Schnee hatte in der Zwischenzeit eine dünne, weiße Schicht auf die Stadt gestreut. Mortiferius' Stiefel hallten auf dem Pflaster. Wegen des schlechten Wetters hatte kaum eine Attraktion des Jahrmarkts geöffnet. Matthias war enttäuscht. Lediglich ein paar Buden boten Süßigkeiten aus Honig und kandierte Früchte feil. Mortiferius kaufte Honigkuchen. Die dickste Frau der Welt wollte keiner von ihnen beiden sehen.

Es machte wenig Spaß weiterhin in den Straßen herumzulaufen, deshalb kehrten sie in ein Gasthaus ein. So kurz nach der Mittagszeit war es recht ruhig in der Gaststube. Nur zwei junge Huren lümmelten sich auf den Bänken. Mortiferius bestellte Apfelsaft und nickte den Dirnen zu. Die kamen wie von Schnüren gezogen sofort an ihren Tisch. Matthias zuckte zusammen.

»Na ihr Süßen!« Die beiden lächelten geschäftstüchtig. Angeekelt blickte Matthias auf die zerstörten, braunen Zähne der einen Frau. Warum hatte der Herr sie zu sich geholt? Eine grauenvolle Vorahnung kroch schleichend wie eine kalte Hand über seinen Rücken.

»Möchtest du?« Mortiferius schaute ihn fragend an. Langsam schüttelte Matthias den Kopf. Es würgte ihn im Hals.

Mortiferius steckte der Hure einige Münzen zu und erhob sich. »Ich komme gleich wieder.«

Matthias zitterte. »Na, na«, versuchte ihn die Dirne mit den schlechten Zähnen zu beruhigen. »Sie wird ihn schon nicht fressen!« Dann kicherte sie über ihren eigenen Witz.

Matthias wartete. Seine Kehle fühlte sich an wie zugeschnürt. Die Zeit verrann. Er hielt es nicht mehr aus, sprang auf, lief durch den Gastraum und öffnete die Tür zum Seitenausgang, den Mortiferius genommen hatte. Er erstarrte bei dem Anblick, der sich ihm bot.

In dem schmalen Hinterhof stand Mortiferius mit geschlossenen Augen an die Wand gelehnt. Die Frau kniete vor ihm und saugte an seinem Glied. In dem Moment als Matthias die Tür aufdrückte, ergoss Mortiferius sich in den Schlund der Hure, den Mund zu einem lautlosen Schrei geöffnet. Dabei schlug er die Augen auf und blickte Matthias mit eisgrauem Blick direkt ins Gesicht.

Matthias' Herz machte einen schmerzhaften Satz in der Brust, so dass es ihm den Atem raubte. Er hätte niemals gedacht, dass etwas so weh tun konnte. Er drehte sich um und lief los. Knallte die Tür zum Gasthaus zu und rannte tränenblind die Straßen entlang. Er hatte es verdient. Seine Liebe zu Mortiferius war unrecht. Das war seine Strafe.

Zitternd kam er in der Herberge an und verkroch sich im Stall zwischen den Strohballen. Er wollte sterben, wollte keine Last mehr für seinen Herrn sein. Unfähig zu denken blieb er bebend liegen. Immer wieder strömten die Tränen aus seinen Augen.

Irgendwann näherten sich Schritte. Mortiferius blickte mit unbewegter Miene auf ihn herab. Mit tränenfeuchtem Gesicht sah Matthias zu ihm hoch. Kam nun eine wütende Ansprache, dass er indiskret gewesen war – ihn in einem intimen Moment gestört hatte?

Sein Herr schüttelte gedankenverloren den Kopf und ließ sich auf einem der Strohballen nieder, stützte das Haupt mit den Händen auf die Knie. Kein Wort von ihm.

Matthias konnte nicht aufhören zu weinen. Aufgelöst blickte er ihn an. Warum hatte Mortiferius ihm auf so eine harte Weise gezeigt, was er von ihm hielt? War es überhaupt Absicht gewesen?

»Komm.« Mortiferius war aufgestanden und streckte ihm seine Hand hin. Noch nie hatte er dessen Gesicht so weich und liebevoll gesehen. Er zog ihn hoch, schlang die starken Arme um ihn und drückte Matthias an sich.

»Es tut mir leid«, flüsterte der Herr. »Ich hätte das nicht tun sollen.«

Ja, das war die Bestätigung. Mortiferius hatte seine Gefühle bemerkt und ihnen einen Dämpfer geben wollen. Das war ihm in diesem Augenblick gleichgültig.

Mortiferius war eine Handbreit größer als Matthias. Der Junge legte den Kopf auf seine Schulter seines Herrn und schmiegte die Wange an das weiche Schaffell. Das war mehr als er jemals zu hoffen gewagt hatte. Er lag im Arm seines Herrn, spürte seine Wärme. Aber er durfte sich keinen Illusionen hingeben. Die Umarmung hatte etwas Väterliches – es war nicht die Berührung eines Geliebten.

»Es ist in Ordnung«, sagte er tapfer und löste sich von Mortiferius. »Wirklich!« Er stockte. »Ich hatte so etwas nur noch nie gesehen.« Das stimmte.

Mortiferius nickte und ließ ihn los, strich ihm kurz über die blonden Locken. »Nun lass uns schlafen gehen. Morgen werden wir den König besuchen.«

»Darf ich mit bei dem Essen sein?«

»Ja, als mein Knappe wirst du mich bedienen.«

Strahlend lief Matthias neben Mortiferius her in ihr Zimmer und half seinem Herrn aus der Jacke.

»Bitte Herr, Ihr müsst die Bettstatt nehmen.«

Mortiferius fiel aufs Bett und Matthias beeilte sich, ihm aus den Stiefeln zu helfen. Er stellte sie ordentlich in die Zimmerecke. Als er sich wieder umdrehte, sah er, dass Mortiferius eingeschlafen war.

Liebevoll betrachtete Matthias ihn. Es war nun klar. Er liebte seinen Herr mehr als es ihm gemäß war. Mortiferius hatte sich gegen diese Liebe zur Wehr gesetzt. Das verstand er.

Matthias warf die dünne Decke auf dem Boden und streckte sich darauf aus. Er versuchte zu schlafen. Aber das Bild von dem Hinterhof schob sich immer wieder in seinen Kopf. Wie sein Herr ausgesehen hatte in seiner lautlosen Ekstase. Sein Gesicht, der Mund. Wenn er ehrlich zu sich war, wäre er am liebsten in der Lage der Hure gewesen – hätte seinem geliebten Herrn mit Freude Lust bereitet. Wie von selbst legte sich seine Hand auf sein Geschlecht. Ein Seitenblick auf Mortiferius sagte ihm, dass dieser wie ein Toter schlief. Er begann, sich zu streicheln. Wie gern wollte er derjenige sein! Er stellte sich die zarte Haut seines harten Gliedes vor, das seinen Mund penetrierte, schmeckte in seiner Vorstellung den salzig-herben Geschmack seines Ejakulats. Mit Wonne hätte er seinen Herrn in sich aufgenommen. Matthias biss sich auf die Hand, als er kam.